자전 소설

自 傳
小 說

* ‘자전소설’을 기획한 계간 『문학동네』와 작품 수록을 허락해준 출판사 문학동네,
창비, 문학과지성사, 민음사에 감사드립니다.

자전소설

自 傳
小 說

02

차례

늑대가 나타났다

이 혜 경

1960년 충남 보령에서 태어났다. 1982년 『세계의 문학』에 중편 「우리들의 떨켜」를 발표하며 등단. 소설집 『그 집 앞』 『꽃그늘 아래』 『틈새』, 장편소설 『길 위의 집』이 있다. 오늘의 작가상, 한국일보 문학상, 현대문학상, 이효석문학상, 이수문학상, 리베라투르 상을 수상했다.

작가를 말한다

그는 아예 속도를 훌쩍 뛰어넘는다. 움직이는 것과 정지된 것들, 존재하는 모든 것에 있기 마련인 시간성. 그는 개체 하나하나에 새겨진 그 시간성에 몰두함으로써 역설적으로 시간과 속도를 망각하게 만든다. 남는 것은 개체의 성질, 그의 표현을 빌리면 '작은 것들의 고물거림'이며 그 고물거리는 것에 대한 애정이다. '잠깐 그은 빗방울을 틈타 외출한 지렁이처럼 꾸물꾸물 배밀이로 나아가는' 듯한 그의 글을 사람들이 사랑하는 까닭이 여기에 있다. 서하진(소설가)

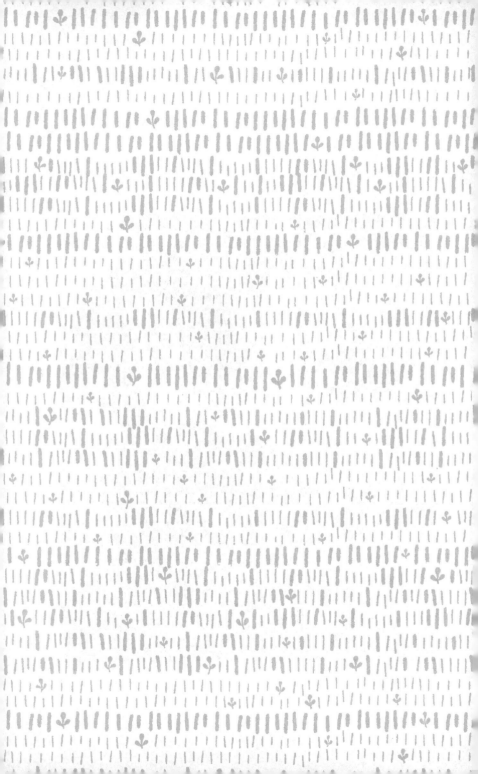

그 시절, 내가 살던 마을 근처엔 늑대들이 득시글거렸다. 장날마다 오는 뻥튀기장수의 기구 속에서 점점 높아지는 온도를 감지하며 펑, 하고 튀어나갈 순간만 기다리는 쌀알 같은 아이들 앞에서, 어른들은 기구에 열과 압력을 가하며 활활 타오르는 장작불이 든 깡통을 싹 치워버리는 말을 서슴지 않았다. 세상이 얼마나 무서운 곳인지 아냐? 어른들이 가지 말라는 곳에 갔다간 단박에 늑대에게 잡혀갈 거다.

늑대가 좋아하는 것은 아이들과 여자들이었다. 술이며 담배에 절어 퀴퀴한 냄새를 풍기는 어른 남자들은 늑대의 입맛에 맞지 않나보았다. 마을 안팎을 마음대로 드나들 수 있는 어른 남자들은 아이들과 여자들이 안전하게 다닐 수 있는 곳에 말로 울타리를 쳤다.

마을을 남북으로 가로지르는 좁다란 도로 양편의 가게들과 그

뒤편의 자그마한 시장은 늑대가 냄새도 맡기 싫어하는 어른 남자들이 붐비니까 괜찮았다. 북쪽으로는 죽 벋어나간 길이 철도역과 교차하는 지점까지, 남쪽은 개망초며 명아주가 지천인 냇둑까지. 서쪽으로는 철길 건널목 있는 곳까지. 마을 쪽이 아닌 냇물 쪽을 향해 주춤거리며 냇둑을 내려간다거나 철로변 건널목에서 땡땡거리는 차단기가 올라가기를 기다리다 어른들의 눈에 띄었다가는, 군사분계선을 무단히 넘으려던 이등병으로 간주되어 기총소사 같은 잔소리에 너덜나게 마련이었다. 철길 건너편의 빨간불이 켜진 골목 안은 여자의 품안에서 허물을 벗고 싶은 마을 청년들이 스며드는 곳이었다. 그럼 동쪽은? 늑대와 너나들이하는 사이이자, 나처럼 호기심 많고 부모님 말씀 잘 잊는 어린이가 지나가기를 기다렸다가 배를 쩍 가르고 김이 모락모락 나는 날간을 씹어먹는다는 문둥이들이 무리지어 사는 뒷산이 떡하니 버티고 있었다.

늑대는 여우 못지않게 둔갑에 능하니까, 울타리 안쪽이라고 해도 마음을 놓을 수는 없었다. 철컥철컥 쇠가위 소리를 내는 엿장수도 의심스러웠다. 손수레의 엿목판 아래, 낡은 헝겊으로 재갈 물린 아이가 고물더미에 덮인 채 욱욱거리고 있을지도 몰랐다. 고깔모자에 쩍 벌어진 입으로 웃는 삐에로를 앞세우고 풍악을 울리는 서커스단도 늑대 감별사의 눈길을 바쁘게 했다. 서커스단이 공연을 마치고 떠나간 뒤 삼베 바지에 방귀 새듯 소리소문도 없이 사라진 아이 이야기는, 그 아이의 머리카락이 희어지고도 남을 만큼 세월이 흐른 뒤에도 어제 일인 양 전해졌다. 그러니 늑대가 특별히 입

맛을 다시는 아이들에게 허락된 곳은 좁디좁은 집 안 아니면 마을의 집들 사이에 옹색하게 끼여 있는 공터뿐이었다.

마당 너른 집 한 채가 들어설 만한 공터는 아이들의 뜀박질로 다져져, 모래를 조금밖에 섞지 않은 콘크리트로 마감한 것처럼 연한 잿빛으로 반들거렸다. 아이들은 학교에서 돌아오자마자 책가방을 던져두고 공터로 쏟아져나왔다. 이따금, 자치기하던 남자애의 나무토막이 날아와 고무줄놀이하는 여자애의 머리를 치거나, 데설궂은 남자애들이 구슬치기하겠다며 하필 여자애들이 차지한 자리를 탐내는 바람에 싸움이 벌어지기도 했다. 남자와 여자로 패를 가른 아이들의 싸움은, 공터 구석에서 슬그머니 틈을 보던 늑대라도 물러서야 할 만큼 왁자했다.

저 산 저 멀리 저 언덕에는 무슨 꽃들이 피어 있을까. 해가 지면 밤이 오면 꽃은 외로워 울지 않을까.

치맛자락을 돌돌 말아 팬티 가랑이 고무줄에 끼워넣은 여자애들이 가랑이 사이로 공을 퉁겨올리며 부르는 노래는 이내처럼 공터에 번졌다. 통통 튀는 공과 겉도는 구슬픈 기색의 노래. 수챗가에 쪼그리고 앉아 눈물 흘리기 직전의 마음처럼 멍든 빛깔인 달개비꽃을 뜯다가도, 그 노래만 들으면 내 안에서 무언가가 슬금슬금 기지개를 켰다. 고치에서 벗어나 막 날아오르려는 어린 나비가 조심스럽게 날개 펴는 동작 같기도 하고, 어미 품안에서 폭 잠들었다가 깨어나는 아기늑대의 꼼질거림 같기도 한 무엇이. 그 스멀거림의 정체를 알 길 없어 푸르스름한 이내가 번져오는 공터 입구를 멍하니 바라보는 내게, 나비와 같이 훨훨 날아서 나는 갈 테야, 에이야호! 느낌표를 세 개쯤 찍은 것처럼 결연하게 끝나는 노래가 다그쳤다. 애야, 마을 바깥엔 널 기다리는 것들이 많단다. 넌 대체 언제쯤 떠날 거냐?

낮 동안 숨어 있던 늑대들이 앞발을 쭉 뻗치고 엉덩이를 치켜올리며 기지개를 켜고 있을 시각이었다. 어스름녘이면 털 빛깔까지 바꾼 늑대가 땅거미에 묻어들어와 공터에서 어슬렁거린다는 것을 누구나 알고 있었다. 밤이 되면 안전한 곳은 집뿐이었다. 그런데 늑대가 조화를 부리는 것인지, 내가 여기 아닌 다른 곳에 있어야 할 듯한 기분이 짙어지는 것도 그 무렵이었다. 어딘가에 집을 두고 멀리 떠나와 있는 듯 막연한 그리움에 사로잡혀 공터로 들어오는 길에 내리덮이는 이내를 오래 바라보게 되었다. 그럴 때면, 신발 속에서 꼼질거리는 발가락, 바람기로 들썩이는 작은 엉덩이를 보기라도 한 듯, 담장을 넘은 목소리가 목덜미를 낚아챘다. 아무개야, 저녁 먹어라.

식구들이 빙 둘러앉은 두레반상에서 내 몫의 숟가락과 젓가락이 놓인 자리에 끼여앉으면, 어제와 다르지 않고 일 년 전의 어제와도 다르지 않은 하루가 저물었다는 헛헛함이 어깨를 쓸어내렸다.

우어허엉…… 우어헝……

흐린 불빛 아래 묵묵히 수저질을 하던 식구들의 동작이 잠깐 멈췄다.

또 시작이다, 저 미친년!

말을 입에 담아둘 줄 모르는 식구 가운데 하나가 툭 뱉었다. 그 바람에, 침으로 삭던 밥풀 하나가 톡 튀어나와 보시기의 김치에 올라앉았다. 엄마가 나무랐다. 그런 소리 하면 못써.

저러니 부모 속이 오죽할까. 멋쟁이 엄마 얼굴이 반쪽이 됐더라고요.

그러게 말만한 게 겁도 없이 어딜 나가. 교복 벗었다고 쥐 잡아먹은 입술 하고 다닐 때부터 알조더라니.

숟가락을 상에 탁 내려놓으며, 아버지는 말만하고 망아지만한 형제들을 짯짯한 눈길로 둘러보았다. 기름기로 번질거리는 형제들의 입술에서 아버지가 쥐 잡아먹은 흔적을 발견할까봐, 어린 노새 같은 내 가슴은 두근거렸다. 멋쟁이, 아니 영희 언니를 내가 좋아한다는 것을 알면, 아버지는 거스러미 인 내 입술에서도 쥐 잡아먹은 흔적을 찾아낼 것이다.

'멋쟁이'로 불리던 건넛집 영희 언니는 그 시절 잡지에 나오는 영화배우들처럼 옷장 문을 절반쯤 열고 그 곁에 기대서서 사진을 찍었다. 죽 걸린 옷 옆에서 교태롭게 웃는 사진만 남기고 스며들 었던 안개가 걷히듯 슬그머니 마을을 빠져나갔다. 몇 달 뒤, 멋쟁이는 탑에 갇힌 공주처럼 저녁마다 공들여 빗던 머리채 잡힌 채 질질 끌려서 공터를 가로질렀다. 공터 귀퉁이에 강아지털처럼 뭉쳤던 머리카락이 그날 뽑힌 머리카락인지 아니면 집에 들어서자마자 깎였다는 머리카락인지는 아무도 몰랐다. 방에 갇혀버린 멋쟁이가 하늘가 물들였던 놀이 스러지고 어둠이 깔릴 무렵마다 으어헝 내지르는 외침이 놀빛을 더 처절하게 할 뿐이었다. 멋쟁이의 외침은, 흡혈귀에게 물리면 흡혈귀가 되는 것처럼 늑대에게 물려가면 늑대 비스름한 게 되어버린다는 교훈을 주었다. 통금 사이렌처럼 규칙적인 그 외침을 들을 때면, 작은 감만하던 내 심장이 너무 오래 말린 곶감처럼 오그라드는 것만 보아도 그랬다.

식구 중의 하나가 멀리 떠나간다면, 아버지는 이 빠진 그릇이 상에 놓인 것을 보았을 때보다 더 화를 내리라. 엄마의 가슴은 마침내 숯검정이 되어버리겠지. 지레 어둑해지는 마음에 어둠별 하나 가까스로 돋웠다. 나중에, 세상을 다 둘러보고 돌아와, 늑대털로 만든 목도리를 엄마의 야윈 어깨에 둘러드리며 엄마가 보지 못한 먼 세상 이야기를 들려드릴 거야. 그러면 숯검정이 된 엄마의 가슴도 다시 발갛게 불이 살아나겠지. 수저질을 하며 상상 속에서 달려나가던 나는 그만 돌부리에 발이 차인다. 세상을 채 돌아보기도 전에 멋쟁이처럼 머리채 휘어잡혀 돌아온다면?

아버지의 호통과 매, 엄마의 진득한 눈물, 그리고 저마다 한두마디씩 던져올 형제들. 말이 한두 마디지, 여섯이나 되는 형제들이 입을 연다면, 백조들 틈에 끼인 미운 오리 새끼 신세 되는 건 잠깐일 것이다. 골목 안에서 마주치는 마을 사람들이라고 그냥 있겠는가. 그러면 안 된다는 훈계, 도대체 어쩔 심산이었느냐는 호기심, 왜 떠나면 안 되는가를 조목조목 일러주는 자상함으로 저마다 입에서 침을 튀길 것이다. 동네 사람의 등에 업힌 아이마저, 그런 분위기에 편승해서 떼치, 하며 손을 휘저을 것이다. 정수리에서 김이 모락모락 나는 것 같았다. 이러다 평생 마을 바깥으로 못 나가볼지도 모른다는 생각에 목이 메어와, 나는 급히 김칫국 국물을 떠넣었다.

마을을 지나가는 차들은 국도와 지방도로가 교차하는 사거리를 꼭 거쳐야 했다. 먼 데서 와서 멀리로 가는 차들은 볕과 바람, 그리고 길에서 피어오른 먼지에 빛깔이 삭아 고단해 보였다. '푸른 언덕'이라는 지명을 적은 작은 표지판 아래엔 화살표가 수직으로 내리꽂혀서, 먼 곳에서 온 사람들은 그 앞에서 고개를 갸웃거리며 사방으로 난 길을 기웃거렸다. 그게 '되돌아가시오'라는 뜻임을 알 리 없었다. 그곳을 넘어서면 냇둑이 나오므로, 나는 그 경계를 넘어서지 못한 채 공연히 서성이고 있었다.

너, 여기서 뭐 하니?

매캐한 먼지가 콧구멍을 간질여 에, 에, 숨을 몰아쉬는데 누군가의 목소리가 어깨를 쳤다. 에에춰. 같은 반 아이였다. 마을 바깥, 늑대가 득시글거리고 여우가 둔갑하는 고개를 지나, 물에 빠져죽은 귀신들이 지나가는 사람의 발목을 잡아 물속으로 끌고 들어간다는 저수지 너머에서 사는 아이들 가운데 하나였다. 그곳에서 사는 아이들은 혼자 다니지 않고 꼭 떼를 지어 몰려다녔다. 하기야 그 모든 위험을 무릅쓰려면 혼자 다녀서는 안 될 것이었다. 옷차림새만 보아도 마을 바깥에서 온 아이라는 것을 알 수 있는 아이 몇

이 그애 뒤편에 서 있었다. 장날이면 나물 몇 가지며 곡식 몇 줌을 장바닥에 펼쳐놓고 퍼질러앉아 하루를 보내는 엄마나 할머니 곁에서 알짱거리는 아이들이었다. 그러고 보니 그애들은 장마당 쪽에서 오고 있었다.

학교는 마을 가장자리에 있어서, 아침이면 마을 쪽에서 걸어나간 아이들과 마을 밖에서 들어온 아이들은 양갈래에서 흘러든 물이 합치듯 교문 앞에서 마주쳤다. 들과 숲과 산과 물가를 지나는 동안 그애들의 몸에 배어든 늑대 냄새 때문인지 마을 안 아이들은 그애들과 잘 어울리지 않았다. 하지만 나는 색종이며 크레파스 같은 준비물을 그애들에게 자주 빌려주었다. 늑대도 어쩌지 못한 용감한 아이들 아닌가. 그애들은 내게 다가와 공책을 펼쳐놓고 그 위에 고소한 보릿가루를 쏟아줌으로써 답례하기도 했다.

우리 어린이해수욕장에 멱감으러 간다. 너도 같이 갈래?

내 귀가 낯선 기척을 느낀 늑대 귀처럼 쫑긋 섰다. 냇물을 죽 거슬러올라간 곳에 있는 어린이해수욕장 이야기는 들은 적이 있었다. 냇물의 수심이 다른 곳보다 얕아 아이들이 놀 수 있는 곳이라 그런 이름이 붙었다. 냇물? 그것도 마을 바깥? 그러나 쫑긋 선 내 귀는 수그러들지 않았다.

물에 씻기고 볕에 달궈진 돌들은 희고 매끈하게 빛났다. 벗은 치마며 윗도리는 아이들이 하는 대로 바람에 날아가지 않게 돌로 눌러놓았다. 돌에 눌리지 않은 치마 끝자락이 잠깐 분 바람에 나부꼈다. 물에서 나오면 치마만 입고 젖은 팬티를 꼭 짜서 달궈진 돌 위에 펼쳐놓으면 금방 마른다고 했다. 늑대 따위 겁내지 않고 마을 안팎을 드나드는 아이들답게, 그 아이들의 몸은 볕에 단단하게 그을어 있었다.

따끈따끈한 돌을 밟으며 조심스럽게 발을 집어넣었다. 물은 미적지근했다. 그러나 발목에서 정강이가 잠기는 곳으로, 정강이에서 허리가 잠기는 곳으로 들어가자 물속에서 차가운 기운이 뻗쳐 왔다. 겁먹은 내 손을 잡고 아이들은 점점 더 깊은 곳으로 이끌었다. 부력이 몸을 밀어올리는 게 느껴졌다. 동그랗게 원을 그린 아이들은 입을 모아 노래를 불렀다. 너하고 나하고 강물에 빠져 죽자. 노래 가사가 무서웠다. 아이들은 손으로 코를 쥐고 일제히 몸을 젖혀 물에 몸을 던졌다. 물 위에 뜬 아이들의 발이 물장구쳤다. 아이들이 하는 걸 보면서 나도 어설피 몸을 젖혔다. 발이 뜨는 게 아니라 머리부터 꼬르륵 잠겼다. 입으로 코로 들어오는 물 때문에 코가 맵고 숨이 막혔다. 이제껏 느껴지던 부력은 내가 몸을 던지는 순간 낯을 바꿔 자꾸만 몸을 내리눌렀다. 기껏 가슴팍에 닿는 물에서 나는 허우적거렸다. 겨우 몸을 가누며 발을 딛는 순간, 소름이 발바닥을 타고 머리끝까지 뻗쳤다. 늑대다! 늑대가 그 날카로운 이로 덥석 문 것 같았다.

거 봐라, 부모님 말씀 안 들으니까 이러지. 늑대한테 물려가면 어떻게 되는 줄 아니? 늑대는 사람을 물어다 달랑 머리통만 남겨 놓고 아작아작 씹어먹는단다.

늑대처럼 허연 이빨을 드러내며 바늘을 놀리는 의사는 부모 말씀 안 듣는 아이의 두 발을 맞붙여 꿰매놓고 싶어하는 것 같았다. 유리병 조각에 베여 쩍 벌어진 발바닥을 꿰매는 바늘이 드나들 때마다 소름이 새삼 등줄기를 훑었다. 의사는 가위로 실을 끊어내더니 내 머리통을 손바닥으로 톡 쳤다. 손등에 털이 숭얼숭얼한 의사의 손이야말로 늑대의 앞발 같았다.

앙감질은 불편했지만, 너른 냇가에서 하얗게 빛나던 자갈들이며 벗은 몸 위로 쏟아지던 햇살에 땀구멍이 열리던 느낌, 그 위를 간질이듯 스치던 바람, 어디라도 갈 수 있을 것같이 가볍던 맨발의 기억은 쉬 지워지지 않았다. 춤추는 빨간 구두를 신은 것처럼 발이 옴찔거릴 때면 나는 다락으로 기어올라 모로 웅크린 두 다리 사이에 손을 집어넣고 날개 접은 나비처럼 길고 긴 낮잠을 잤다. 안 그랬다가는 빨간 구두를 벗겨내기 위해 발목 잘리는 일이 벌어질지도 몰랐으니까. 철컥철컥, 길을 지나는 엿장수의 가위 소리를 잠결에 들으면 아물던 발바닥에 찌르르, 통증이 살아났다. 늑대 떼에게 쫓기다 벼랑에서 떨어지는 꿈을 꾸며 아아아, 발을 경련하듯 뻗치기도 했다. 아침저녁으로 바람이 소슬해지자 옷장을 정리하던 엄마는 지난해 입었던 치마를 내 몸에 대보다가 고개를 갸웃거렸다.

그새 키가 많이 컸구나. 단을 더 내어야겠다.

키가 자란 만큼 머리도 영글었다. 나는 돼지저금통의 동전 넣는 곳에 드라이버를 끼워넣어 동전을 빼게 하는 기술을 익혔다. 만화 가게는 어른들이 말한 담장 안에 있었지만, 둔갑한 늑대가 자주 나타나는 곳, 가서는 안 될 곳이었다. 그러나 그곳엔, 살금살금 다가

온 늑대에게 발목 하나를 내주고라도 단념할 수 없는 세상이 있었다. 그 세상으로 가기 위해 때로는 옷걸이에 걸린 어른들의 호주머니를 뒤지기도 했다. 늑대 먹이로 던져진대도 할 말 없는 죄였다.

늑대에게 먹히기는커녕 발바리에게 발뒤꿈치도 물리지 않은 채 침침해진 눈으로 만화가게를 나올 때면, 물먹은 듯, 어느 결에 스며든 그리움에 가슴이 에였다. 하염없이 쓸려나가는 물을 오랫동안 지켜본 뒤끝처럼 멀미기가 일어, 만화가게에 들어설 때만 해도 아기늑대 한 마리쯤은 두들겨 잡을 수 있을 듯 오달지던 걸음이 타달거렸다. 어쩐지 저 산 너머엔 어스름녘의 서먹한 기운 속에 외로움에 떠는 무언가가 나를 기다리고 있을 것 같았다. 한껏 부풀린 치맛자락을 한 손에 쥔 채 춤추는 여인들의 나라, 혹은 사람이 되었다 목탁이 되었다 하는 아이가 데구루루 구르고 있을지도 몰랐다. 어쩌면, 저 바깥엔, 늑대만 우글거리는 게 아닐지도 몰라. 어른들이 늑대만 보느라 놓친 것들이 있을지도 몰라. 늑대가 있다면 늑대의 먹이인 몽실몽실한 양도 있을 테고, 악마가 있다면 악마 뒤를 따라다니며 나쁜 짓 하려는 악마들의 팔을 붙잡기에 바쁜 천사들도 있을 거야. 두려움과 호기심이 내 양팔을 잡아당겼다. 나는 날 잡아당기는 그것들을 뿌리치듯 팔짝 뛰어보았다. 다 나은 발이 미더웠다.

그날, 내가 두려움에게 잡힌 팔을 어떻게 떨쳐냈는지는 잘 기억나지 않는다. 어쩌면, 이렇게 팽팽히 당긴 채 옴짝달싹못하고 있을

바엔 나를 반으로 쭉 찢어서 나눠 갖자고 호기심이 꼬드겼는지도
몰랐다. 두려움이 그럴까, 하고 잠깐 생각하느라 한눈판 사이에 휙
떨어져나왔는지도 모르고. 호기심에게 질질 끌려가는 아이치고는
주도면밀하게 나는 짐을 꾸렸다. 바깥세상에서 보고 들은 것을 적
을 공책과 필통, 필통 안에 무기가 될 수도 있는 칼을 챙겨넣는 것
도 잊지 않았다. 그리고 벽에 걸린 옷에서 집어낸 돈과 돼지저금통
을 턴 돈, 언젠가는 숙녀가 될 꼬마답게 손수건도 챙겨넣고 마을을
벗어났다.

　내를 가로지른 다리 앞에서 문득 뒤돌아보았다. 고개를 돌리다
사선으로 비긴 내 그림자에 철렁 놀랐다. 하오의 햇살에 하얗게 부
서지는 냇물을 보는 순간, 다시 철렁했다. 지금이라도 돌아갈 수
있었다. 아무 일 없었던 듯, 그저 늘 다니던 곳에 잠깐 나갔다 왔을
뿐이라는 듯 집으로 들어가 여느 때와 다름없는 나날을 보낼 수도
있었다. 나는 입술을 깨물며 다리로 올라섰다. 걷는 사람도 자전거
를 타고 가는 사람도 모두 요놈, 하는 눈으로 나만 바라보는 것 같
았다.

　두려움을 밟고 걷는 길은 엿가락처럼 하염없이 늘어났다. 간간
지나가는 차가 끼얹는 먼지에 시달린 입과 눈이 텁텁했다. 다음에
또 먼 길을 떠날 땐 물통을 챙겨야겠다고 결심했다. 길 위에 더러
보이던 사람들도 다들 집으로 돌아간 모양이었다. 그 집들은 다 어
디에 있을까. 눈에 보이는 것이라고는 막막한 벌판뿐이었다. 그나
마 동무가 되어주던 그림자도 어스름 속으로 스며들고, 어느새 바

람이 선득선득하게 느껴졌다. 어둑한 형체로 서 있는 가로수 뒤편마다 누군가가 숨어 있는 것만 같았다. 날이 어두워지는데도 혼자 길바닥에서 헤매는 아이가 나타나기만을 기다리는 무엇인가가.

종아리에 알이 밴 것처럼 당겼다. 발이 운동화 속에서 부풀어올라 꽉 끼였다. 나는 길섶에 쪼그리고 앉아 신발을 벗었다. 유난히 작은 발이 왠지 미덥지 않아 보였다. 운동회날 달리기를 할 때면 가슴이 터져라 달려도 늘 꼴등으로 들어오게 하던 발이었다. 발이 좀더 커진 다음에 떠나는 게 낫지 않았을까. 이미 마을은 까마득히 멀어져, 되돌아가기에도 늦어버렸다.

저만큼 앞에서 작은 점 같은 게 나타나더니 점점 커졌다. 자전거를 탄 어른 남자였다. 내 곁을 지나치던 자전거가 끼익 소리를 내며 섰다. 나는 벌떡 일어섰다. 가슴이 덜컥했다. 이럴 줄 알았어. 이제 다시는 집에 못 돌아갈 거야. 철렁한 가슴속에서 누군가가 종알거렸다. 다리의 힘이 풀려 주저앉을 것만 같았다.

아니, 네가 여기 웬일이냐?

자전거를 끌고 다가온 그가 나를 내려다보며 물었다. 하관이 뾰족한 얼굴이 바싹 다가들었다.

너 모퉁이집 막내딸 맞지? 아저씨 몰라? 병태 아저씨야.

그가 '병태 아저씨'라고 바로 밝히지 않았더라면, 나는 어스름에 묻혀 윤곽이 흐리마리한 그를 바라보다 얼결에 대답했을지도 몰랐다. '처제하고 사는 이' 아저씨!

마을엔 늑대에게 물려갔다 돌아와 늑대 비스름해진 멋쟁이 같은 사람들 말고, 역시 피해야 할 변종 늑대도 있었다. 내 앞에 바싹 얼굴을 들이댄, 내게는 먼 친척뻘인 병태 아저씨가 그 표본이었다. 올망졸망한 아이들 넷을 두고 그의 아내가 병으로 죽자, 거지들이 혀를 차고 지나가게 생긴 아이들 꼴을 보다 못한 아이들 이모가 그의 집으로 와서 조카들을 돌봤다. 그러다 아이들의 아버지까지 덤으로 돌보면서, 병태 아저씨는 이름을 잃고 그 대신 '처제하고 사는 이'라는, 늑대 꼬리처럼 기다란 별명을 얻었다. 달고 다니기엔 지나치게 무거울 그 꼬리 때문에 무게중심을 잡느라 그러는지, 그는 마을 안에서는 언제나 고개를 숙이고 다녔다. 그가 무슨 일로 찾아오면, 아버지는 그를 마루에도 앉히지 않고 선 채로 용건을 말하게 했다. 그것도 대문간에서. 그를 안으로 들였다가는 그가 있던 자리에 늑대털이라도 날릴 것처럼. 그가 늘 입던 밤색 점퍼가 아니었더라면 그를 알아보지도 못했을 것이다.

네가 이 먼 데까지 웬일이냐. 그것도 혼자.

눈물이 글썽 맺혔지만, 그가 '이 먼 데까지'라고 한 것을 놓칠 정도로 설운 것은 아니었다. '이 먼 데'까지 늑대에게 잡혀가지 않고 와봤으니, 집으로 돌아가도 될 만한 자격이 있는 것처럼 느껴졌다. 마을에 있을 땐 다른 데를 그리워하게 만들던 어스름이 짙어졌다. 마을 밖의 어스름은 매몰차게 떠나온 마을과 집을 그리워하게 만들었다. 그는 더 묻지 않고 나를 담쏙 안아올려서 자전거 짐받이에 앉히고 내 가방을 자전거 앞의 손잡이에 걸었다.

아저씨가 집에 데려다주마. 아저씨 등 꼭 붙들어야 한다.

우물에 빠졌다가 동아줄을 잡은 심정이었지만, 그 동아줄이 썩은 동아줄인지 아닌지 알 수 없었다. 나는 그의 등을 붙들지 않고 그가 앉은 자리와 짐칸 사이에 튀어나온 쇠고리를 잡았다.

아저씨 못 만났으면 어쩔 뻔했냐. 아이 혼자 돌아다니다간 큰일 난다.

그가 고개를 살짝 뒤로 돌리며 말했다. 늑대와 친척인 그가 늑대 이야기를 하는 게 신기했다. 어쩌면, 마을 어른들이 그를 잘못 본 것인지도 모른다는 생각이 들었다. 어스름녘, 들판을 혼자 걸어가는 아이에게 말을 걸어준 사람은 마을 안에서 늑대 취급을 받던 그뿐이었다. 먹빛으로 더 짙어진 가로수들이 이제 무섭지 않았다. 나는 슬그머니 그의 허리춤을 잡으며 그의 등에 몸을 기댔다. 그의 몸에선지 아니면 저녁 공기에선지, 비 맞은 개에게서 나는 축축한 냄새가 맡아졌다. 한번도 본 적 없지만, 그게 늑대 냄새인지도 몰랐다. 어느새 나도 어린 늑대가 된 것일까. 그 냄새를 맡자 눈꺼풀이 자꾸만 감겨왔다. 자울자울 졸았다. 걸을 땐 그토록 먼 길이었는데, 자전거로 오니 금세 마을이었다. 마을 어귀에서 어슬렁거리던 동물이 자전거를 보고 컹, 짖었다. 늑대인지 개인지 구분할 수 없었다. 아저씨가 있으니 어느 쪽이라 해도 무섭지 않았다. 뜬금없이, 아저씨도 아이들 엄마가 세상을 떠났을 때 무서웠을지 모른다는, 아이들의 이모가 집에 왔을 때 지금의 나처럼 든든했을지도 모른다는 생각이 졸음기 덜 깬 머릿속에서 흐느적거렸다.

집집마다 밝힌 불빛이 마을을 덮은 어둠에 무늬를 놓았다. 몽롱하던 머릿속이 개면서 두려움이 송곳니처럼 뾰족하게 돋아났다. 늑대들이 득시글거리는 곳에서 안전한 곳으로 돌아오는데 왜 이리 가슴이 두근거리는 것일까. 허연 이빨을 드러낸 무언가가 집에서 나를 기다릴 것만 같았다.

걱정하지 마라. 아저씨가 아버지께 잘 말씀드려줄 테니.

그는 등으로 내 마음을 들여다보는 것 같았다. 늑대들로부터 나를 구해냈어도, 마을 사람들은 여전히 그를 늑대의 사촌쯤으로 볼 것이다. 오늘만은 아버지가 아저씨더러 방으로 들어오라고 했으면 좋겠다, 하고 생각하자 문득 코끝이 찡해지고 목이 싸해졌다.

자전거가 공터 어귀로 들어설 때, 우어허엉, 멋쟁이의 울부짖음이 어둑한 허공을 울리며 나를 맞았다. 으허엉, 내 몸에서 알지 못할 소리가 울려나오는 듯했다. 아무래도 어둠이 나를 늑대로 바꿔치기한 것만 같아서, 내가 나 아닌 아기늑대인 것 같아서, 나는 눈을 홉떴다.

뉴욕제과점

김연수

1970년 경북 김천에서 태어났다. 1993년 『작가세계』 여름호에 시를 발표하고, 1994년 장편 『가면을 가리키며 걷기』로 『작가세계』 문학상을 수상하며 등단. 소설집 『스무 살』 『내가 아직 아이였을 때』 『세계의 끝, 여자친구』, 장편소설 『꿀빠이, 이상』 『네가 누구든 얼마나 외롭든』 『밤은 노래한다』가 있다. 동서문학상, 동인문학상, 대산문학상, 황순원문학상, 이상문학상을 수상했다.

작가를 말한다

그의 집을 방문할 때 흔히 보게 되는 것은 책상머리에 촘촘하게 적어놓은 쪽지들이다. 서울 시내에 있는 헌책방을 찾아다니거나 자료를 보충하는 일로 그는 꽤나 오랜 시간을 보낸다. 그것은 때로 우직하게 보이기도 했지만 때로 지나쳐 보이기도 했다. 그다음에야 설계도면을 그리는 건축가처럼 먹줄을 퉁기듯 조심스럽게 뼈대를 잡고 살을 붙여나간다. 소설을 써나가기 시작하면 그걸 탈고하기 전에는 작은 약속도 잡지 않고 오직 글 쓰는 일에만 자신을 의탁한다. 그리고 한 편의 소설을 끝냈다는 걸 알게 되는 것은 그의 집에서 서재의 위치가 바뀌어 있는 것을 보게 되었을 때이다. 문태준(시인)

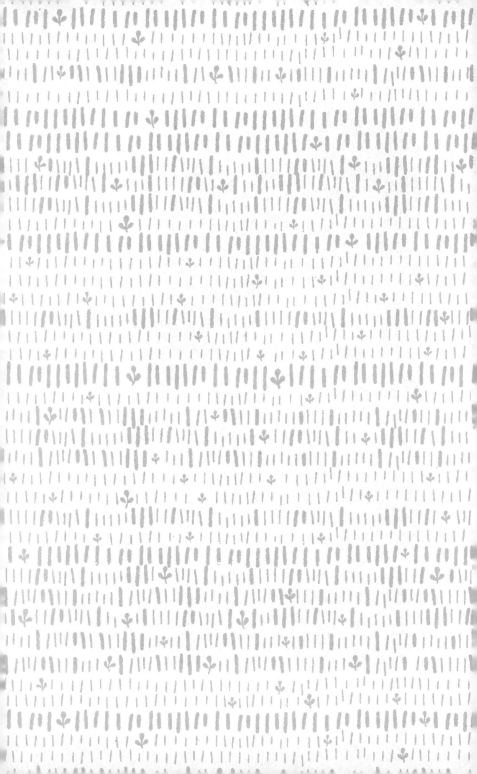

1

나는 이 소설만은 연필로 쓰기로 결심했다. 왜 그런 결심을 하게 됐는지 모르겠다. 그냥 그래야만 할 것 같았다. 그러고 보니 연필로 소설을 쓴 것도 꽤 오래전의 일이다.

오래전의 일로부터 이 소설은 시작한다.

아직도 나는 뉴욕제과점이 언제 문을 열었는지 정확하게 알지 못한다. 내가 태어났을 때, 거기 뉴욕제과점은 있었다. 어렸을 때, 어머니에게 이렇게 물은 적이 있었다.

"엄마는 언제부터 장사를 시작했어요?"

겨울이면 늘 코를 흘리고 다녀 소매 끝이 반질반질하던 초등학생 시절이었다.

"니가 태어나기도 한참 전에 시작했지."

뉴욕제과점 난로 옆에 앉아 텔레비전 화면과 뜨개질바늘을 거의 동시에 바라보며 어머니가 말했다. 그즈음 우리 형제는 부쩍 자라고 있었다. 추석도 지나가 손님이 뜸해지는 가을부터 초겨울까지 어머니는 난로 옆자리에 방석을 깔고 앉아서는 잘 입지 않는 스웨터를 풀어 새 스웨터를 짰다. 어머니가 스웨터를 짤 즈음부터 우리는 모두 크리스마스 대목이 찾아오기를 간절히 기다리기 시작했다.

어머니도 그게 언제인지 정확하게 몰랐거나 어머니는 말했는데 내가 너무 어렸던 탓으로 듣고는 잊어버렸던 모양이다. 좀 시간이 흐른 뒤에는 그런 일들이 더 이상 궁금하지 않았다. 내 문제만으로도 정신이 없었다. 뉴욕제과점은 내가 태어나기 전부터 거기에 있었으니까 죽은 뒤에도 거기에 있을 것이라고 쉽게 생각했던 것 같다. 물론 인생은 그런 게 아니다.

이 글을 쓰느라 다시 곰곰이 생각해보니, 언젠가 어머니가 가게를 보느라 제과점 뒤에 딸린 골방에 갓난 누나를 혼자 내버려둔 적이 많았는데 그게 내내 미안했다고 말한 게 떠올랐다. 내가 태어났을 때 그런 방은 없었다.

"어디에 그런 방이 있었어요?"

난로에 언 발을 녹이고 있었거나 제과점 문을 들락거리면서 물었을 테다.

"저기 수족관 있는 데까지가 방이었어. 그때는 집이 없어갖꼬 한 방에서 다 그래 잠도 자고 밥도 먹고 그랬거든. 호호호."

다행히 내가 태어났을 때만 해도 우리에게는 따로 살림집이 있었다. 그러니까 나만 빼놓고 우리 형제는 모두 뉴욕제과점에서 태어난 셈이다. 단팥빵이나 크림빵처럼. 미운 오리 새끼도 아니고 형제간에 그런 식으로 차이가 나다니 별로 기분 좋은 일은 아니다. 누나는 1965년생이다. 그렇다면 뉴욕제과점이 문을 연 것은 1965년 이전의 일이 되는 셈이다. 월남 파병이 결정되고 이승만이 하와이에서 죽고 대학생들의 반대 속에 한일협정이 조인될 무렵이었다. 그 모든 일들이 내가 태어나기도 전에 다 일어났다. 그렇게 오래전부터 뉴욕제과점은 거기에 있었다. 나는 뉴욕제과점에서 태어나지도 않았는데, 사람들은 나를 뉴욕제과점 막내아들이라고 불렀다.

서울에서 우연히 고향 사람들을 만날 때면 지금도 간혹 뉴욕제과점 얘기가 나온다. 모두들 나보다 먼저 태어난 사람들이다. 역전에 있었다고 하면 대부분 기억해낸다.

"어머, 여고 시절에 거기서 미팅을 자주 했는데……"

언젠가 인사동 술집 울력에서 만난 한 시인이 내게 이렇게 말했던 것 같다. 그날 나는 술이 많이 취해 있었다. 나는 이렇게 얘기했으리라.

"이젠 더 이상 제과점을 하지 않아요."

뉴욕제과점을 기억하는 고향 사람들에게 내가 늘 하던 말이다. 하지만 사람들이 내 말에 놀라거나 충격 받는 경우는 거의 없다. 여학생 시절에 미팅까지 했던 곳이라면, 그리고 이제 더 이상 그런 곳이 이 세상에 존재하지 않는다면, 그게 어째서 놀라거나 충격 받을 만한 일이 아닐까? 나는 가끔 얘기하다가 멍청한 표정으로 이런 생각에 잠겨 한참 고향 얘기에 열을 올리는 상대방을 당황하게 만들기도 한다. 고향 사람들과 얘기할 때, 나는 곧잘 문맥을 놓친다.

나는 뉴욕제과점이 있었던 그 거리에서 사라진 상점을 모두 기억하고 있다. 상점과 함께 동네를 떠나버린 사람들도 모두 기억하고 있다. 나란 존재는 그 거리에서 배운 것들과 그 거리 밖에서 배운 것들로 이뤄진 어떤 것이다. 물론 그 거리에서 배운 것이 압도적으로 많다. 내 몸 안에는 내가 어려서 본 상인들의 세계가 아직도 생생하게 남아 있다. 저마다 내걸었던 양철 간판이나 형광등 간판이 어제 본 것처럼 또렷하다. 그 거리는 이제 이 세상에 존재하지 않는다. 지금 고향에 있는 거리는 예전에 내가 살았던 곳이 아니다. 어떤 의미에서 나는 실향민이나 마찬가지다. 지물포와 철물상과 목재상과 신발가게와 중국집과 금은방과 전당포와 양복점과 대폿집과 명찰가게와 다방재료상과 전업사와 저울가게와 하숙집과 대서방과 도장가게가 있던 내 고향은 영원히 사라졌다. 개발은 그 모든 작은 상점을 없애버렸다. 대단히 쓸쓸한 일이다. 죽게 되면 자신의 삶을 처음부터 끝까지 다시 되돌아볼 기회가 찾아온다고 말하는 사람도 있던데, 만약 그게 사실이라면 나는 다른 시절에 할애된 시간을 줄여서라도 어렸던 그 시절 그 거리를 오랫동안 공들여 천천히 다시 걸어가고 싶다. 하지만 다른 사람들은 나와는 생각이 많이 다른 모양이었다. 대놓고 물어보진 않았지만, 뉴욕제과점은 그저 학창 시절에 미팅을 했던 장소 정도라 죽는 마당에 다시 가보고 싶은 마음은 전혀 없는 것 같았다. 그들로서는 당연한 마음이겠지만, 나는 그런 사람들이 좀 야속하다.

뉴욕제과점이 언제 문을 열었는지 나는 모르지만, 언제 문을 닫았는지는 안다. 내가 태어나기 오래전부터 존재했던 고향 거리의 수많은 상점들처럼 뉴욕제과점은 새롭게 바뀐 환경에 적응하지 못하고 1995년 8월 결국 문을 닫았다. 어차피 인생은 그런 것이니까 이걸 비관적으로 생각해서는 안 된다, 고 몇 번이나 다짐했다. 나보다 먼저 세상에 온 것들은 대개 나보다 먼저 이 세상에서 사라진다. 정상적인 세상에서 정상적으로 일어나는 정상적인 일이다. 그러니까 뉴욕제과점이 이 세상에서 영영 사라지는 일도 그와 마찬가지다.

하지만 과연 그런 것일까? 그저 사라져버리면 그만일까?

나는 1994년 5월 26일자 『새김천신문』을 아직도 보관하고 있다. 거기에 다음과 같이 시작하는 기사가 실렸다.

"김천 출생의 김연수 군(24세)이 시와 소설로 각각 등단한 것이 뒤늦게 밝혀졌다."

나도 기자 생활을 해봤으니 이제는 이게 얼마나 멋진 도입부인지 잘 안다. 뭔가 흥미진진한 내력이 숨어 있을 것만 같다. 하지만 기사는 왜 내 등단 사실이 '뒤늦게' 밝혀져야만 했는지 아무런 정보도 주지 않는다. 그저 '뒤늦게' 전해들은 것뿐이다. 그 사실을 '뒤늦게' 전한 사람은 아버지였다. 아버지는 기사 중 다음 구절에 노란 형광펜으로 줄을 그었다.

"역전파출소 옆 뉴욕제과점이 집이기도 한 작가 김연수 군은 ……"

아버지는 가끔 그렇게 형광펜으로 줄을 그은 신문기사를 편지봉투에 넣어 보내오곤 했다. 언젠가는 편지봉투를 뜯어보니 『조선일보』기사가 나왔다. 그때까지 나는 『조선일보』와 인터뷰를 하거나 『조선일보』에 글을 실은 적이 없었다. 펼쳐보니 아쿠타가와 상을 수상한 유미리에 관한 기사였다. 아버지는 유미리라는 이름에, 그리고 '방황과 절망이 빚어낸 문학성'이라는 홍사중 씨의 칼럼 제목에 각각 붉은 형광펜 칠을 해놓았다. 동봉한 편지에 아버지는 "나는 너를 믿는다. 네 소신껏 희망을 갖고 밀고 나가거라. 어짜피 人生이란 그런것이 아니겠냐"라고 써놓은 뒤, '아니겠냐'의 '겠'과 '냐' 사이에 'ㅇ자'를 그려놓고 'ㄴ'를 부기했다. 그 편지를 읽을 때마다 나는 '아니겠냐'라고 쓴 뒤에 그게 마음에 들지 않아 중간에 'ㄴ'자를 삽입하는 아버지의 모습을 떠올린다. 아이가 생긴 뒤에야 나는 그게 얼마나 숭고한 일인지 알게 됐다.

　인터뷰는 뉴욕제과점 수족관 뒤 어두운 자리에서 이뤄졌다. 갓 난아기였던 누나가 혼자 울음을 터뜨렸던 곳이기도 하고 인사동 에서 만난 시인이 미팅을 한 자리이기도 했다. 그 자리는 무슨 까 닭인지 남들 모르게 은밀히 빵을 먹으려는 사람들을 위한 곳이었 다. 지금은 제과점에 이런 공간이 필요없지만, 그때는 일반적이었 다. 그 자리에 앉아 『새김천신문』에서 나온 사람과 오랫동안 얘기 를 나눴다. 그 사람은 내 등단소설의 모더니즘 기법이 대단히 훌륭 하다며 나를 추어올렸다. 대단히 훌륭하다니. 아마도 내 소설을 안 읽었던 모양이었다. 나보다 스무 살 정도는 더 많아 보이는 그 사 람 앞에서 나는 마늘을 빻듯이 내키지 않는다는 몸짓으로 "모더니 즘이 아니라 포스트모더니즘"이라고 바로잡았다. 그 사람은 내 말 을 받아적었다. 우리 사이에는 어머니가 고른 단팥빵과 크림빵과 곰보빵이 은빛 쟁반에 놓여 있었다. 내가 좋아하는 빵들이었다.

　나중에 나는 이 일을 두고두고 후회했다. 인생은 그런 게 아니었 다. 점점 자기 그림자 쪽으로 퇴락해가는 뉴욕제과점 구석 자리에 서 나이가 스무 살 정도는 더 많은 사람을 앞에 두고 앉아 "모더니 즘이 아니라 포스트모더니즘"이라고 바로잡는, 그런 게 아니었다. 내가 자라는 만큼 이 세상 어딘가에는 허물어지는 게 있다는 사실 을 깨닫는 게 바로 인생의 본뜻이었다. 아이가 자라나 어른이 되는 정도의 시간이면 충분했다. 그사이에 아무리 단단한 것이라도, 제 아무리 견고한 것이거나 무거운 것이라도 모두 부서지거나 녹아내리거나 혹은 산산이 흩어진다. 그럴 때마다 내 안에서는 부식된 철판에서 녹이 떨어져나가듯이 검고 붉은 부스러기 같은 것들이 죽어서 떨어져나가갔다. 밀려드는 파도에 모래톱이 쓸려나가듯이 자잘한 빛들이 마지막으로 반짝이면서 어둠 속으로 영영 사라졌다. 내가 태어나 어른이 되는 그 짧은 시간 동안에 말이다. 그런 줄도 모르고 "모더니즘이 아니라 포스트모더니즘" 운운하는 바보 같은 말을 서슴없이 내뱉던 때였으니까 나중에 신문을 받아들고는 무슨 신문기사에 '역전파출소 옆 뉴욕제과점이 집이기도 한 작가' 같은 표현이 다 실릴 수 있을까, 하고 생각한 것은 당연했다. 하지만 그렇지 않다면 나는 또 누구란 말인가? 지금은 경기도에 사니까, 또 뉴욕제과점은 더 이상 존재하지 않으니까 누군가를 만나 나를 소개할 때면 "소설을 쓰는 아무개입니다"라고 말하지만, 아직도 고향에서 나는 '역전 뉴욕제과점 막내아들'로 통한다. 이제는 죽어서 떨어져나간, 그 흔적도 존재하지 않는 자잘한 빛, 그 부스러기 같은 것이 아직도 나를 규정한다는 사실은 놀랍기만 하다. 눈에 보이지 않는다고 해서 사라졌다는 말은 아니다.

예나 지금이나 내가 뉴욕제과점 막내아들이었다는 사실을 알게 됐을 때, 사람들의 반응은 늘 똑같다. 다들 "빵 하나는 엄청나게 먹었겠구만"이라고 말한다. 그 부러워하는 표정을 볼 때만은 재벌

2세도 마다할 만하다. 우리 어렸을 때만 해도 빵의 지위는 그처럼 높았다. 덩달아 제과점 막내아들의 지위도 지금의 소설가 못잖았다. 당연하게도 나는 지금까지 살아오면서 다른 어떤 사람보다 더 많은 빵을 먹었다. 거의 매일같이 빵을 먹었다. 그러다보면 한 가지 깨닫는 게 생긴다. 생과자나 햄버거나 롤케이크처럼 비싼 빵은 매일 먹는 게 사실상 불가능하다는 점이다. 매일 먹을 수 있는 빵은 몇 가지 되지 않는다. 단팥빵, 크림빵, 곰보빵, 찹쌀떡, 도넛, 우유식빵 같은 제과점의 기본적인 빵에만 질리지 않을 수 있다. 아마도 자장면과 짬뽕을 가장 즐겨 먹는 중국집 아이가 있다면 내 말이 무슨 뜻인지 이해할 것이다. 죽기 직전, 어렸을 때의 그 거리를 다시 한번 걸어갈 일이 생긴다면 내 손에는 단팥빵과 크림빵과 곰보빵과 찹쌀떡과 도넛과 우유식빵이 들려 있을 것이다.

하지만 처음부터 빵을 그렇게 마음대로 먹을 수 있었던 것은 아니었다. 나는 뉴욕제과점에서 빵을 훔쳐 먹은 경험도 있다. 남들 듣기에는 버스 차장이 무임승차해본 적이 있다고 말하는 것이나 마찬가지니 고해소에 들어가 고백한다고 해도 그다지 설득력이 없는 얘기다. 하지만 사실은 사실이다. 어머니가 보지 않을 때, 빵을 집어서 도망쳤다. 내게 잘해주던 약국 형제가 있었는데, 그 형제에게 빵을 대접하고 싶었던 것이다. 아직 초등학교에도 들어가기 전이었으니 어머니는 막 사십대에 접어들고 있었을 테다. 그때는 마음대로 빵을 먹지 못했다. 뉴욕제과점 막내아들이라는 호칭이 무색할 정도였다.

"다른 사람도 아니고 아들 입으로 들어가는데, 그걸 못 먹게 해요?"

뉴욕제과점이 이 세상에서 영영 사라진 뒤에 내가 어머니에게 물은 적이 있었다.

"그때는 한 푼이라도 아쉬웠거든."

어머니가 말씀하셨다. 젊었을 때 어머니는 막내아들이 먹을 빵까지 팔아서 악착같이 돈을 만드셨다.

어쨌든 그 시절에는 일본말로 '기레빠시'라는 것을 먹었다. 우리말로 하자면 자투리, 부스러기 정도가 맞을 것이다. 신문지를 깐 큰 철판에 반죽을 채워 가스오븐에 한참 구우면 철판 가득 카스텔라로 바뀌어 나온다. 때에 전 하얀 가운을 입은 제빵 기술자 형이 일하는 공장은 가스오븐의 열기 때문에 늘 후끈거렸다. 공장 안에는 내 아름만큼이나 큰 대형 선풍기가 있었지만, 여름에는 뜨거운 바람만 토해낼 뿐이었다. 기술자 형은 큰 배터리를 검정테이프로 붙여놓은 빨간색 트랜지스터 라디오에서 흘러나오는 아침 방송을 들으며 가스오븐에서 김이 모락모락 피어나는 카스텔라를 꺼내 밖으로 가져갔다. 잘 구워진 카스텔라의 표면은 코팅을 한 듯 저절로 생긴 기하학적 무늬가 그려져 반질반질했다. 오븐에 들어가기 전의 반죽과 오븐에서 구워진 빵은 같은 물질이라고 볼 수 없을 정도였다. 빵이 구워지는 모습을 나는 몇 번 정도나 봤을까? 한 오백

번 정도 봤을까, 천 번 정도 봤을까? 하지만 볼 때마다 그건 기적과도 같았다. 그런 일이 사람에게도 가능하다면 나도 기꺼이 가스 오븐으로 들어가 뉴욕제과점 막내아들에서 미국 뉴욕의 실업가 아들 정도로 다시 나왔을 텐데. 그런 멍청한 상상이 한참 깊어질 무렵이면 밖에 내놓은 카스텔라도 웬만큼 식기 때문에 기술자 형은 신문지를 잡고 철판 밖으로 카스텔라를 꺼내 날은 없지만 무척이나 긴 제빵용 칼로 포장할 수 있을 만큼씩 잘라냈다. 가장 먼저 위 아래 좌우의, 조금 타서 딱딱한 부분부터 잘라냈다. 기레빠시는 이렇게 잘라낸 빵을 뜻했다. 모양 때문에 잘라냈지만, 가게에서 파는 카스텔라나 다름없기 때문에 그냥 버릴 수는 없는 노릇이었다. 그렇다고 다른 사람에게 주기에는 모양이 너무 안 좋았다. 결국 기레빠시는 우리 형제들 차지로 돌아왔다. 계란과 박력분이 범벅이 된 기레빠시의 맛은 아직까지도 혀끝에 생생하게 남아 있다. 나는 단팥빵과 크림빵과 곰보빵과 찹쌀떡과 도넛과 우유식빵에는 질리지 않았지만, 이 기레빠시에는 질려버리고 말았다. 결국 우리 형제가 기레빠시에 손을 대지 않게 되자, 상하기 직전의 기레빠시는 집에서 키우던 강아지의 차지가 됐다. 강아지도 얼마간은 맛있게 먹었지만, 곧 기레빠시를 거들떠보지도 않게 됐다. 개들마저도 끝내는 알게 된다. 어차피 인생이란 그런 것이다. 과하면 질리게 된다.

한번은 친구들이 놀러 왔다가 개 밥그릇에 놓인 기레빠시를 보게 됐다.

"어, 저게 뭐라?"

눈이 휘둥그레진 아이들이 물었다.

"기레빠시라."

기레빠시가 빵이라고 생각해본 적이 없었기 때문에 나는 무덤덤하게 대꾸했다.

"저거 카스텔라 아이가?"

"저거는 카스텔라가 아이고 기레빠시라 카는 거다. 카스텔라 부스러기다."

"부스러기는 카스텔라 아이가?"

며칠 뒤부터 학교에는 소문이 돌기 시작했다. 누구 집에서는 개도 카스텔라를 먹더라는 소문이었다. 지금도 그때의 초등학교 동기들을 만나면 이 얘기가 나온다. 지금도 나는 그게 카스텔라가 아니라 기레빠시라고 주장한다. 지금도 친구들은 그걸 카스텔라라고 기억한다. 뉴욕제과점에서는 개한테도 카스텔라를 먹였다, 라고 친구들은 회상한다. 어쩐지 풍요로웠던 한 시절이 이로써 끝나버린 느낌이 든다.

2

서른이 넘어가면 누구나 그때까지도 자기 안에 남은 불빛이란 도대체 어떤 것인지 들여다보게 마련이고 어디서 그런 불빛이 자기 안으로 들어오게 됐는지 궁금해질 수밖에 없다. 자신이 어떤 사람인지 알고 싶다면 한때나마 자신을 밝혀줬던 그 불빛이 과연 무엇으로 이뤄졌는지 알아야만 한다. 한때나마. 한때 반짝였다가 기레빠시마냥 누구도 거들떠보지 않게 된 불빛이나마. 이제는 이 세상 어디에서도 찾을 수 없는 불빛이나마.

내 마음을 풍요롭게 만든 것은 어디까지나 불빛들이었다. 추석즈음 역전 근처 평화시장에 붐비던 노점상의 카바이드 등빛과 상점마다 물건을 쌓아놓은 거리에 내걸었던 육십 촉 백열등의 그 오렌지 불빛들, 혹은 크리스마스 가까울 무렵이면 상점 진열창마다 서로의 빛 속으로 스며들며 반짝이던 울긋불긋한 불빛들이나 역전에 모여든 빈 택시들의 차폭등과 브레이크등이 내뿜던 붉은 불빛, 또 귀성열차가 도착하기만을 손꼽아 기다리면서 운전사들이 피우던, 그만큼이나 붉었던 담배 불빛들. 그 가물거리는 것들. 내 기억 속에서 그 불빛들이 하나둘 켜지면 절로 행복한 마음에 젖어들게 된다. 어두운 역전 밤거리에 붐비던 그 불빛들은 따스했다. 우리가 지금 대목을 지나가고 있음을 알려줬으니까. 사람들이 줄지어 선 서울역 광장이나 꼬리에 꼬리를 물고 빠져나가는 귀성버스를 향해 손을 흔드는 구로공단 사람들의 모습을 담은, 저녁 거리를 향한 금성 대리점의 컬러텔레비전. 대목 장사를 바라고 제과회사나 양조회사에서 공짜로 나눠주는 조잡한 디자인의 포장지에 일률적으로 포장한 뒤 상점 앞에 산더미처럼 쌓아놓은 종합선물세트, 혹은 경

주법주나 백화수복 같은 것들. 서울이나 울산이나 대전이나 대구 같은 대도시 생활의 고단한 표정일랑 빈집에 남겨두고 내려온 귀성객들이 홍조 띤 얼굴로 말끄러미 들여다보던 선물세트 견본품 비닐 위에서 번득이던 백열등. 명절 특별 수송 기간을 맞이해 상점 진열창보다도 더 큰 널빤지에 만든 임시 시각표를 들고 와 대합실 입구 옆에다 세워놓던 역 노무자들의 주름진 얼굴. 그 모든 광경은 여전히 내 마음속에서 반짝인다. 지금도 그때 일을 생각하면 풀풀 풀 가슴 한켠에서 불빛이 날리듯 반짝인다.

또 이런 기억도 있다. 다락에는 낡은 옷가지를 넣어두는, 종이로 만든 사각형 의류함이 있었다. 모두 두 개였는데, 그중 하나에 크리스마스 장식물 박스가 들어 있었다. 크리스마스가 다가오면 우리는 그 장식물 박스를 의류함에서 꺼냈다. 아버지가 미군 PX를 통해 구입했다는 비싼 장식품들이 그 안에 가득했다. 색깔 공도 진짜 크리스털이었고 금은색 별도 대단히 정교했다. 아버지가 평소에는 살림집 이층에서 키우던 어린 전나무를 가져오면 우리 형제는 그 나무에 둘러서서 먼저 꼬마전구를 두른 뒤에 색동 지팡이나 빨간 구두 같은 장식물과 형형색색으로 반짝이는 줄을 내걸었다. 크리스마스 트리를 모두 꾸미고 나면 가게 안에다 남은 색줄을 늘어뜨리고 크리스털 공을 매달았다. 난로 주위로 늘어진 줄들은 어린 스티븐슨이 증기기관의 원리를 발견할 때의 에피소드를 연상시키며 뜨거운 열기에 저 혼자서 흔들리곤 했다. 약국에서 탈지면을 사와 창에다가 눈처럼 붙이고 가게문에다 'Merry Christmas'라는 글자와 천으로 만든 호랑가시나뭇잎과 종이로 만든 은종이 맵시 좋게 어울린 화환을 내걸면 크리스마스 준비는 모두 끝났다. 크리스마스 장식을 모두 설치한 뉴욕제과점은 가스오븐에 들어갔다가 나온 카스텔라 반죽 같았다. 문을 열고 들어서면 가게 안의 모든 것들이 불빛을 반짝이느라 정신이 없었다. 어머니도, 우리도, 탁자도, 수족관도, 진열된 빵들도 모두 저마다 빛을 발했다. 크리스마스 이브가 되면 거의 십 분에 한 번씩 케이크를 사러 오는 사람들이 있었으니까 빛을 발하는 것은 당연했다. 보통 때는 하루에 서너 개, 많아야 대여섯 개 정도만 팔렸으니까 엄청난 일이었다. 어머니는 삼백 개는 족히 넘을 만큼 케이크를 준비했지만, 사람들에게 아직도 팔아야 할 케이크가 많다는 느낌을 주고 싶지는 않았던 모양이다. 가게에 조금만 갖다놓고 팔리는 족족 우리가 옥상에서 케이크를 가져왔다. "5호 다섯 개하고 4호 세 개 가져와라"라고 외치던 어머니의 목소리에는 힘이 넘쳤다. 대목이 지나면 한동안 돈이 궁해질 수밖에 없었으니까 어찌 됐건 힘을 내야만 했다.

내게 보낸 편지에서 "어짜피 人生이란 그런것이 아니겠느냐"라고 아버지는 쓰고 싶었던 모양이다. '아니겠냐'와 '아니겠느냐'가 어떻게 다른지 나는 아직도 모르고 있다. 세월이 흘러서 나도 내 아이에게 용기를 북돋아주기 위한 편지를 쓸 때쯤이면 그 차이를 알지도 모르겠다. 그때는 나도 왜 아이는 자라 어른이 되는지, 왜 세상의 모든 불빛은 결국 풀풀풀 반짝이면서 멀어지는지, 왜 모든 것은 기억 속에서만 영원한 것인지 깨닫게 될 것이다. 내 다음 아이들이 자라게 되면, 그 아이들이 어른이 되면. 그 정도의 짧은 시간만 흐르고 나면 나도 '아니겠냐'와 '아니겠느냐'의 차이를 알게 될 것이다. 그러니까 지금부터 하는 얘기는 짧았던 뉴욕제과점의 전성기가 끝난 뒤에 벌어진 일들이다. 내가 아이에서 등단 사실이 뒤늦게 알려진 청년이 되기까지 뉴욕제과점 그 빛이 내 마음속으로 들어오는 과정을 담은 얘기다.

"자, 어떤 걸로 사면 좋겠냐?"

아버지가 제과점용 진열장 카탈로그를 우리에게 보여주면서 말했다. 코팅지로 만든 카탈로그에는 미끈하게 생긴 다양한 제과점용 진열장 사진이 인쇄돼 있었다. 그때까지 어머니는 나무 진열장을 사용하고 있었다. 백열등이라 빵이 탐스럽게 보이지 않는데다가 접촉 부분이 닳은 나무문에서는 밀고 닫을 때마다 끽끽 비명 소리가 들렸다. 냉장 장치도 없어 더운 여름날이면 케이크를 냉장고에다 넣어둬야 했고 제대로 닫히지 않는 문은 쥐들도 쉽게 열 수 있을 정도였다. 그런 형편이었으니 카탈로그에 실린 진열장은 어떤 것이라도 좋았다.

"이것도 괜찮고 저것도 좋고……"

아버지는 아마도 미리 가격과 쓰임새를 알아봐 구입할 모델을 점찍어두고 있었을 것이다. 하지만 우리 형제는 하나같이 금빛, 은

빛 불빛을 번득이는 최신형 진열장을 꼼꼼히 살폈다. 카탈로그에 실린 진열장은 정말 근사했다. 냉장 기능을 갖춘데다가 잘못하면 불꽃을 튀기는 플러그를 매번 꽂았다가 떼었다가 할 필요도 없이 스위치만 누르면 환한 불을 밝힐 수 있었으며 프레임을 철제로 만들어 나무 진열장에 길들여진 쥐들은 체력 단련을 새로 하지 않는 한, 침으로 수염을 적시며 하염없이 바라보고만 있을 게 틀림없었다. 아버지는 유선형으로 약간 경사가 진 케이크 진열장과 원목의 느낌이 나는 중후한 모양의 빵 진열대를 구입하기로 결정했다. 그 김에 탁자와 의자도 바꾸기로 했으며 손으로 돌리던 빙수기계도 자동형으로 교체했고 식빵 자르는 기계도 구입했다. 그러니까 제5공화국도 막바지로 치닫느라 그 조그만 도시에서도 국민본부가 결성되는 등 사회가 어수선하던 무렵이었다.

내가 아는 한, 뉴욕제과점은 세 번에 걸쳐서 변화의 기회를 맞이했다. 처음 기회는 박정희가 죽고 난 뒤에 찾아왔다. 빵이라면 고급 생과자만을 생각하던 사람들도 그즈음부터 일상적으로 빵을 사 먹기 시작했다. 근검절약과 저축을 미덕으로 내세우던 시대가 지나가고 레포츠니 마이카니 하는 신조어와 함께 소비가 미덕인 시대가 찾아온 것이다. 내 마음속에 지금도 남은 불빛들은 모두 그즈음 뉴욕제과점 전성기 시절의 것들이다. 설날에는 선물용 롤케이크와 케이크를, 2월 발렌타인데이에는 초콜릿을, 3월 화이트데이에는 사탕 꾸러미를, 6월부터는 빙수를, 추석에는 다시 선물용 롤케이크와 케이크를, 입시 무렵에는 찹쌀떡을, 동지 무렵에는 단팥죽을, 크리스마스에는 케이크를 팔았다. 그 시절, 어머니는 그 대목들을 하나도 놓치지 않았다.

두번째 기회는 제5공화국이 끝나갈 때쯤 찾아왔다. 이제 뉴욕제과점에서 대목 장사의 몫은 점점 줄어들기 시작했다. 손님들은 최신식 인테리어를 갖춘 제과점을 선호하기 시작했고 바게트, 피자빵, 야채빵 등 서울에서 전해온 새로운 종류의 빵을 찾기 시작했다. 기술자 형은 『월간 베이커리』에 실린 조리법을 한참 들여다보기도 하고 시내의 다른 기술자나 대구의 기술자들에게 직접 배우기도 하더니 피자빵, 야채빵, 밤빵, 옥수수식빵 따위의 새 메뉴를 만들어냈다. 하지만 바게트만은 끝내 만들지 못했다. 조리법대로 만들긴 했는데, 바게트 특유의 바싹바싹하고 질긴 느낌이 나지 않아서 결국 포기하고 말았다. 그렇긴 해도 뉴욕제과점은 나름대로 성실하게 두번째 기회를 맞이할 준비를 마친 셈이었다.

그러나 뉴욕제과점은 그 두번째 기회를 첫번째 기회만큼 제대로 맞이하지 못했다. 바게트를 만들지 못해서도 아니었고 대목이 사라졌기 때문도 아니었다. 사실상 뉴욕제과점을 이끌었던 어머니가 자궁암 판정을 받고 병원에 입원했기 때문이었다. 나는 가족 중 누구에게서도 수술의 성공 확률에 대해 들어본 적이 없었다. 왜 그런지 그때의 기억은 제대로 남아 있지 않다. 스스로 지워버린 것일까, 아니면 기억에 남겨둘 만큼 심각한 일이 아니라고 생각했던 것일까? 그저 학교와 집만 오간 것은 아닐까 하고 추측할 뿐이다. 가게는 누나가 지켰으며 아버지는 수술을 앞둔 어머니가 있는 대구 병원에 내려가 있었다. 가끔 휴일이면 누나를 대신해 혼자서 뉴욕제과점을 볼 때도 있었다. 나는 빵 가격을 제대로 알지 못했기 때문에 내키는 대로 빵을 팔곤 했다. 끝내 팔기 곤란하다는 생각이 들면 저는 잘 모르니까 나중에 어머니 있을 때 사세요, 라고 말하며 손님을 돌려보냈다. 하지만 어머니가 다시 올지 안 올지 나로서는 알 수 없었다. 어머니는 거의 혼자서 뉴욕제과점을 지켜왔다. 어머니가 없는 뉴욕제과점이라는 게 도대체 무슨 의미가 있는지 알 수 없었다. 새 진열장과 기계를 갖춘 뉴욕제과점은, 그러나 금방이라도 무너져내릴 듯 음산해졌다. 공정하게 한가운데를 달린다고 했을 때, 예감은 좋은 일과 나쁜 일 중 나쁜 일 쪽으로 곧잘 쓰러지곤 했다. 추억이 곧잘 좋은 일 쪽으로만 내달리는 것과는 참 다르다. 많이 다르다.

그러므로 삶이란 추억으로만 얘기하는 게 좋겠다. 어찌 된 일인지 기억나는 것은 대구역에 도착해 이모들과 함께 올라탄 택시에서 들리던 라디오 방송이다. 남녀가 나와 만담하듯 한없이 이런저런 얘기를 나누면서 오후의 한가한 시간을 메우는, 그런 종류의 프로그램이었다. 동성로니 서문시장이니 하는 대구의 지명도 기억이 난다. 이모들은 집안 얘기를 하고 있었던 것 같다. 모르겠다. 아무런 얘기도 하지 않았던 것인지도. 나는 낯선 대구 시내를 바라보며 자꾸만 지직거리던 라디오 방송에 귀를 기울이고 있었다. 요새도 나는 한가한 오후에 만담식 라디오 프로그램을 틀어놓은 택시를 타고 낯선 동네를 지나갈 때면 그때 생각을 한다. 이 현실에서 다른 현실로 빠져들어가는 터널을 지나가는 듯한 느낌이 든다. 병원에 갔더니 어머니는 파리한 얼굴로 누워 있었다. 나는 이모들이 내미는 쌕쌕인가 봉봉인가 하는 음료수를 마셨고 이내 병실에서 나와 복도를 걸었다. 병원의 복도는 베이지색이었지만 그늘진 곳은 밤색에 가까웠다. 복도의 끝에는 중정(中庭)으로 나가는 나무문이 있었다. 뉴욕제과점보다도 더 오래전에 지어진 병원이었다. 나는 한참 동안이나 뜰에 심어놓은 나무와 풀 같은 것들을 바라보면서 서 있었다. 햇살을 받고 서 있었는지, 바람은 불어왔는지 아무런 기억이 없다. 다만 그 나무와 풀 같은 것들을 예전과 마찬가지로 바라볼 수 있게 됐다는 사실이 고마울 뿐이었다는 기억밖에. 그러니까 어머니는 혼자서 위험한 고비를 넘어온 것이다. 추석이나 크리스마스 대목을 넘어가듯이 말이다.

그렇게 해서 나는 뉴욕제과점 막내아들로 남을 수 있게 됐다.

3

몇 해 전까지만 해도 나는 여름이면 빙수를 직접 만들어 먹었다. 제과점에서 빵은 잘 사먹는 편인데 빙수만은 절대로 사먹지 않는다.

빙수의 생명은 팥죽에 있는데, 요즘에는 이 팥죽을 직접 만드는 집이 없기 때문이다. 빙수는 곱게 간 얼음에 팥죽만 끼얹어서 먹는 게 가장 맛있다. 그래서 빙수 하면 첫번째가 팥죽 맛이고 두번째가 정말 눈처럼 얼음을 갈 수 있는 빙수기계의 칼날 맛이다. 여름이면 나도 가게에서 빙수를 꽤나 많이 팔았다. 가장 기록적인 날은 1994년 여름방학 때 찾아왔다. 그러니까 내가 시와 소설로 등단했다는 사실이 '뒤늦게' 고향에 알려진 바로 그해다. 그 여름은 꽤나 무더웠던 모양이다. 매일 빙수 파는 양이 늘어나더니 어느 날은 결산해보니 백서른네 그릇이나 판 것으로 나왔다. 그 사실을 알고 내가 얼마나 흥분했는지 모른다. 당장이라도 어머니에게 자랑하고 싶었지만, 그해 여름에도 어머니는 연례행사처럼 병원에 입원 중이었다. 나는 나중에 어머니가 퇴원하면 자랑하려고 그 숫자를 암기했다. 백서른네 그릇. 정말 대단한 숫자였다.

"그래, 많이 팔았네."

며칠 뒤, 대구의 병원으로 내려간 내가 숫자를 말하자 어머니가 누워서 피식 웃었다.

"이제까지 하루 동안 빙수 판 것 중에서 제일 많이 판 거 아니에요?"

"그거보다는 내가 더 많이 팔았지."

"몇 그릇이나 팔았는데요?"

"옛날에는 얼마나 많이 팔았다구. 여름에 빙수 팔아가지고 가을에 너희들 학교도 보내고 옷도 사입히고 그랬으니까 얼마나 많이 팔아야 됐겠냐?"

나는 보호자용 침대에 앉아 떨어지는 링거 방울을 바라보고 있었다.

"엄마, 이제 가게 그만 해요."

"니가 아직 대학교도 졸업하지 못했는데, 가게 그만두면 네 등록금은 어떻게 마련하나?"

"내가 글 써서 벌면 되지."

"하이구, 돈 버는 게 그렇게 쉬운 줄 아나? 형하고 누나도 대학교 등록금은 내가 벌어서 댔으니까 너도 학비는 대줄게. 그다음부터는 니가 벌어서 살아라."

어머니가 웃으며 말했다. 수술을 받은 뒤로 어머니는 사소한 일에도 웃음을 터뜨렸다. 내가 어머니에게서 받은 것들 중에서 제일 훌륭한 것은 대학교 등록금이 아니라 그 웃음이라고 말하면 어머니는 서운해할까? 결국 나는 대학교를 졸업할 때까지 어머니에게서 등록금을 받아야만 했다. 그리고 그다음부터 정말 어머니는 돈을 주지 않았다. 대학 졸업 뒤, 한 해 동안 나는 여기저기 굉장히 많은 글을 썼는데, 번 돈이 전성기 때 뉴욕제과점 대목 장사는커녕 며칠 번 돈만큼도 되지 않았다. 갑자기 겁이 덜컥 났다.

내가 아는 한 마지막 기회가 뉴욕제과점에 찾아왔다. 김영삼 대통령이 세계화를 주창할 때만 해도 그게 무슨 소리인지 알 수 없었는데, 파리크라상이나 크라운베이커리 같은 대기업에서 운영하는 빵집이 그 작은 도시에도 생기고 나서야 우리는 그게 무슨 뜻인지 알 수 있었다. 내가 봐도 그런 가게에서 파는 빵과 비교해 뉴욕제과점의 빵은 형편없었다. 뉴욕제과점과 함께 빵 장사를 시작했던 다른 가게들이 하나둘 파리크라상이나 크라운베이커리 같은 가게로 바뀌거나 업종을 전환했다. 그러나 뉴욕제과점은 꿋꿋하게 1980년대풍으로 그 자리를 지켰다. 이젠 더 이상 새롭게 바뀔 만한 능력이 없었기 때문이었다. 뉴욕제과점은 우리 삼남매가 아이에서 어른으로 자라는 동안 필요한 돈과 어머니 수술비와 병원비와 약값만을 만들어내고는 그 생명을 마감할 처지에 이르렀다. 어머니는 며칠에 한 번씩 팔지 못해서 상한 빵들을 검은색 봉투에 넣어 쓰레기와 함께 내다버리고는 했다. 예전에는 막내아들에게도 빵을 주지 않던 분이었는데, 기레빠시도 버리지 않고 다 먹었던 분이었는데. 그 모습을 바라보는 심정은 매우 처참했다. 어차피 인생은 그런 것이었던가? 어머니의 자존심은 빵을 팔지 못해서 버린다는 사실을 남들이 눈치채지 못하도록 비닐봉투에 꽁꽁 묶어서 버리는 정도로만 남아 있었다. 그나마도 집 잃은 고양이들이 빵 냄새를 맡고 쓰레기봉투를 죄다 뒤져놓아 청소차가 다니는 새벽이면 가게 앞 거리에 빵 봉지가 난무했기 때문에 눈치채지 못할 사람이 없었다.

그래도 어머니는 가게를 그만두겠다는 말만은 하지 않았다. 그저 내게 말한 것처럼 어느 해 여름에는 빙수를 얼마나 많이 팔았었는지, 어느 해 크리스마스에는 케이크를 얼마나 많이 팔았었는지,

어떤 기술자가 얼마나 속을 썩였는지 그런 말씀뿐이었다. 하지만 시간이 흐를수록 어머니도 당신이 문을 연 뉴욕제과점이 이제 그 생명을 다했다는 사실을 납득하는 것 같았다. 그런 사실을 납득하는 게 과연 어떤 기분일까? 나로서는 상상이 가질 않는다.

대학을 졸업한 그해, 처음으로 돈을 벌기 위해 아등바등 애를 쓰던 어느 날 고향에서 전화가 왔다. 뉴욕제과점을 다른 사람에게 팔았다는 소식이었다. 새로 인수한 사람은 그 자리에 기차 승객들을 상대로 한 24시간 국밥집을 차린다고 했다. 나는 잘됐다고 말했다. 뉴욕제과점이 문을 열 때도 나는 거기에 없었는데, 문을 닫을 때도 그 광경을 보지 못했다. 나는 국밥집이 된 뉴욕제과점 자리를 상상해봤다. 잘 상상이 되지 않았다. 이제 이 세상 어디에도 뉴욕제과점은 없다고 생각하니 조금 쓸쓸한 기분이 들었다. 하지만 그렇게 심각하게 생각하지는 않았다. 역시 그 당시 내가 처한 문제만으로도 걱정할 일은 많았기 때문이다. 그 얼마 뒤, 살던 집마저도 역전에서 시 외곽으로 이사했다. 가끔 고향에 내려가면 도무지 내가 살던 동네가 아닌 것만 같다. 나는 이제 기차에서 내리면 곧장 택시를 잡아타고 예전에 논이 펼쳐졌던 자리에 새로 건설된 아파트촌으로 직행한다. 24시간 국밥집으로 바뀐 뒤로 뉴욕제과점이 있던 곳으로는 한번도 가지 않았다.

어느 날인가 나는 문득 이제 내가 살아갈 세상에는 괴로운 일만 남았다는 생각을 하게 됐다. 앞으로 살아갈 세상에는 늘 누군가 내가 알던 사람이 죽을 것이고 내가 알던 거리가 바뀔 것이고 내가 소중하게 여겼던 것들이 떠나버릴 것이기 때문이다. 단 한번도 그런 생각을 해본 적이 없었는데, 문득 그런 두려움에 사로잡혔다. 그러면서 자꾸만 내 안에 간직한 불빛들을 하나둘 꺼내보는 일이 잦다는 사실을 깨닫게 됐다. 사탕을 넣어둔 유리항아리 뚜껑을 자꾸만 열어대는 아이처럼 나는 빤히 보이는 그 불빛들이 그리워 자꾸만 과거 속으로 내달았다. 추억 속에서 조금씩 밝혀지는 그 불빛들의 중심에는 뉴욕제과점이 늘 존재한다. 내가 태어나서 자라고 어른이 되는 동안, 뉴욕제과점이 있었다는 사실이 내게는 얼마나 큰 도움이 됐는지 모른다. 그리고 이제는 뉴욕제과점이 내게 만들어준 추억으로 나는 살아가는 셈이다. 이 세상에 존재하지 않는 뭔가가 나를 살아가게 한다니 놀라운 일이었다. 그다음에 나는 깨달았다. 이제 내가 살아갈 세상에 괴로운 일만 남은 것은 아니라는 사실을. 나도 누군가에게 내가 없어진 뒤에도 오랫동안 위안이 되는 사람으로 남을 수 있게 되리라는 것을 알게 됐다. 삶에서 시간이 아무런 의미가 없다는 사실을, 그저 보이는 것만이 전부는 아니라는 사실을, 이 세상에서 사라졌다고 믿었던 것들이 실은 내 안에 고스란히 존재한다는 사실을 나는 깨닫게 됐다. 그즈음 내게는 아이가 생겼다. 내가 이 세상에서 사라지고 나서도 아주 오랫동안 그 아이가 나 없는 세상을 살아갈 것이라는 사실을 나는 '상식적으로' 받아들일 수 있게 됐다.

김연수 | 뉴욕제과점

어느 해 추석이었던가 설날이었던가, 고향 친구들과 술을 많이 마시고 집으로 돌아가는 길이었다. 꽤나 늦은 시간이었다. 문득 24시간 국밥집이 떠올랐다. 나는 얼마간 망설인 뒤에 그 집에 가보기로 결심했다. 김천역을 빠져나오면 역전 광장 왼쪽에 뉴욕제과점이 있었다. 양 옆에 새시로 만든 진열창이, 그 가운데 역시 새시로 만든 출입문이 있었다. 출입문 오른쪽에는 스티로폼으로 만든 모형 케이크를 늘 진열해놓았고 왼쪽에는 주방이 있었다. 오후면 기울어진 햇살이 들어오는 바람에 차양을 드리워야 했다. 가게를 볼 때, 나는 오후 네시경이면 줄을 풀어 초록색 차양을 드리웠었다. 출입문을 열고 들어가면 왼쪽으로 80년대 후반에 새로 들여놓은 최신형 케이크 진열대가, 오른쪽으로 개방된 형태의 빵 진열대가 있었다. 한쪽에는 위로 문을 여닫는 아이스크림 냉동고가 있었고 들어가는 길 맞은편에는 식빵, 롤케이크, 밤빵, 피자빵 등 좀 덩치가 큰 빵과 사탕 따위를 놓아두는 진열대가 하나 더 있었다. 거기를 돌아 들어가면 1번부터 9번까지 테이블이 있었다. 8번과 9번은 수족관 뒤에 있었기 때문에 들어가면서는 잘 보이지 않았다. 출입문의 정반대편 벽에는 컬러 방송이 처음 시작된 해에 구입했던 텔레비전이 높이 설치한 받침대에 놓여 있었다. 어머니는 늘 케이크 상자나 포장용 비닐을 쌓아두는 1번 테이블 한쪽에 앉아서 낮에는 출입문 쪽을, 밤에는 텔레비전 쪽을 바라보고 있었다. 내 마음속에 영원히 남은 뉴욕제과점의 모습은 그와 같았다. 24시간 국밥집에 들어간 나는 옛날로 치자면 2번 테이블이 있던 곳쯤 돼 보이는 자리에 앉아 국밥이 나오기만을 기다리고 있었다. 텔레비전도 옛날 그 받침대에 놓여 있었고 바닥의 무늬도 그대로였으며 나무 장식의 천장도 마찬가지였다. 내 눈길이 닿는 모든 곳에서 나는 우리 가족의 모습을 볼 수 있었다. 그곳에서 나는 어린아이였다가 초등학생이었다가 걱정에 잠긴 고등학생이었다가 자신만만한 신출내기 작가였다가 빙수 판매 신기록을 세운 대학생이기도 했다. 그리고 나는 더 이상 고개를 들고 실내를 바라볼 수 없었다. 이윽고 국밥이 나왔고 나는 내내 고개를 숙이고 국밥을 먹었다. 국밥은 따뜻했다. 나는 셈을 치른 뒤, 새시문을 열고 밖으로 나왔다. 역전 거리의 불빛들이 둥글게 아롱져 보였다.

세상을 살아가는 데 그렇게 많은 불빛이 필요한 것은 아니다. 그저 조금만 있으면 된다. 어차피 인생이란 그런 게 아니겠는가.

아이들도 돈이 필요하다 전 성 태

1969년 전남 고흥에서 태어났다. 1994년 『실천문학』 신인상에 단편 「닭몰이」가 당선되며 등단. 소설집 『매향(埋香)』 『국경을 넘는 일』 『늑대』. 장편소설 『여자 이발사』가 있다. 신동엽창작상, 채만식 문학상, 무영문학상을 수상했다.

작가를 말한다

전성태의 작품 속에서 중요한 것은 등장인물 개개인의 개성이나 자의식이 아니라 훼손된 공동체의 양상이다. 이를 부각시키기 위해 작가가 작품 속에 도입하고 있는 것이 등장인물들이 한결같이 지닌 삶의 내력이다. 전성태의 인물들이 저마다의 내력을 지니고 있다는 것은 서사의 구성에 각별한 공을 들이는 전성태 소설 고유의 특징이라고 할 수 있다. 다양한 등장인물들의 간단치 않은 내력들은 작품 속에서 여러 가지 관계를 맺으며 펼쳐지는데, 성공적인 경우 그것은 서로 교차하며 소설 내적 시간을 확장시키고 작품에 입체감과 깊이를 부여한다. 조강석(문학평론가)

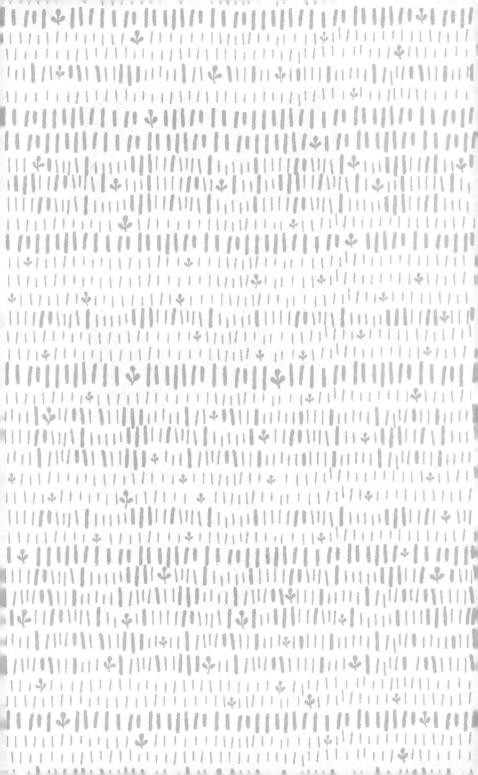

교장은 예의 그 줄자를 바지 주머니에서 꺼내들었다. 우리는 열 중쉬어 자세로 숨죽인 채 조회대를 바라보았다. 오학년 오쟁이가 벌받는 아이처럼 서 있었고, 뚱뚱한 교장이 쪼그려 앉더니 오쟁이의 종아리에 줄자를 둘렀다. 피 쏠린 얼굴로 교장이 운동장 쪽을 바라보았다. 뭐라고 입술을 달싹거렸으나 잘 들리지 않았다. 교무주임이 재빠르게 사회자 마이크를 교장에게 전달했다.

"지난주에는 얼마였죠?"

하는 목소리가 선명하게 살아났다. 교장의 만족스런 목소리에서 우리는 오쟁이의 다리통이 그새 더 굵어졌다는 사실을 짐작했다.

"십육 점 이 센치요!"

우리는 한소리로 외쳤다. 오쟁이 다리통 굵기를 모르는 학생은 없었다. 교문을 들어서면 '1교 1운동—육상 시범학교'라는 입간판이 세워져 있었고, 그 상단에는 오쟁이의 다리통 치수를 주 단위로 체크해 올리는 기록지가 붙어 있었다.

"정확히 삼 밀리 늘어난 십육 점 오 센치입니다."

교장의 발표가 있자 학생들이 일제히 박수를 쳤다. 환호성을 지르는 녀석들도 있었다. 그때만큼은 줄이 좀 흐트러져도 나무라는 교사가 없었다. 교장은 여전히 오쟁이의 종아리를 그러쥔 채 박수 소리가 잠잠해지길 기다렸다.

"시월 들어서만도 도합 일 점 칠이 늘었어요. 전문가에 따르면 이는 아주 놀라운 수치라고 합니다."

교장은 몸을 일으킨 후 말을 이었다.

"오장희 어린이는 매일 점심으로 육미관에서 설렁탕을 대먹고 있습니다. 육미관 설렁탕이 보통 설렁탕입니까? 원래 고기 인심이 푸짐한 집인데 나는 듬뿍 더 넣어달라고 특별히 당부까지 해두었어요. 여러분도 이 오장희를 본받아서 열심히 연습에 임해주기 바랍니다. 스무 명이고 서른 명이고 훌륭한 선수들만 나온다면 나는 설렁탕을 대기 위해 얼마든지 사재를 털 용의가 있다 이겁니다."

제 말에 홀린 듯 교장은 격앙되어 주먹을 불끈 쥐어올렸다. 이윽고 그가 오쟁이에게 시선을 떨어뜨렸다.

"오늘도 먹으러 가야지?"

교장의 목소리를 들으며 나는 현관 위 시계탑을 쳐다보았다. 열한시 오십분이 막 지나고 있었다. 운동장에 모인 지 삼십 분이 넘었다. 저학년 중에서 몸을 꼬는 아이들이 눈에 띄었다. 오줌이나 똥을 눈 녀석이 있는지도 몰랐다. 몇 주 전에는 이학년생 내 동생이 바지에 오줌을 지렸다.

"자, 어서 가봐라."

교장이 오쟁이의 등을 가볍게 밀었다. 마치 내 등이 떼밀린 듯나는 숨을 토해냈다. 오쟁이가 의자에서 뛰어내렸다. 그는 곧장 조회대 계단으로 내려와서 전교생이 집합한 운동장을 가로질러 교문으로 뛰어갔다. 그 모습이 멋지다기보다는 마치 서커스단의 공연을 지켜보는 것처럼 기이해 보였다. 햇볕에 까맣게 그을린 피부, 깡마른 몸피, 기계총 흔적이 성성한 까까머리. 그에 비해 그는 지나치게 헐렁한 붉은 셔츠와 검은 러닝복을 입고 하얀 스파이크 슈즈를 신고 있었다. 그러나 누가 봐도 몇 달 전까지 검정고무신을 들고 뛰어다니던 그 오쟁이라고는 상상할 수 없었다. 오쟁이가 교문 밖으로 사라지자 나는 발밑의 가방을 내려보았다. 오늘도 오쟁이의 가방을 들고 가야 할 처지였다.

그해 2학기 동안 토요일만 되면 우리는 교장의 일명 '설렁탕 훈화'를 들어야 했다. 토요일은 일제 하교식이 있는 날이었다. 전교생이 마을 단위로 모여 애향단 깃발을 앞세우고 일제히 귀가했다. 마을마다 담당교사가 정해져 있었고, 육학년이 애향단장을 맡았다.

오쟁이의 다리통이 얼마나 굵어졌는지 확인하러 인근의 상인들도 교문 앞으로 구경을 오곤 했다. 영희네 문방구 내외, 오뚜기분식 아주머니, 샛별미용실의 두 처녀, 교장에게 줄자를 협찬한 런던라사 김사장, 양조장 직원들이 그들이었다. 따라서 교장의 훈화는 초등학생들이 듣기에는 힘에 부칠 만큼 날로 어려워지고 길어졌다.

교장이 그해 봄에 부임한 후 학교에는 많은 일이 벌어졌다. 운동장 가로 늘어선, 이 고장의 명물이기도 한 오래된 벚나무들이 베어져나갔다. 일제의 잔재를 청산한다는 명목이었다. 그 자리에는 겨우 어른 팔뚝만한 포플러가 심겼다. 어린 포플러에 가끔 농부들이 소를 몰아다가 매어놓곤 하였다. 그럴 때면 어김없이 확성기가 울려퍼졌다.

"교장이올시다. 성스런 학원에 소를 들여놓은 분은 속히 몰아가주시기 바랍니다. 선진조국의 시민은 학생들의 면학 분위기를 저해하는 일체의 행위를 삼가야겠습니다. 다시 한번 알립니다……"

방송이 나가면 교감과 소사가 허겁지겁 운동장을 가로질러가는 모습이 보이곤 했다. 확성기 소리는 시도 때도 없이 울려서 우리의 면학 분위기를 해치는 사람은 오히려 교장으로 여겨질 정도였다. 머잖아 교장은 학교 울타리를 탱자나무로 둘러버렸다.

교장은 학교에 세워져 있는 갖가지 동상도 정비하였다. 인물상으로는 이순신 장군상, 유관순 누나상, 반공소년 이승복과 상주(尙州) 출신 효자 정재수 어린이상, 그리고 독서하는 소녀상이 있었다. 정구장 옆 화단에 세워진 이승복 어린이상이 정문 쪽으로 옮겨졌다. 이순신 장군상이 연못가에 있었는데, 교장은 그게 가장 마음에 걸린 모양이었다. 장군상을 철거하여 처음에는 정문 쪽에다 옮겼다가, 보름이 채 지나지 않아 교무실 앞 화단에다가 모시더니 급기야는 학교 서쪽의 동백나무 숲을 밀어내고 계단이 총 이백삼십 단에 이르는 무궁화동산 조성 공사에 들어갔다. 공사는 여름방학 때까지 계속되었다. 이순신 동상은 넉 달 동안 미끄럼틀 옆에서 긴 검을 찬 채 누워 있었다. 방학 중에 등교령이 내렸다. 이순신 동상을 무궁화동산 능선으로 옮기는 광경은 그야말로 장관이었다. 주민들까지 부역을 나와 통나무에 올린 동상을 줄다리기 할 때 쓰던 밧줄로 끌어올렸다.

여름방학이 끝나자 면 거리에 제11대 대통령 취임식을 축하하는 현수막이 내걸렸다. 전두환 장군이 새 대통령에 취임하였다. 아버지는 종씨가 대통령이 되었다고 좋아했다. 대통령이라고는 박대통령밖에 모르던 나는 11대 대통령이라는 글귀를 보고 그전에 대통령이 열 명이나 재임하다가 서거한 줄 알았다.

교장이 하프마라톤이라는, 이름도 생소한 운동 종목을 가지고 학생들을 볶기 시작한 것은 그 무렵부터였다. 유명무실하기는 했으나 학교에는 공식적인 육성 운동 종목으로 연식 정구부가 있었다. 교장이 운동 종목을 변경한 데는 양다래 사건이 계기가 되었다. 매년 팔월부터 시월까지 녹동항으로 제주도산 양다래를 실은 화물선이 들어오는데, 그 무렵이 되면 양다래를 산적한 화물차들이 밤낮으로 국도를 오르내렸다. 하루는 화물차 한 대가 면 거리를 조금 벗어난 지점에서 전복했다. 마을 아이 하나가 양다래 상자를 가지고 나타나서 우리는 허겁지겁 그곳으로 달려갔다. 도중에 우리는 양다래 상자를 든 아이들과 어른들을 여럿 만났다. 다들 도망치듯 걸으면서 어서 가보라고 했다. 마을 아이들과 함께 현장에 도착했을 때는 물크러져 굴러다니는 양다래 알들을 빼놓고는 남아 있는 상자가 없었다. 나는 뭔가 큰 손해를 본 것 같았다. 왜 나는 이 근처에서 놀지 않았나 후회스러웠고, 트럭이 우리 마을 쪽에서 전복하지 않은 데 화가 났다.

이내 마을마다 양다래 상자를 회수한다는 방송이 나갔다. 처벌과 변상 운운하는 온갖 협박과 설득 끝에 오 톤 중에 삼 톤이 되돌아왔다.

"아싸리 까놓고 말해서 질바닥에 떨어진 건 몬자 줍는 사람이 임자 아녀?"

상자를 되돌려주는 사람 중에 그렇게 말하는 이도 있었다.

전복 차량 옆에는 운전사가 메리야스를 겨드랑이까지 올려붙이고 앉아 있었는데 그는 경찰들을 향해 하소연했다.

"저쩌쩌 작것을 잡아야 된당게요. 저놈이 기중 먼저 상자를 갖고 토껴서 나가 삼 킬로나 쫓아갔지라. 잡어서 쥐질러 죽에붙고 잡퍼도 어찌나 날랜지 못 잡겄드랑께요. 돌아와보니께 워매, 다 가져가불고 없어라. 세상천지에 요런 동네가 으디 있다요? 아따, 저 쥐밤톨만한 새끼……"

그가 분에 겨워 손가락을 떨면서 가리키는 곳은 무궁화동산 쪽이었다. 이순신 장군상 옆에 한 아이가 저녁놀을 지고 서 있었다. 무릎을 짚은 꾸부정한 자세가 저도 숨을 고르고 있는 것 같았다. 오쟁이였다.

교장은 오쟁이더러 벌로 운동장을 돌게 하였다. 다섯 바퀴쯤 돌앉을 때 교장은 교무실에서 스톱워치를 가지고 나왔다. 오쟁이는 장장 스물다섯 바퀴를 문제없이 돌았다. 교장의 눈썰미대로 그는 몇 달 만에 삼천 미터 중거리달리기 종목에서 군 대회를 휩쓸더니 도 대회에서도 금메달을 받아왔다. 오쟁이는 다음번에는 서울땅을 꼭 밟고 오겠다고 외운 듯 포부를 밝혔다.

이듬해 봄에 '3·1마라톤대회'라는 전국적인 규모의 대회가 예정되어 있었다. 초등부 종목으로 오 킬로미터 경기가 있다고 했다. 교장은 그 대회에 선수들을 뽑아 출전시켜 개인전부터 단체전까지 휩쓸 야심찬 계획을 가지고 있었다. 교장 성격이 워낙 감퍼서 누구 하나 나서서 말려볼 사람이 없었다. 사학년 이상 학생들은 방과 후에 달리기 연습을 해야 했다. 학교 인근 마을 학생들은 학교 운동장에서 연습을 했고, 먼 마을들은 애향단장 책임 아래 연습이 마을에서 이루어졌다. 우리 마을은 학교에서 멀었다. 사실 우리 마을은 일학년생부터 육학년생까지 모두 합해도 고작 아홉 명밖에 되지 않는 작은 마을이었다. 육학년이래야 갈퀴집 명심이가 유일했다. 애향단 중에 여자가 단장을 맡은 곳은 우리 마을뿐이었다. 명심이와 나는 동갑내기였다. 그런데도 내가 학년이 밑인 것은 동생을 업어 키우느라 한 해를 끊어 아홉 살에 입학한 탓이었다. 어쨌든 오학년생으로는 나를 비롯해 오쟁이와 은경이가 있었고, 사학년생은 아예 없었으며 나머지는 내 동생처럼 모두 저학년 학생들이었다. 교장이 부임하고 처음 일제 하교식이 있던 날, 교장은 긴 대열 한 귀퉁이에 게꽁지만하게 붙은 우리 마을 아이들을 보고 한숨을 내

쉬었다.

"저 애향단은 어디오?"

교무주임이 대답했다.

"귓등이라고 합니다."

"뭐라고요?"

"거북 구(龜) 자에 오를 등(登) 자를 써서 귓등이라고 부릅니다. 고개 아랫마을입니다. 사실 행정구역상 장전리의 한 반으로 편성되어 있는 마을이죠. 마을로 인정하자니 거시기하고 안하자니 뭐시기해서 아주 골치 아픈 동넵니다. 본 동네에서는 엄청 떨어져 있거든요. 근데 이곳 주민들 사이에서는 일반적으로 마을로 인정하는 추세입니다."

"행정구역대로 하세요. 무슨 특수부대도 아니고, 도통 대열이 뽄대가 안 나잖소."

그래서 우리 애향단은 깃발을 내리고 장전리 뒤에 붙었다. 그러던 것이 오쟁이를 배출한 마을이라고 하여 이학기부터는 다시 분리되었다.

우리는 명심이가 부르는 호루라기 소리에 맞춰 교문을 빠져나왔다. 깃발잡이는 나였다. 나는 오쟁이의 가방까지 해서 두 개를 앞뒤로 메고 걸었다. 후미에는 우리 애향단의 인솔교사인 최선생이 무료한 얼굴로 자전거를 몰고 있었다. 다방 앞을 지날 때 최선생이 행렬을 세웠다.

"아이, 난 오늘 바쁜 일이 있어서 끝까지 인솔 못한다. 이탈하지 말고 명심이를 따라서 마을까지 가야 쓴다이. 명심아, 오늘 동네 열 바퀴 도는 것도 니가 지도해야 쓰겠다. 그라고 내일 아침 마을 청소 시키는 것도 잊지 말고, 알었제? 일지는 니가 써서 다음주 월요일에 가져오고. 명심해라이."

최선생은 옆구리에 끼고 있던 애향단 일지를 명심이에게 넘기고 나서 덧붙였다.

"느그들 나가 불시에 마을로 올라가는 수가 있으니께 똑바로 해라이, 알겄냐?"

"야."

"싸게들 가."

최선생은 우리를 몰아세운 뒤 자전거를 다방 뒤뜰로 끌고 갔다. 늘 있는 일이어서 우리는 덤덤하게 바라보았다. 한번은 다방 아가씨가 최선생 반 출석부를 들고 학교까지 뛰어온 적도 있었다.

최선생이 사라지자 나는 깃발을 내렸다.

"나넌 오쟁이한테 가방 갖다줘야 되는디."

"음마, 이 머시메 좀 봐. 그람 깃발은 누가 드냐?"

명심이가 뽀로통해서 말했다. 나는 깃발을 은경이한테 내밀었다. 창에라도 찔린 듯 은경이가 움찔 물러났다.

"나도 안 된다아. 우리 엄마가 심바람 시켰단 말여. 사카리 사오라고."

그러자 옆에 선 제 동생 은자까지 옆구리에 달라붙었다. 삼학년짜리 명숙이도 할 말이 있는지 목을 박고 서 있었다.

"니는 왜?"

"언니야, 나넌 고모 집에 가서 우리 진숙이 찾아가야 쓴디."

명숙이네 고모 집은 면 거리에 있는 양장점이었다.

"으매매, 야들 좀 보소. 그람 동네는 누가 가냐?"

명심이는 노란 완장을 부채처럼 흔들었다.

"안 되겠다. 느그들 동네까장 갔다가 다시 돌아온나."

"뭐시야? 차라리 여서 지달려라."

나는 대열에서 한 발짝 물러났다. 이제 이학년이 된 동생이 따라 나서려고 했다. 명심이가 동생을 붙들어 세웠다.

"니까정 가면 더 늦어진게 니는 여 있어. 니 동생은 볼모니께 싸게 와야 돼."

울상이 된 동생에게 나는 눈짓을 해주고 돌아섰다.

마침 오쟁이가 육미관에서 나오는 걸 불러 세웠다. 연방 입술을 씰룩이는 게 표정이 안 좋아 보였다. 나는 내심 시샘도 없지 않아서 시큰둥하게 물었다.

"왜 그라냐?"

"설렁탕도 한 달 반을 묵어농게 인자 입구녕에서 꾼내가 날라고 해야."

오쟁이는 혀를 쭉 내밀었다.

"빙신, 다른 걸로 묵제. 도가니탕도 있구 수육도 있구만."

나는 육미관 창을 기웃거리며 말했다.

"고건 더 비쌀길. 그라고 교장선생님이 꼭 확인한단 말여."

서로 할 말이 없어졌다. 아랫배에서 꾸르륵 소리가 났다. 나는 가슴 쪽으로 멘 가방을 벗어서 오쟁이한테 건넸다. 오쟁이는 원래 달리기를 잘한 놈이지만 애들 말로는 못이 박힌 스파이크를 신은 후로 실력이 월등히 좋아졌다고 했다. 육상계를 대표하는 세계적인 선수들도 다 그걸 신는다는 거였다.

"니 신발 구경 좀 하자."

오쟁이가 운동화 한 짝을 벗어주었다. 내가 신발을 뒤집어 밑창을 살피자 오쟁이가 말했다.

"생고무여. 그라고 앞부리 쪽에 나사 구녕 같은 거 있제? 거기다가 뽕을 박는 건디 차고 나가는 심이 좋아야."

"요것 신응께 참말로 스피드가 살어나디?"

"말이라고 하간. 고무신은 잽도 안 되제. 겁나게 빨러."

나는 내 검정고무신을 내려다보았다.

"이것도 교장선생님이 사줬냐?"

"응, 여기 신발집에도 요것만 못해도 괜찮은 스파이크를 들여놨다더라. 사천 원이라든가."

나는 오쟁이의 운동화를 땅바닥에 내려놓았다.

"니는 오늘도 학교에 남어 연습해야 쓰냐?"

오쟁이가 힘없이 고개를 끄덕였다.

"죽겄다. 인자 가방도 집에 두고 댕게야겄어. 교실에는 들어가 보도 못하는디 짐밖에 더 되냐."

오쟁이가 돌아섰다. 설렁탕까지 먹은 놈이 가방 끈을 끌듯이 잡고 학교 쪽으로 터덜터덜 걸어갔다.

오후 네시면 우리는 마을회관 앞에 모여 몸을 풀고 달리기를 했다. 동네를 열 바퀴 돌아야 명심이한테 검사를 받을 수 있었다. 최선생이 오 킬로미터는 그 정도 돌아야 될 거리라며 눈대중으로 정해주었다. 아이들이 얼추 모였는데 은경이가 보이지 않았다. 은자가 하는 말이 제 언니는 소 풀 뜯기러 갔다고 했다. 동네를 돌 사람은 이제 명심이와 나 둘뿐이었다.

명심이는 저학년 애들까지 세워놓고 준비체조를 시켰다. 아이들은 킥킥거리며 다리도 찢고 목도 돌렸다.

"느그는 이것만 하고 놀아."

우리가 달리기 연습을 하는 동안 애들은 구슬치기와 공기놀이를 했다.

"저기 바크샤가 씨 폴고 온다."

아이 하나가 외쳤다. 돼지어멈이 흰 돼지를 몰며 마을길로 들어서고 있었다. 돼지가 주둥이로 풀숲을 헤집느라 도랑으로 내려갔고, 그녀는 작대기로 갈겨가면서 힘겹게 놈을 다시 길로 올리고 있었다. 돼지는 바크셔종 수퇘지로 돼지어멈은 그놈을 인근 마을로 몰고 다니며 씨장사를 했다. 사람들은 그 수퇘지를 바크샤라 불렀다. 바크샤의 거대한 몸집도 구경거리였지만 돼지어멈도 거인을 연상시킬 만큼 데억져서 옆에 서면 위압감이 들었다. 돼지 사료를 세 포씩이나 머리에 이고 고개를 넘어다녔다. 사람들은 그녀의 매부리코를 두고 콧등에서 복이 미끄러져서 일찍 과수댁이 되었노라

했다. 그러나 그녀가 시집올 때 호랑이를 타고 왔다는 소문을 우리 아이들은 의심해본 적이 없었다. 그녀에게는 건달 같은 외아들이 있었는데 중학교도 그만두고 서울에서 제 큰아버지인가 작은아버지인가 하는 친척이 운영하는 그릇공장으로 올라갔다가 다시 내려왔다. 요새는 학교 앞 런던라사에 취직해 일하고 있었다. 우리는 그를 '쎄비 형'이라 불렀다. 가끔 학교를 오가다 보면 청색 통바지에 옷깃이 넓은 노란 와이셔츠를 입고 다니는 그를 볼 수 있었다. 눈에 튀는 그 복장은 쎄비 형이 손수 지어 입은 것이라 했다. 아이들을 보면 어찌나 못살게 구는지 우리는 되도록이면 그를 피했다. 내가 어릴 때 쎄비 형이 유리구슬 속에 든 무늬가 진짜 구름이라고 속여서 한동안 그렇게 믿은 적이 있었다. 동생을 돌보느라 학교를 가지 못한 여덟 살 때는 내가 키가 작아서 학교에 못 간 거라고 우겼다. 그러면서 키 크는 비법이라며 장화 속에 요소비료와 석회가루를 잘 섞어 넣고 다니면 된다기에 실제로 나는 그렇게 하고 다니기도 했다.

우리는 길가로 비켜나 돼지어멈에게 소리없이 인사했다.

"오냐. 공부 댕기느라 고생들 많지야."

그새 바크샤가 길을 벗어나서 돼지어멈은 눈길을 거두어갔다. 지쳐 보였다. 바크샤의 불그스름하고 큼지막한 불알이 엉덩이 밑에서 덜렁이는 것을 우리는 신기하게 바라보았다. 돼지어멈과 바크샤가 멀어졌을 때 나는 명심이에게 물었다.

"한 번 붙는 데 얼마씩 받는다냐?"

명심이 얼굴이 벌게졌다. 뭔지 정확히 알 수는 없으나 실수를 했다는 생각이 스쳤다. 옆에서 명숙이가 대신 아는 체를 했다.

"이 앞전에 우리 집 도야지하고 붙었는데 오천 원을 주든디."

"되게 비싸네. 하루에 세 번썩 댕길 때도 있다등마."

내가 눈을 동그랗게 뜨고 중얼거리자 명숙이가 다시 쫑알거렸다.

"저 바크샤는 인저 죽어서도 돈을 번대야."

"뭔 소리다?"

"불알하고 고치고 사서 구워 묵겠다고 아재들이 줄을 섰대야."

"맹숙이 너 그만 안해야. 얼릉 줄서."

명심이가 빽 소리쳤다. 그러나 대열은 이미 흐지부지된 뒤였다. 명심이가 매운 눈으로 나를 쏘아보았다. 요즘 들어 나는 명심이와 말을 놓고 지내는 게 거북스러워졌다. 명심이는 걸핏하면 누나 노릇을 하려고 들었다. 예전에는 내 이름도 부르고 하던 것이 이제는 이름은 아예 삶아 먹고 마지못해 부를 일이 있을 때는 '야, 머시메야'라고 했다. 동생들 앞에서 핀잔주기를 예사로 했다. 하긴 키도 부쩍 자라서 나보다 한 주먹은 더 컸다.

명심이와 나는 마을길을 달려갔다. 명심이 보폭이 크고 발이 재서 나는 숨이 찼다. 내다 넌 나락과 고추 탓에 우리는 종종 갈라지기는 했어도 대체로 나란히 달렸다.

"이걸 언제까장 해야 한다?"

내가 씩씩거리며 물었다.

"십일월에 일차로 한 오십 명 뽑고 방학 전에 이차로 열댓 명을 뽑는다더라."

"솔직히 니가 보기에 난 안 될 것 같제?"

명심이는 대답이 없었다. 명심이의 작은 가슴이 옷 속에서 오르내렸고, 나는 자꾸 눈길이 그리로 갔다. 한 바퀴를 돌아 원점을 지날 때 명숙이가 회관에서 달려나오며 소리쳤다.

"오 분 사십오 초!"

회관 방에 걸린 시계를 보고 와 알려주는 것이다. 최소한 사 분 삼십 초를 넘어서는 별 볼일 없는 기록이었다.

명심이가 속도를 높였다. 나는 공기놀이 하는 애들 옆을 지나면서 검정고무신을 털어 벗어던지고 맨발로 명심이를 쫓아갔다.

"육학년들은 선수로 안 뽑는다는디 니는 뭐 할라고 달리냐?"

가까스로 따라붙으며 나는 물었다. 그러나 명심이는 대답 없이 속도를 더 높였다. 점점 명심이와의 거리는 벌어져서 대숲길을 지날 때는 명심이의 모습이 보이지 않았다. 다섯 바퀴째 돌 무렵에는 명심이가 뒤쪽으로 백 미터까지 쫓아와서 마치 내가 앞서 달리는 모양새가 되었다. 나는 추월은 당하지 않아야겠다는 일념으로 입을 악물고 뛰었다.

대숲길을 지날 때 나는 문득 발걸음을 세웠다. 길바닥에 돈이 떨어져 있었다. 오천 원짜리 지폐였다. 그것은 네 겹으로 접혀 있었다. 나는 돈을 쥐고 길가로 바짝 붙어섰다. 달려오는 명심이만 보일 뿐 길에는 아무도 없었다.

"맹심아, 니 개와에 돈 있었냐?"

"너 시방 뛰다 말고 뭐 하냐?"

명심이가 지나가며 소리쳤다. 나는 응, 해놓고 몇 발짝 뛰는 시늉을 하다가 방향을 바꾸어 면 거리 쪽으로 냅다 내달렸다.

나는 신발가게로 가서 스파이크를 사서 신었다. 그러고도 천 원이 남아서 육미관에서 설렁탕을 사먹었다. 마지막 국물을 들이켜고 나서 길게 트림을 했다. 막상 돈을 쓰고 나자 마음속에 일던 일말의 죄책감과 불안감도 사라졌다. 나는 학교 운동장으로 갔다. 오쟁이가 운동장을 돌다 말고 뛰어왔다.

"아따, 니도 샀네?"

"이."

나는 생글거리며 오쟁이에게 잘 보이도록 발을 요리조리 돌려보였다.

"나랑 시합 한번 해볼래?"

오쟁이가 물었다. 나는 운동장 트랙을 향해 뛰어갔다. 오쟁이를 따라잡을 수 없어도 발걸음은 나는 것처럼 가벼웠다.

해거름녘에 나는 오쟁이와 껌을 나눠 씹으며 고갯길을 넘어왔다.

고갯마루에 이르렀을 때 걷다 뛰다 하며 허겁지겁 고개를 넘어오는 아주머니가 있었다. 돼지어멈이었다. 순간 아차 싶었다. 그러나 나는 도망가지 않았다. 대신 오쟁이를 저만큼 물러나게 했다. 돼지어멈이 다가와 덥석 내 손을 잡았다. 그러나 누구를 붙드는 손길이 아니라 반갑다고 내미는 손길이었다.

"아이고매, 여기서 만나는구나이."

그녀는 숨을 몰아쉬었다.

"갈퀴집 가이내가 그러는디 니가 돈을 주웠다메야?"

나는 얼굴이 화끈 달아올랐다. 껌을 뱉어내 손바닥에 쥐고 고개를 끄덕였다.

"이미 까묵어불었는디요."

나는 그녀가 어떤 처분을 내려주길 기다리며 고개를 숙였다. 그녀가 한숨을 폭 내쉬었다.

"이 일을 어쩔끄나."

힐끗 쳐다보니 그녀도 울상이었다.

"갚어줄게라."

나도 모르게 입에서 그런 소리가 나오고 말았다. 나는 곧바로 후회했다. 돼지어멈이 코를 훌쩍 들이마셨다.

"근디 아줌니, 엄마 아부지한테 말하믄 난 뒤지요이."

나는 울먹하여 말했다. 그녀가 잠시 생각하다가 입을 열었다. 없던 일로 해주리라 생각했다.

"오냐, 말 안하마. 생기믄 갚어라. 나가 외려 미안타."

"아니어라. 갚어야제요."

그러나 돈 갚을 길은 막막했다. 일정하게 받는 용돈이라는 것이 있을 수 없었고, 행여 친척이나 손님이 와도 동생한테나 동전을 쥐어줄까 나에게는 국물도 없었다. 나는 밤새 끙끙거리다가 이튿날 스파이크를 들고 신발가게를 찾아갔다.

"안 되겄넌디. 이미 신은 신발을 어쩧게 물리겄냐. 빵으로 치자면 이미 한입 비묵은 거나 다름없다."

주인이 고개를 절레절레 저었다.

나는 신발을 들고 거리로 나와 막막하게 서 있었다. 이 길로 멀리 떠나버릴까 하는 생각도 해보았다. 그러자 눈물이 찔끔 비어져 나왔다.

"인마, 너 잘 만났다. 이리 와봐."

쎄비 형이었다. 그는 양복바지 한 벌을 팔에 걸고 서 있었다. 나는 이제 죽었구나 생각했다. 돼지어멈이 밤새 제 아들에게 말하지 않았을 리 없었다. 나는 죄지은 아이처럼 몸을 웅크리고 쎄비 형 앞으로 갔다.

"니 일요일 아칙부터 왜 여 나와 있어?"

그가 내 귀때기를 잡아당겨 얼굴을 세웠다.

"어쭈, 이 새끼 울었네. 집 나왔어?"

나는 고개를 저었다.

"아항, 운동화 사러 왔구만."

그는 일을 모르는 눈치였다. 나는 내심 안도했다. 그러자 머릿속에 퍼뜩 떠오르는 생각이 있었다.

"나 돈 좀 빌려줘."

그가 잡았던 귀를 놓으며 꿀밤을 먹였다.

"돈? 쥐방울만한 새끼가 아칙부터 돈 타령이여."

"오천 원만 빌레줘."

"오천 원? 니 운동화 산다고 돈 타다가 쎄비했제?"

나는 대답하지 않았다.

"딱 보니께 그라구만. 쇡일 사람을 쇡여야지. 우선 요것 심바람부터 하고 오믄 내 생각해보겄다."

그는 양복바지를 내밀었다. 나는 별로 기대감 없이 귀찮게 받아들었다.

"느그 교장 사택 알제? 결혼식 가는 건 지제 나여? 공일 아칙부터 전화질이긴……"

내가 교장 사택에 바지를 전해주고 오자 쎄비 형이 말대로 돈 오천 원을 빌려주었다.

"언제 갚을래? 쎄비한 거라 금방은 못 갚을 거구."

"개구락지를 잡어서라도 갚을게. 근디 이건 비밀이여."

"돈 생기는 대로 바로바로 꺼나가. 이자는 이부여."

"이부가 얼만디?"

"글씨, 한 천 원이라고 생각하믄 돼야. 니는 인자 나한테 죽었다."

나는 그길로 마을로 돌아와 돼지어멈을 찾아가 돈을 갚았다.

그날부터 나는 정말로 개구리잡이에 나섰다. 옆동네에 개구리와 뱀을 사는 집이 있었다. 주인남자가 폐병으로 오랫동안 투병 중인 집이었다. 개구리를 그대로 가져오면 마리당 이 원, 가죽을 벗긴 뒷다리를 모아 오면 오 원씩 쳐준다고 했다. 뱀은 주로 화사(花蛇)를 사들였는데 마리당 백 원씩이었다. 나는 땅바닥에 앉아 나뭇가지를 집어들었다. 오천 원을 만들려면 개구리와 뱀을 몇 마리나 잡아야 하는지 계산해보았다. 개구리를 날로 넘길 경우 이천오백 마리나 잡아야 했다. 나는 놀라서 다시 계산해보았다. 의심의 여지 없이 이천오백 마리였다. 나는 나뭇가지를 내던졌다. 이천오백 마리라…… 가늠이 되지 않는 숫자였다. 나는 다시 나뭇가지를 집어들었다. 다리를 벗겨 넘길 경우 천 마리라는 계산이 나왔다. 그건 해볼 만했다. 뱀은 오십 마리를 잡아야 오천 원을 받을 수 있으므로 우선 젖혀놓았다. 잡을 용기도 없거니와 그만한 뱀을 구경하기도 쉽지 않을 터였다. 나는 개구리를 주로 잡고 뱀의 경우 혹시라도 눈에 띄면 그건 덤으로 어떻게 해볼 심산이었다.

개구리 잡는 요령이야 아이들 사이에 널리 알려져 있었다. 나는 노루모산 깡통에 구멍을 내서 노끈으로 어깨띠를 만들어 멨다. 지팡이만한 대나무를 구해다가 그 끝을 쪼아 여러 가닥으로 쪼갰다. 그래야만 면적이 넓어져서 개구리를 때려잡기 좋았고, 개구리를 타격할 때 훼손을 덜 입혀 좋은 물건을 얻을 수 있었다.

나는 스파이크를 들고 명심이를 찾아갔다. 명심이는 일을 대충 눈치채고 있었으므로 나는 주저없이 말했다.

"오늘부텀 달리기 연습 못하겄다."

"멍충이, 니 그랄 줄 알었어야."

명심이는 코끝이 휘게 비웃었다. 나는 스파이크를 명심이한테 내밀었다.

"신어봐."

"이걸 나가 왜 신어?"

"누가 아조 준대? 당분간 빌레주는 거여."

나는 명심이 발을 끌어다가 신발에 억지로 끼워넣었다. 조금 작은 듯싶었으나 용케 발이 들어갔다.

"출석 체크는 내가 적당히 해놓을게."

명심이 제자리에서 뜀뛰기를 하며 말했다.

나는 깡통을 메고 산으로 올라갔다. 원래 이 고장 사람들은 들개구리는 별로 쳐주지 않았다. 농약도 농약이지만 굵기도 산개구리가 훨씬 나았다. 그리고 화사라도 구경하려면 산으로 가야 했다. 그러나 산개구리는 별로 눈에 띄지 않았다. 세 시간이나 숲을 헤매었는데도 깡통에 모인 개구리는 일곱 마리밖에 되지 않았다. 깡통을 들여다보며 비로소 천 마리라는 수량이 실감났다.

이튿날은 개울가로 나갔다. 어차피 가죽 벗긴 다리만 넘길 텐데 그게 산에서 잡은 것인지 들에서 잡은 것인지 구분해낼 입은 드물거였다. 들에는 개구리가 많았다. 문제는 개구리가 물속으로 뛰어든 뒤에는 눈에 뻔히 보여도 잡을 방법이 없다는 거였다. 열 마리 중에 겨우 한두 마리를 잡을까 말까 했다. 그래도 그날은 서른 마리 넘게 잡을 수 있었다. 나는 저녁 어스름이 내리는 개울가에 앉아 도루코로 개구리 허리 부분을 잘라냈다. 살가죽은 잘 잘렸지만 늘 마지막에 뼈가 걸렸다. 그건 손으로 비틀어서 끊어낼 수밖에 없었다. 다리를 떼어내면 이제 손톱으로 가죽을 벗겨냈다. 한번에 죽 벗겨져서 그 일은 별로 어렵지 않았다. 흰 살덩이를 드러낸 개구리 다리를 나는 강아지풀에 꿰었다. 남은 몸통 부분은 깡통에 담아다가 바크샤 구유에 넣어주었다. 내 깜냥에는 그렇게라도 속죄하고 싶었다. 이틀 동안 잡은 개구리가 모두 마흔두 마리였다. 그걸 옆 동네 폐병쟁이 집으로 가져가서 이백십 원을 받았다.

나는 하루도 거르지 않고 들로 쏘다녔다. 닷새 만에 천 원을 만들었고, 여드레 만에 이천 원을 만들었다. 개구리 사백 마리를 잡아낸 것이다. 나는 그 돈을 쎄비 형에게 갖다줬다. 아무리 빨랫비누로 손을 씻어도 비린내가 가시지 않았다. 숟가락을 들면 밥에서도 비린내가 올라오는 것 같았다. 밤에는 악몽을 꾸었다. 개구리 수천 수만 마리가 바글대며 나에게 달려드는 꿈이었다.

나는 개울 방죽을 걷다가 노루모산 깡통을 벗어 풀숲에 처박아버렸다. 아무래도 다른 돈벌이를 찾아야 할 것 같았다. 나는 교실에 앉아서도 돈 벌 궁리를 했다.

마침 양조장에서 라면봉지를 수집한다는 소문이 들려왔다. 술통 꼭지를 틀어막아 막걸리가 새지 않도록 하는 데 쓴다는 거였다. 나는 그걸 줍기로 결심했다. 라면을 흔하게 먹던 시절이 아니어서 나는 그것을 어디에서 구해야 할지 알 수 없었다. 면 거리 쪽은 다른 아이들이 이미 몇 차례 훑어버린 뒤였다. 나는 토요일 오후에 신작로를 따라 녹동항까지 걸어갔다. 이십릿길이었다. 길가에서 라면봉지를 두 개 주웠고, 목선 조선소 근처에서 예닐곱 개를 한꺼번에 줍는 횡재도 했다. 항구에는 라면봉지가 의외로 많았다. 불과 한 시간 만에 나는 서른 장이 넘는 라면봉지를 주웠다. 그것을 물에 씻어서 양조장으로 가져갔다.

"아따, 많이 가져왔네."

양조장 직원이 라면봉지를 세지도 않고 종이박스에 넣었으므로 나는 조바심이 났다.

"서른두 장인디요. 서른두 장요."

이미 종이박스 안에는 라면봉지가 제법 쌓여 있었다.

"니네 집에서 다 묵은 거냐?"

길에서 주워왔다고 하면 퇴짜를 놓을까 걱정이었다. 나는 그렇다고 대답했다.

"느그 집이 좀 있이 사는갑다."

양조장 직원이 잠깐 기다리라고 해놓고 사무실로 들어갔다. 나는 값을 얼마나 쳐줄지 궁금했다. 양조장 직원이 국화빵 담는 종이봉투 같은 걸 하나 들고 나왔다. 뭘 넣었는지 봉투가 제법 불룩했다. 나는 그 자리에서 봉투를 까보았다. 우리가 '깐밥'이라고 부르는, 술 내리고 나서 나오는 지게미 말린 것이 수북이 들어 있었다.

"왜 너무 적냐? 더 주까? 많이 묵으믄 취할 건디……"

"돈 안 줘요?"

"뭔 돈 말이냐?"

그는 나보다 더 뜨악한 얼굴로 바라보았다.

"라면봉지 갖고 오믄 돈 준다메요?"

나는 싸울 듯이 가슴을 내밀었다.

"허허, 우리는 돈을 줘본 적이 없다. 잘못 들은 모냥이다."

에이 씨, 나는 돌아섰다.

동네로 돌아오는 고갯길에서 길을 벗어나 숲으로 발걸음을 옮겼

전성태 | 아이들도 돈이 필요하다

다. 남의 무덤가에 앉아 지게미를 한 줌 두 줌 집어먹었다. 그것을 훔쳐 먹으려고 양조장을 기웃거린 적도 있었다. 좀처럼 화가 풀리지 않았다. 양조장의 처사가 얄밉다기보다는 내 처지가 비참해서 견딜 수가 없었다. 일어서다가 휘청하여 다시 주저앉았다.

나는 불불 기다시피 집으로 돌아가서 쓰러졌다. 이튿날 아침에는 자리에서 일어날 수가 없었다. 밤새 열이 끓었고 목이 부어 침을 삼키기도 힘들었다. 목젖이 내려앉고 편도선이 부어 있었다. 어머니는 숟가락을 뒤집어서 굵은 소금을 얹은 다음 입속 깊숙이 찔러서 목젖을 올려주었다. 소금물로 여러 차례 목을 헹궈냈지만 편도선은 좀처럼 가라앉지 않았다.

"야가 요새 붕알 떨어지게 담박질을 해쌌등마 기어이 탈이 났네이."

어머니가 걱정스럽게 말했다.

"인저 담박질 그만둬라. 우리 집 내력에 발빠른 인사 없응께. 느그 아부지 봐라만 뭐든지 한 박자씩 늦지 않더냐. 머시메가 공부를 해야제 그깟 담박질 잘해서 으디에다 쓸 거냐. 그 공력으로 공부를 해봐라만 판검사도 되고 남제."

어머니는 수시로 입을 벌리게 해서 목을 들여다봤다.

"아이고매, 기양 부은 거이 아니라 곪은 모양이네. 안 되겄다."

어머니는 여기저기 수소문해서 목병을 잘 본다는 노인을 알아냈다. 어머니는 멀리 바닷가 장애라는 마을까지 나를 데려갔다. 처음으로 가보는 먼 마을이었다. 높은 산을 하나 넘어야 했다.

"엄마, 병원으로 가."

나는 노인 집 앞에서 발을 버팅겼다.

"뭔 죽을 빙이라고 빙원으로 가야. 아조 용하다니게 어여 들어가야."

나는 노인 집 툇마루에 앉아 편도선 수술을 받았다. 어머니가 윗니와 아랫니를 손가락을 벌려서 잡고, 노인이 입으로 칼을 집어넣어 편도선을 갈라내고 피고름을 짜냈다. 눈물이 쏙 빠지게 아팠다. 노인이 모나미 볼펜 대롱에다가 무슨 시멘트 같은 가루약을 넣고 훅 불었다. 노인네의 고약한 입 냄새가 풍겨왔고, 이내 땡감을 씹은 듯 입안이 까칠해졌다.

"과로로 열이 오르믄 생기는 병이라. 원래 야가 열이 좀 많은 체질이오. 그랑게 찬 음석을 마이 멕이시오."

"찬 음석이라?"

어머니가 공손히 여쭈었다.

"거 아이스께끼 같은 거 있잖은가베."

"아아."

어머니는 집을 나설 때,

"용한 선상님을 만나서 애 하나 살렸소. 참말로 고맙소이."

하며 거푸 허리를 굽실거렸다.

어머니와 나는 다시 걸어서 산을 넘어왔다. 면 거리를 지나다가 점방 앞에서 나는 꽉 잠긴 목소리로 어머니에게 말했다.

"아이스께끼 하나 묵자."

그러자 어머니가 등짝을 냅다 내질렀다.

"하이고, 니가 살긴 살았는갑다. 고런 정신이 들게. 니는 고런 돌팔이 말을 믿냐."

그래놓고 어머니는 내 손을 거칠게 잡아끌었다.

오쟁이의 다리통이 십팔 센티미터를 넘어섰다. 나는 여전히 빚이 사천 원이나 남아 있었다. 다시 개구리를 잡아야겠다고 생각했다.

점심 때 교문 앞으로 쎄비 형이 찾아왔다. 나는 참 괴로웠다.

"이 새끼, 너 요새 통 소식 없드라."

"겁나게 아펐어요."

나는 머리를 긁적이며 변명했다.

"아프겄제. 이 쎄비 돈 띠묵고 안 아픈 놈 없다."

그렇게 말한 쎄비 형이 침을 찍 갈기고 덧붙였다.

"바쁜게 본론만 말하는디, 니 오늘 수업 끝나고 바쁘냐?"

"개구락지 잡으러 가야 되는디……"

"개구락지 끔 씹는 소리 그만 하고 이따 구백화물 영업소로 와라. 천 원 까줄게."

나는 눈이 번쩍 뜨였다.

"참말로요?"

"나가 은제 니한테 공갈하디?"

그래놓고 쎄비 형은 슬리퍼를 끌고 돌아갔다.

수업이 끝나고 구백화물 영업소로 갔더니 쎄비 형이 손수레를 끌어다놓고 걸터앉아 있었다. 나는 무슨 일을 시키려나 싶어 화물 보관소를 기웃거렸다. 큰 마대자루가 세 개나 쌓여 있었다. 겉이 울퉁불퉁한 게 내용물을 짐작할 수 없었다.

"스뎅 그럭이여. 우리 작은아부지가 망해부렀어야. 그간 끌어다 가 쓴 돈 못 갚는다고 대신 그럭이나 팔아 쓰라고 보냈다."

내가 수레 손잡이를 잡자 쎄비 형이 고개를 흔들었다.

"니가 심을 쓰냐? 기달려. 오쟁이가 올 거여."

"오쟁이가요?"

"잉, 교장이 출장갔다고 하루 제끼기로 했다. 근디 너 왜 스파이 크 안 신고 왔냐? 아따, 새끼! 이거 신고 고개럴 넘자믄 스파이크 가 있어야 쓰는디. 그래서 부러 오쟁이도 불렀구만. 니는 하여튼 벨 도움이 안 돼야."

나는 무슨 큰 죄라도 지은 듯 머리만 긁적거렸다. 그때 오쟁이가 나타났다. 세 사람이 낑낑거리며 마대자루를 손수레에 실었다. 두 개째를 올렸을 때 수레바퀴가 납작하게 깔렸다. 영업소 직원이 지 켜보다가 말했다.

"무리여. 하나썩만 싣고 가."

쎄비 형이 침을 찍 뱉었다.

"이래뵈도 요것이 우리 바크샤를 싣고 댕겠소. 구경만 하고 섰 지 말고 바람 넣는 뽐뿌나 갖다줘요."

우리는 다시 낑낑거리며 마대자루를 들어 내렸다. 쎄비 형이 돌 처럼 단단하게 수레바퀴에 펌프질을 했다. 그래도 마대자루 세 개를 올렸을 때 바퀴가 조금 깔렸다. 쎄비 형이 바퀴를 주먹으로 쳐보고 출발하자고 했다. 오쟁이가 손잡이를 잡아들었다. 수레가 뒤로 들리면서 오쟁이가 철봉에 오른 것처럼 붕 떴다.

"앞이 너무 게붕갑소."

공중에서 발을 버둥거리며 오쟁이가 말했다. 위쪽 마대자루를 앞으로 밀자 오쟁이가 땅으로 내려왔다.

나와 쎄비 형이 뒤를 밀었다. 머잖아 쎄비 형이 슬그머니 떨어져 나가더니 뒤에서 힘쓰라는 소리만 질러댔다. 면 거리는 용케 지났고 이제 고갯길이 시작되었다. 몸은 이미 땀으로 젖어 있었다.

우리는 백 미터 간격으로 쉬었다. 쎄비 형이 숨을 몰아쉬며 내게 말했다.

"이천 원 까줄게."

우리는 다시 수레를 끌었다. 고갯마루가 가까워지면서 쉬는 간격이 더 좁아져 오십 미터도 채 가지 못해 주저앉곤 했다. 그래도 쎄비 형은 뒤에서 기합 소리나 넣을까 수레를 밀거나 끌 생각을 하지 않았다.

"야, 오쟁이는 설렁탕 묵은 심이 대단한데."

쎄비 형이 말했다. 오쟁이는 뭐라 대꾸할 힘도 없는지 그저 웃기만 했다. 쎄비 형만 입이 살아서 계속 나불거렸다.

"야, 솔직히 우리 까놓고 말해보자. 오쟁이 너 설렁탕 묵고 다리통이 진짜로 그렇게 굵어졌냐? 나넌 니 다리통이 얼매나 굵어질지 겁나게 궁금해야."

오쟁이는 배를 응등그려 접어넣고 여전히 웃기만 했다.

"응? 진짜 그라냐?"

"아니."

놀랍게도 오쟁이의 목소리는 꽉 잠겨 있었다. 오쟁이는 헛기침을 해서 목청을 텄다.

"교장선생님이 자를 댈 때마동 쪼끔썩 우게로 올린다니께. 첨에는 발목부터 쟀는디 지난번에는 거의 오금탱이 아래까장 올라왔어."

"염병할, 그랄 줄 알었다……"

쎄비 형이 침을 뱉었다.

"그래도 오쟁이 니는 설렁탕을 계속 얻어묵어야 써."

나는 두 사람 이야기를 들으면서 다리통 수치의 충격보다도 오쟁이가 생각보다 훨씬 자라버렸다는 느낌에 사로잡혔다. 혼자 달리면서 그는 속으로 자란 게 분명했다. 나는 땀을 흘리고 앉은 오쟁이를 낯설게 바라보았다.

고갯마루에 수레를 올려놓자 이제 일이 모두 끝난 듯 기뻤다. 어느새 해는 기울어 산마루에 이마를 비비고 있었다.

"인자 수레를 뒤로 돌려야 쓰겄는디."

내리막길을 바라보며 내가 말했다. 오쟁이가 제 신발을 손바닥으로 쳐 보였다. 스파이크 밑창에 뿡을 박았다는 뜻이었다.

"나가 전라도에서 제일 빠른 놈 아녀. 뒤에서 잘만 땡겨줘."

오쟁이가 수레 손잡이를 들어올렸다. 그제야 쎄비 형이 수레 뒤로 파고들었다.

수레가 천천히 움직였다. 수레바퀴에서 돌멩이가 튀어서 날아가곤 했다.

속도가 점점 붙는 것 같았다. 나는 어깨가 뻐근해지도록 힘을 주어 당겼다. 절로 끙끙거리는 소리가 났다. 고무신이 늘어나고 발가락이 앞으로 쏠려서 아팠다.

"아이! 안 되겠는디……"

쎄비 형이 오쟁이를 향해 소리쳤다.

"괜찮다니께. 수레가 나보다 빠르겄어?"

앞에서 그런 소리가 넘어왔다.

그러나 나는 자꾸 고무신이 벗겨지려고 했다.

"오쟁아, 안 되겠다!"

이번에는 내가 소리쳤다.

"괜찮다니께. 이대로 서울까장도 달리겄구만."

수레가 이제는 나를 끌어가다시피 해서 힘을 쓸 수가 없었다. 그저 스키를 타듯 미끄러질 뿐이었다. 고무신 바닥이 뜨거워졌고 흙먼지가 일었다.

"오매!"

쎄비 형이 손을 놓으며 거꾸러졌다. 대번에 수레가 낚아채듯 팔을 당겨서 나는 어깨에 격통을 느끼며 수레를 놓았다. 어깨뼈가 빠진 것 같았다. 그러나 수레에서 눈을 뗄 수가 없었다. 수레는 무서운 속도로 내리 달렸다. 가속도만큼 점점 멀어져갔다. 놀랍게도 오쟁이는 오래 버티고 있었다. 수레는 순식간에 마을 동구를 지나 북쪽으로 내달렸다. 그쪽으로는 길이 휘어지고 있었다. 수레가 길을 버리고 언덕 너머로 사라지는 광경을 나는 겁에 질려 바라보았다.

서울까지 실려간 오쟁이는 오랫동안 돌아오지 않았다. 우리는 성금을 두 번이나 모아 보냈다. 교문 입간판의 오쟁이 다리통 굵기는 십팔 센티미터에서 멈추어 있었다. 한 달 보름 만에 입간판이 치워지고 새 입간판이 세워졌다. 1교 1운동—야구 시범학교.

남쪽으로의 여행

전 경 린

1962년 경남 함안에서 태어났다. 1995년 동아일보 신춘문예에 중편 「사막의 달」이 당선되며 등단. 소설집 「염소를 모는 여자」, 「바닷가 마지막 집」, 「물의 정거장」, 장편소설 「아무 곳에도 없는 남자」, 「내 생에 꼭 하루뿐일 특별한 날」, 「엄마의 집」, 「황진이」, 「풀밭 위의 식사」 등이 있다. 한국일보문학상, 문학동네소설상, 21세기문학상, 대한민국소설문학상 대상, 이상문학상을 수상했다.

작가를 말하다

등단하기 일 년 전, 훤히 트인 시골로 이사를 가니까 묶여 있던 이야기 보따리가 막 터져나왔단다. 남편이 출근하면 아이들을 볼보고 텃밭을 가꾸면서 소설을 썼다. 그해 여섯 편의 중단편을 완성했다. 어떤 때는 소설이 속에서 쏟아져 나오고 쓸 시간은 없고 해서 소형 녹음기를 들고 녹음을 할 정도였으니까 어지간하기도 하다.

"장편을 쓰면서 녹음을 틀어보니까 아이는 계속 우는데 저는 아이를 어르며 뭐라고 중얼거리고 있더라구요." 고두현(시인)

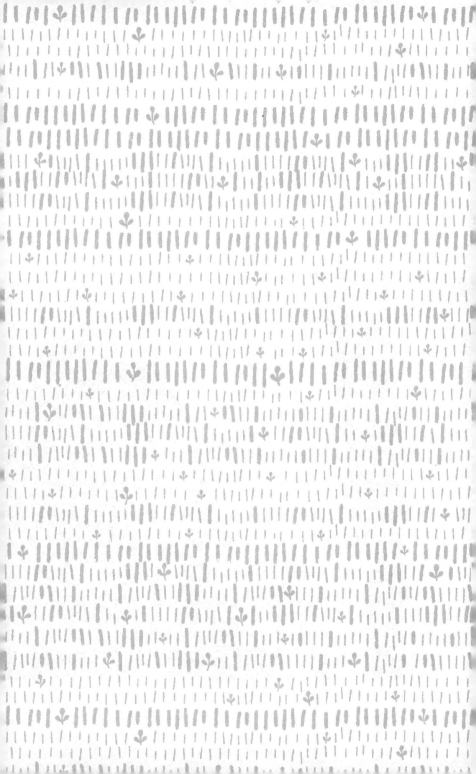

우리는 몇 살인가. 피부는 세 든 집의 천장처럼, 바닥처럼 낡아 가는데, 언제까지나 나는 변하지 않는다. 무대의상도 없는 나를 한 가운데 앉혀두고 끊임없이 조명이 바뀌고 음향이 바뀌고 막이 올 랐다가 내리고 단역배우들이 말을 건네고는 대답도 듣지 않고 지나간다. 그들의 대본에 나의 대답 같은 것은 없겠지. 그리고 장면이 바뀌고, 계절이 바뀌고 무대가 회전하고, 아무 곳으로도 떠나지 못하는 배가 끊임없이 가라앉는다. 한결같은 느낌은 세계로부터의 결락감이다. 나는 아직 부화되지 않은 알 속의 눈뜨지 못한 영혼 같다. 나는 나를 보호할 수 없고 너에게 대응할 수 없고 세계와 탄력적으로 소통할 수 없다. 나는 언젠가, 기억할 수 없는 언젠가 중절된, 삭제된 영혼 같다.

전경린 | 남쪽으로의 여행

이 도시에 와서 닭 날개를 얼마나 많이 먹었는지 모른다. 맥주와 닭 날개는 나에게 긴급 구호식품 같은 것이었다. 닭 한 마리의 날개는 단 두 개뿐인데 프라이드치킨 가게의 일인분 상자 속엔 다섯 개의 튀겨진 닭 날개가 들어 있다. 닭들이 후드득거리며 잠시 날개를 부딪칠 때 나는 지푸라기 먼지가 내 속에서 피어오르는 것 같다. 재채기가 난다.

전생에 무엇이었을까, 가끔 생각해본다. 닭처럼 단순한 것이었을 것 같다. 한번도 제대로 날아보지 못하고 중력의 자장 속에서 푸덕거리기만 한. 아니면 평생 남해안 바닷가를 떠난 적이 없는, 남색 저고리에 가지색 공단 치마를 입은 색기 만만한 무녀였을 것도 같다. 어쩌면 어두운 물에 갇힌 채 출구를 찾아 빙빙 떠돌았던 슬픈 수초였는지도 모른다. 아니면 언제나 불안하여 앞을 더듬었던, 평생 홀로 문을 잠그고 자신의 존재를 통째로 끌어안고 잠들었던 장님이었는지도 모른다.

어릴 때 나는 한자리에 앉아 몇 시간이고 하염없이 허공을 보고 있곤 해서 엄마에게 쫓겨 다니곤 했다. 그런데도 무엇을 보았는지는 기억에 없다. 완전히 티끌 하나 없는 백지뿐이었다. 어릴 때 나는 음성이 필요 없었을 만큼 말을 하지 않았다. 단지 다른 사람들이 서로 말을 하며 산다는 점이 불편할 뿐이었다. 지금도 여전히 그렇다. 불편을 느끼면서, 서툴게 말을 한다. ……아무도 말을 하지 않았으면 좋겠다.

당신이 만난 그날 그 여자가 과연 나일까. 내가 방임한 나, 내가 실패한 나, 투영된 너의 그림자이거나, 함부로 복제된 여자라는 것의 사회 존재론적인 표상물이거나, 혹은 누구인지 분간할 수 없는 본능적인 암컷 자체였거나…… 아니면 혼란 속에서 순간적으로 택한 서툴고 서툰 나의 거짓된 의지였거나, 그도 아니면 오래전에 죽은 내 할머니의 조상이었거나…… 당신이 나를 보았다면 내 심장 속의 장님 새를 보았어야 했다. 그러니 내가 그렇듯 상처받지 말고, 너를 알아보지 못한 나를 용서하고 내가 한 서툰 말들도 잊어주렴.

인간의 근원은, 그 가장 밑바닥은 피도 살도 영원도 아닌 혼란인 것 같다.

이곳은 여행지이다. 나는 곧 남쪽으로 떠날 것이다. L과 내가 낳은 두 아이가 있고 부모가 있고 자매들이 있는 곳. 그리고 단 두 명의 친구가 있는 곳. 내가 태어난 마을의 첫 집이 있고, 다섯 살 때 다닌 철길가의 가파른 계단을 올라야 하는 고아원 겸 유치원이 있고, 아버지가 서른다섯 살에 처음으로 지은 학교 앞 문방구집이 있고, 마흔한 살에 두번째로 지은 옛 군청 앞 기와집이 있고, 쉰두 살에 세번째로 지은 고향집이 있는 소읍. 그리고 열여섯 살부터 서른 여섯 살까지, 고등학교를 다니고 대학교를 다니고 직장생활을 하고 결혼생활을 하는 동안 떠돌아다녔던 해안도시의 그 많은 어두운 셋집들……

이 도시에서 느끼는 고절감의 정체는 바로 그것의 결여이다. 오염된, 그래서 더 깊게 느껴지던 청동빛 바다 냄새, 그 바다에선 왜 늘 프리지어 꽃향기가 바람에 날려왔는지…… 이 도시의 안개 낀 밤은 소독된 텅 빈 종이상자 속같이 결백하다.

안녕, 잠시 다녀올게. 안개와 닭 날개의 도시, 그것으로만 너를 기억할게.

회색 허공에서 한 방울씩 빗방울이 떨어지고 있다. 내 마음에 빗방울이 부딪쳐 핏빛으로 말라붙는 것을 보며 이 비가 가을비임을 안다. 지난여름 내 마음이 달구어진 쇳조각 같았다는 것도 안다. 몸속에 온통 더운 김이 차오른다. 또 하나의 여름이 지나갔다. 영원히. 꽃들이 얼마나 쉽게 시드는지, 칼날이 얼마나 쉽게 무디어지는지, 열정은 얼마나 쉽게 환멸로 바뀌는지……

커피 잔을 씻어 엎고 장미꽃들이 꽂힌 두 개의 화병의 물을 비우고 커튼을 닫는 것으로 여행 준비는 끝났다. 한 손엔 트렁크를 들고 한 손에는 노트북을 들고 그리고 한쪽 어깨엔 가방을 멨다. 그런 자세로는 우산은 들 수가 없다. 늘 그 모양이다. 커다란 거리에 서서 비를 맞으며 꽤 한참 동안 택시를 기다린다.

공항이란, 비행기의 기내란 호텔과 비슷하다. 이곳엔 물방울이 미끄러지는 방수 코트처럼 기억의 축적이 없다. 기억을 흡수하지 못한다.

승객들도 나도 무뇌 상태인 것 같다. 우리는 재빠르게 신문을 펼치거나 항공회사에서 만든 책자를 넘긴다. 누군가가 나에게로 와서 자신이 누구라고 밝혀도 소용이 없다. 우린 유효 기간 동안만 유효한 캔 속의 복숭아조림 조각들처럼 안전하게 착륙할 때까지 가지런히 재워져 있어야 한다. 지루한 곳이다. 그러나 이륙할 때, 사람들의 몸을 뒤로 젖히며 지상을 박차고 올라가는 엔진의 굉장한 역동성은 언제나 감동적이다. 그 순간엔 어김없이 내가 공중 높이 날아오른다는 것을 실감할 수 있다.

가방 속의 전화벨이 울린다.

"어디에 있니?"

오래전에 알았던 사람의 음성이다. 막막해진다. 나는 감상에 빠지지 않고 말한다.

"비행기 안이에요. 집으로 가고 있어요."

"별일 없니?"

"잘 지내고 있어요. 건강하세요?"

나는 담담하다. 그후로 얼마나 많은 일이 일어났는지, 내가 얼마나 멀리 왔는지, 모든 것이 얼마나 많이 변했는지 나는 흐린 물살 속에서 눈을 뜨고 가늠한다. 그와는 상관없는 일이었다. 처음부터, 모두 내가 만든 일이었다. 나는 이제 집 바깥을 헤매는 여자가 되었다.

"간밤에 네 꿈을 꾸었다는 것을 이제 막 깨달았어…… 몇 년 만이구나. 몸조심해라. 상처입지 말고, 어떤 일에도 상처입지 마라……"

비행기는 고도 6400피트, 시속 740킬로미터로 날아 동화 속의
거인 나라같이 무서운 검은 구름나무의 숲을 지나간다. 구름이 얼
마나 크고 기괴하고 또 얼마나 꼿꼿하게 서 있는지…… 왜 내가
공포에 질린 얼굴로 부적절한, 다듬어지지 않은 영원을 보아야 하
는지. 생이라는 것의 뒤편을…… 산 채로 나의 오장육부를 꺼내어
씻는 그로테스크한 질감. 간혹 공항에 비가 올 때도 비행기가 날고
있는 동안은 비가 내리는 것을 본 적이 없다. 아마 비행기는 비보
다 더 높은 곳을 날고 있는가 보다. 아직 비가 되지 않은 얼음 알갱
이들의 세계를. 나는 이제 생 이상을 아는 것에 환멸을 느낀다. 내
게 허용된 생, 그것만을 텍스트로 하고 싶다. 누군가 나를 생 아닌
것으로부터 보호해주었으면. 단 일 년만이라도, 단 일 개월만이라
도, 혹은 단 일주일, 단지 스물네 시간이라도……

남쪽 공항엔 비가 추적추적 내리고 있다. 트렁크를 찾아 나온다.
모르는 사람들 사이로 L이 다가오는 것이 보인다. 얼굴이 수척하
다. 우리는 아직 어린 때에 만났다. 그리고 방심한 사이에 서로의
몸 안으로 파고든 맹수처럼 치명적인 관계가 되었다. 죽음이 갈라
놓기 전에는 무화되지 않을 관계. 마치 각자의 몸 안에서 꺼내 서
로에게 맡겨놓은 심장처럼. 내가 그의 얼굴에서 나의 심장을 보는
것처럼, 나의 얼굴에서 그는 자신의 심장을 볼 것이다. 그런데 우

리는 왜 이리도 자신을 괴롭히는 것인지. 나는 때로 숙명적인 의무라도 되는 듯 그를 괴롭힌다. L과 나는 어쩌면 아홉 개의 시험을 통과해야 하는 무서운 옛날이야기에 나오는 마술에 걸린 남자와 여자인 것 같다. 어쩌면 모든 결혼한 사람들은 그런 무서운 이야기 속에서 괴로워하는 비운의 쌍일지도 모른다. 누구나 허리가 반쯤 빠져 있고 아무도 온전히 빠져나갈 수 없다. 삶은 어느 지점에서 치명적으로 마비되어버린다. 잠에서 깨면 백발의 노인이 되어 있을지도. 누구나 죽기 전에 하는 생각은 늘 그런 것일 거다. 왜 우리가 그렇게밖에는 할 수 없었는지……

　비가 계속 온다. 수확을 앞둔 논들이 잠기고 차들이 빗길에 미끄러지고 배가 뒤집힌다. 태풍이 오고 있다고 한다. 우산을 쓰고 물이 불어난 하천변을 걷다가 작은 비디오 가게에서 영화를 빌린다. 「파리 텍사스」. 십오 년 전쯤에 영화관에서 L과 L의 친구와 그 친구의 약혼녀와 넷이서 함께 본 영화이다. 큰 항구도시에서 온 L의 친구는 꽤 서열이 높은 폭력조직원의 아들로 당시 L에게 대마초를 주곤 했다. 그가 택한 여자는 너무나 평범하고 건강하고 일반적인 상식과 예의를 가진 귀여운 처녀였다.
　우린 꽤 장시간 심각하게 영화를 보았던 것 같은데 기억나는 건 나스타샤 킨스키의 단발머리와 등이 깊숙이 파인 붉은색 니트 원피스, 그리고 유리방에 불을 끄고 서로 뒤돌아 앉은 채 눈물범벅의 얼굴로 대화를 나누던 장면과 해질녘의 재색 공기 속에 처연하게 번지던 고속도로 휴게소의 초록색 조명. 그리고 「파리 텍사스」는 파리와는 전혀 상관없다는 것도 생각나고 넷이서 먹은 아이스크림에서 나던 축축한 종이 냄새도 기억난다. 그러고 보니 음악도 기억난다. 인간의 힘으로는 어찌해볼 수 없는 엇갈림과 무언가를 원할 수 없는 공허를 받아들여야 하는 비극의 울림……

사 년 만에 멕시코에서 돌아온 트래비스가 숙부를 아버지로 알고 자란 아들 헌트와 휴스턴 어디엔가 사는 아내를 찾아가는 장면이다.

"한 남자가 애를 낳고 광속으로 한 시간 여행한다고 해봐요."

헌트는 트럭 뒤 짐칸에 타고 고속도로를 달리며 트래비스와 워키토키로 대화를 나눈다.

"광속으로 움직이면 남자는 한 시간 뒤에 돌아오죠. 그러면 그는 한 시간 늙지만 아이는 늙어서 노인이 되어 있어요."

"그자는 휴스턴까지는 얼마나 걸리지?"

"캘리포니아에서 휴스턴까지 광속으로 삼 초 걸려요."

한 쌍의 연인이 있었다. 여자는 열여덟 살이었고 남자는 여자보다 나이가 아주 많았다. 그들은 함께 살기 시작했다. 하루하루가 모험이었다. 가게에 가는 것까지도. 남자는 여자를 너무 사랑해서 떨어질 수가 없었다. 마침내는 직장에 나갈 수 없게 된다. 그리고 아내를 의심하기 시작한다. 남자는 여자에 대한 집착 때문에 무능해지고 황폐해진다.

여자는 아기를 갖게 되자 히스테릭해진다. 뱃속에 아기를 갖게 만들어서 자신을 묶어두려는 남편을 혐오한다. 아기를 낳은 후 여자는 이제 틈만 나면 집에서 달아나기 시작했다. 숲 끝에서 도로 잡혀오는 여자, 마을 끝에서 붙잡혀 나오는 여자, 나체로 차를 몰고 하이웨이를 달리다가 붙잡혀오는 여자…… 여자는 늘 달아날 궁리만 하고 남자는 여자를 지키느라 잠도 자지 못한다.

밤에 남자는 여자의 발목에 방울을 달아두고 잠잔다. 어느 날 여자는 방울이 울리지 않도록 양말을 끼어 신고 집 밖으로 달아난다. 그러나 잠에서 깬 남자는 여자를 뒤쫓아가 숲 끝에서 붙들어 트레일러로 돌아온다. 남자는 여자를 난로에 묶어놓고 잠잔다. 남자는 자야 했다고 말한다. 견딜 수 없이 잠이 왔다고. 남자는 여자를 난로에 묶고 잠들면서 처음으로 먼 곳으로 가고 싶다는 생각을 한다. 다시 돌아오지 않을 먼 곳으로.

남자가 잠에서 깼을 때 트레일러 집에 불이 붙어 있다. 아내와 아들을 찾아 불 속으로 뛰어들지만 찾지 못한다. 남자는 자신의 몸에 붙은 불을 습지에 뒹굴어 끄고 달리기 시작한다. 하루 종일 달렸고, 다음날도, 다음날도, 오 일 동안 쉬지 않고 내처 달린다. 그는 멕시코로 갔고 그곳에서 사 년을 보냈다.

여자는 상대편은 여자를 볼 수 있지만 여자 쪽에서는 고객을 볼 수 없는 유리방에서 그녀의 번호를 찾아온 고독한 남자에게 자신을 노출시키거나 폰으로 이야기를 주고받는 일을 한다. 난로에 묶였던 몸을 풀고 방울을 울리며 달렸을 여자가 달아난 곳이 고작 그 유리방이다. 그리고 여자는 그렇게 번 돈을 달마다 꼬박꼬박 아들의 통장으로 보낸다.

"왜 아이와 떨어져 있었나?"

남자가 묻는다.

"나의 외로움 때문에 아이를 이용할 수는 없었어요."

남자는 여자와 아이를 만나게 해주고 다시 길을 떠난다. 그들이 아무리 그리워했다 해도 그들 사이에는 인간의 힘으로 해결할 수 없는 숙명적인 무언가가 있다. 엇갈림을 받아들여야 한다. 다시 음악이 흐른다. 마음이 터질 듯이 가득하지만 아무것도 원할 수 없는 공허한 음악이……

비는 여전히 일정한 굵기와 속도로 내린다. 도로에 빗물이 밀려들어 차들이 물 위를 달린다. 가을비가 그만 홍수가 된다. 수확기에 든 벼들이 쓰러지고 도로가 유실되고 산사태가 나 길이 막혔으며 스물여덟 명이 사망했다고 한다.

L과 나는 물결이 이는 도로 위에 갇혀 있다. 아이들과 시어머니가 있는 집으로 가는 길이다. 평소에 십오 분이면 지나갈 길을 두 시간이 지나도록 빠져나가지 못한다. 고속도로와 국도에 산사태가 나 차들이 돌아가고 있기 때문이라고 한다. 길엔 물이 점점 깊이 차오르고 있다. 나는 지연되는 시간 위에 일종의 안도감을 느끼며 멍하니 떠 있다. 아이들에 대한 나의 마음은 선명하게 이중적이다. 아이들과의 만남을 늘 지연시킨다. 그리고 동시에 아이들과의 이

별 역시 언제나 지연시킨다. 나를 분리해낼 수 없는 본능적인 흡인력과 분리하려는 나의 이지가 갈등하는 곳.

아이들은 나의 죽음을 요구한다. 나는 아직도 살아 있다. 여전히 너무 젊다는 것인가. 나는 지금 아이들을 멀리서 바라볼 뿐이다. 고통스러울 때는 오히려 마음을 아이들에게 의지하면서 일어선다. 아이들은 내 정신의 보호자이다. 그토록 신선한, 진화된 나의 피부, 내가 떠나간 뒤에도 깜박이며 내가 보지 못한 것을 여전히 볼 신비스러운 눈동자, 놀라울 정도로 빠르게 자라나는 뼈, 다시 나를 낳을 미래…… 아마도 나는 머지않아 아이들에게 지고 말 것이다. 나의 삶에 균형 따위 없으므로 나의 투항과 함께 자아는 포말처럼 산산이 흩어지리라. 진작 그랬어야 할 일을 나는 어리고 어린 마음으로 버티며 한편으로는 그런 순연하고 편안한 복종의 날들을 기다린다. 피로를 느낀다.

잠들기 직전에 친정 엄마에게 전화를 건다.

"저 왔어요."

"그래, 왔구나."

신경쇠약을 환기시키는 가느다란 고음의 음성. 엄마와 나는 서로 만만치 않은 어려운 손님처럼 말한다.

"집은 괜찮아요?"

"집 뒷부엌엔 물이 들었다. 어느 집 할 것 없이 논엔 벼 끝이 안 보이도록 물이 찼고 하천이 터질 것같이 위험해서 마을 사람들은 전부 회관에서 대기하고 있는 중이다. 아버지도 회관에 계신다."

"그럼 추수는 어떻게 해?"

"다 익은 벼가 넘어지고 물이 찼으니…… 어쩌겠니. 다 같이 당하는 일을…… 이제 비가 좀 그만한 거 같다. 걱정 말고 자거라."

최근에 아버지는 집 위에 이층 방을 올렸다. 그러고는 일층에서는 식사만 할 뿐 내려오는 법이 없고 이층에서 출근하고 퇴근하며 잠도 이층에서 주무신다. 아버지의 개조차도 이층에서만 지낸다. 일흔 가까이로 접어드는 분들이 별거를 하고 있는 것이다.

처음엔 서로 반해서 옛날엔 드물었던 연애결혼을 했지만 일생 동안 함께 나들이를 하면 어김없이 싸워서 돌아왔고, 어떤 일에건 단 한번도 의견이 일치된 적도 없었고 늘그막에는 지나간 일에 대한 원망들 때문에 방 안에서도 마주치면 투닥거리는 분들이었다. 하지만 지금 와서 그런 식의 별거라니…… 친구도 이웃도 없이 지내는 엄마는 하루 종일을 낮에는 밭에서 지내고 밤에는 방이 네 칸이나 되고 커다란 거실에 부엌이 두 개나 딸려 있는 일층에서 홀로 잠드는 모양이다. 일흔이 되어가는데도 아직도 마법이 풀리지 않는 걸까. 아니면 생은 처음부터 끝까지 우리의 힘 바깥에서 작용하는, 우리가 제어할 수 없는 마법일 뿐인가.

아이들이 잠든 뒤 L과 나는 캔 맥주를 마시며 호숫가를 걷는다. 나는 꽃가게의 버려진 화환에서 뽑아낸 시든 꽃 몇 송이를 들고 있다. 공원 앞 거리의 인도에 한 여자가 퍼져 앉아 통곡하고 있다. 머리를 산발하고 치마가 허벅지까지 올라간 여자가 아이처럼 으아 으아 운다. 긴 골목이 끝나면 갑자기 드러나는 한 뼘 바다처럼 성장기 곳곳에서 준비 없이 마주쳐야 했던 낯익은 풍경. 할머니, 엄마, 고모, 사촌언니…… 한 남자가 성난 음성으로 윽박지르며 여자를 일으켜 세우려고 애를 쓴다. 그들 곁에는 핸들이 홱 돌아간 낡은 자전거가 세워져 있다. 차들은 불빛을 확 비추며 그들 곁으로 바짝 다가갔다가 심술궂게 지나간다.

L이 맥주를 살 동안 나는 편의점 앞에 서서 여자의 울음소리를 묵묵히 듣는다. 두 남자가 여자가 우는 쪽을 보며 무어라고 수군댄다. 여자의 통곡 소리는 더욱 거세진다. 집으로 가자는 남자의 고함 소리도 사나워진다. 부부인가 보다. 여자는 바닥에 드러누워버린다.

남쪽 여자다. 남쪽 여자만 해 보일 수 있는 방기의 모습이고, 내장을 밀어내는 울음소리이다. 여자들의 얼굴이 스쳐간다. 한 번쯤은 저렇게 짐승처럼 통곡했을 남쪽 여자들. 이곳에서는 사는 것이 한결 더 신산스럽다.

남편이 살인미수죄로 오 년형을 선고받고 복역 중인 덕희. 변호사를 산다, 합의를 한다며 돈을 빌리러 사람을 찾아다니더니 최근에는 야참집에 일을 나간다며 소주를 마시러 오라고 전화를 했었다. 아이 둘을 옆방 사람들에게 부탁하고 밤 여덟시에 나가 밤을 꼬박 새우고 새벽 다섯시에 들어간다고 했다. 그래도 밤일을 해야 일당으로 세 식구 방세 내고 먹고살 수 있다고. 그런데 몸은 고단해도 마음은 요즘같이 편한 때가 없다고 한다. 실은 폭력적인 남편에게 누구보다도 질기게 당해온 그녀. 그녀는 이제 욕망이 없다. 아이들 공부시킬 욕심까지도 다 버렸다고 한다.

이 년 전 남편을 간통죄로 잡아넣었다가 다시 살고 있는 경미. 이 년이나 지난 지금 와서 더는 참을 수가 없다고 한다. 참을 수가 없어서 자다가 일어나 십일층 베란다 아래를 멍하니 내려다본다고. 자다가 깬 그대로 걸어나가 다시는 집으로 돌아오고 싶지 않아진 다고. 아무 남자나 만나 일주일만 놀아나고 싶다고…… 그녀는 슈퍼에 들어가면 장바구니에 술병부터 채운다. 술에 취해 지내는 시간이 점점 길어지고 있다.

남편과 입 한번 맞추어본 적 없이 아이 둘을 낳고 군인같이, 스님같이 구는 남편과 시집 근처에서 십이 년을 산 수현. 수현은 오랫동안 신경쇠약을 앓았고 간헐적인 거식증에 시달렸다. 어느 날 새벽 두시경에 전화가 걸려왔다.

"아이가 발작을 하는데 너만 지 심정을 알 거라면서 전화번호를 가르쳐주는구나."

수현의 친정 엄마였다. 전화를 바꾸는 듯했고 이어 통곡 소리의 사이사이로 한마디씩 들려왔다.

"다른 사람이 아니라, 그 인간만, 나를, 낫게 할 수 있어. 나도 사람이라는 것. 내 욕망이, 정당하다는 것을, 바로 그 인간이, 인정해야 해…… 그렇지 않으면, 헤어져서도 난, 살 수가 없게 돼…… 그런데, 그 인간은 절대로 그럴 수가 없어. 그것도 병이거든……"

수현은 별거한 뒤로 눈에 띄게 회복되고 있다. 그녀는 틈만 나면 근처 절에 가서 지내는데 하루는 그 절의 큰스님이 그러더라 한다.

　"자네 병은 절에서 휴양한다고 나을 병이 아니니 이 길로 시장에 가 색깔 좋은 옷을 사 입고 기차를 타고 아무 역에서나 내려 처음 만나는 남자와 자게나. 사흘만 자고 나면 나을 게야."

　그래서 수현이 냉큼 말했다 한다.

　"그러지 말고 스님께서 이 불쌍한 중생 사흘 밤만 좀 봐주시지요."

　수현과 나는 전화기를 붙잡고 깔깔거리고 웃었다.

　인도에 퍼져 앉은 여자는 이제 바람 빠진 타이어처럼 목이 다 쉬었다. 이상하다. 밤의 공원은 늘 비슷하다. 지나간 어느 날의 밤처럼 새하얀 와이셔츠 차림에 넥타이를 맨 남자가 윗도리도 없이 벤치에 우두커니 앉아 있다. 그리고 숲의 어둠 속에는 자전거를 곁에 세운 남자가 홀로 앉아 있다. 그리고 키가 작고 보잘것없는 연인들이 꼭 끌어안은 채 속삭이며 지나간다. 나는 고개를 숙여 시든 꽃의 향기를 맡아본다. 과일조림처럼 시큼하고 달콤한 냄새……

　두통이 머릿속으로 들어온 것은 세번째 제삿밥을 뜨는 순간이었다. 어머님은 제삿밥을 높이 꼭꼭 눌러 담고 밥그릇 옆으로 넘치듯이 푸짐하게 담아야 한다고 말씀하신다. 너무 뜨거워서 밥그릇 뚜껑을 아래에 받치고 주걱에 물을 묻혀가며 밥을 높이 쌓는다. 머릿속이 순간순간 부풀어오르는 것 같다. 제사를 지내러 온 남자들은 열세 명쯤 된다. 한낮에 올리는 추석 제사. 해마다 한두 명씩 줄어든다. 조금 더 살이 찐 남자, 조금 더 야윈 남자, 더 지쳐 보이는 남자, 더 검게 탄 남자. 올해는 유난히 말소리가 낮고 말수가 적다. 갑자기 몇 해쯤 지나가버린 것처럼 초라하고 작아진 남자들…… 그중 적어도 다섯쯤은 실직자일 것이다. 남편도 그중 한 명이다. 그들은 술을 따르고 향불 위에 잔을 돌리고 음식들 위로 수저를 옮겨놓고 절을 한다. 다른 어느 때보다도 허술해 보이는 태도들이다.

맑은 물을 올린 상을 들여가고 국을 받아 내오고, 다시 세 그릇의 밥과 밥이 가라앉은 물과 수저와 자반을 받아 내오고 마지막 밥을 높이 쌓아올려 뜨고 국과 수저와 자반을 올린 상을 들여가고 맑은 물을 들여가고 국을 내온다. 몸 주변에 불을 붙인 듯 뜨거운 열기가 빙빙 돌고 얼굴이 부어오르기 시작한다. 눈을 바로 뜰 수가 없어 내리뜬 채 위태롭게 제사상을 잡는다. 제사가 끝나고 손님들을 치르고 가족들 밥을 차리고 설거지를 끝내고 부엌 바닥을 기다시피 해서 빈 방으로 들어가 누워버린다.

이곳과 저곳 간의 격차가 너무 크다. 비상과 침몰, 높은 것과 낮은 것, 그로테스크함과 익숙함, 관습과 충동, 한여름의 열기와 한겨울의 냉기, 빛과 암흑, 애정과 원한, 자만과 자학, 미소와 죽음, 사랑이 올 때와 갈 때, 근친상간과 근친살해, 노랑과 보라, 빨강과 검정…… 모든 반대되는 것들이 사납게 소용돌이치며 몸을 진동시킨다. 내가 쓴 것들, 내가 낳은 아이들, 상처 입은 엄마와 완고한 아버지, 어리석고 격정적인 자매들, 닭 날개, 구름…… 한 여자의 허리와 한 남자의 어깨……

두통과 몸살은 사흘 동안 계속된다. 이불을 머리끝까지 뒤집어쓰고도 온몸이 바들바들 떨린다. 아주 어릴 때도 이렇게 아픈 적이 있었다. 방의 벽들이 거대한 풍선처럼 부풀어오르다가 뻥 터져버리고 묵처럼 흐물거리며 나를 빨아들이던 공포의 감각, 내 얼굴이 구름처럼 커져서 허공에 떠오르던 혼란스러운 기억. 나는 오한 속에서 몇 번이나 손을 허우적거려 날아가버릴 것 같은 나의 얼굴을 바로잡는다.

'넌 무밭에서 주워왔단다.'

오래전에 귀신이 된 할머니의 음성이 들린다. 내가 세상에서 처음으로 본 것도 바람에 흔들리는 노란 무꽃들이었다. 노란 무꽃으로 에워싸인 하늘은 우물처럼 깊고 나를 집어삼킬 듯이 파랬다. 나는 소리치며 울었다. 그리고 그 울음소리를 들으며 나는 처음으로 '나'라는 존재를 어렴풋이 감지했다. 손가락을 꼼지락거리고 발가락을 꼬물거리고 배를 들썩거리고 얼굴을 좌우로 저으며 자신을 느꼈고, 그것을 확인하기 위해, 세상과 나 자신을 구별하기 위해 울다가 그쳤다가 다시 커다란 소리를 내지르며 울었었다. 새파란 하늘과 노란 무꽃과 알락팔락 나비들, 그 침묵의 한가운데서 나는 처음으로 나를 발견했다.

요즘 나는 섬 유원지를 배경으로 소설을 한 편 쓰고 있다. 공중

에 뜨는 특별한 여자가 주인공이다. 겉으로 보기엔 꽤 이상한 환상
소설쯤으로 보일 것 같다. 개찰구에서는 섬 유원지에 혼자 입장하
려는 여자에게 각별한 주의를 기울인다. 티켓의 반쪽에 주소와 이
름과 연락처를 적어 승객함에 넣는 것으로 부족하다. 그들은 섬 유
원지에 혼자 들어가는 이유를 알고 싶어 탐색한다.

"동물원 사육사를 만나 동물들의 가격을 알고 싶어서 가는 거
예요. 이를테면 표범이나 곰, 공작새나 원숭이, 악어 같은 거요. 물
론 이런저런 구경도 하고, 서커스도 보려고 해요. 서커스는 아직
하나요?"

나는 일부러 커다란 음성으로 건성건성 말한다.

"우린 그런 거 잘 몰라요. 그런데 저번 봄에 큰 서커스단은 떠났
을걸. 우리나라에 이제 서커스단 같은 건 없어요. 섬 유원지에도
바람 잡는 영감쟁이 하나와 재주 하는 여자애 둘 밖에는 없어요."

그들은 나의 건조한 태도에 안심했는지 들여보낸다. 물론 나처
럼 좀 우울해 보이는 여자가 흐린 날 오후에 혼자 섬 유원지에 들
어가는 것은 그들의 업무상 마땅히 경계해야 한다.

개찰구를 통과해 나오니 이제 막 섬 유원지로 가는 유람선 배가
떠나버린다. 나는 천천히 바다 위에 띄워놓은 선착장으로 들어간다.
갑자기 물 위에 뜨는 현기증을 배려해서인지 좁다란 다리 양쪽에
녹슨 쇠 난간이 있다. 선착장엔 바람이 많이 불고 강철의 이음새들
과 굵은 체인들과 묶인 배들이 파도에 흔들려 부딪치는 쇳소리가

난다. 배 밑창의 녹이 끊임없이 부서지고 있어서 근처의 바다는 붉은색이다. 녹 냄새와 해파리 냄새와 농밀한 바다 냄새 때문에 울컥 구역질이 나려는 것을 참는다.

바다는 흡사 호수처럼 섬과 맞은편의 산들로 둘러싸여 있다. 여객 터미널 근처는 해운 항만청과 운송창고들과 늘 거대한 원목들이 적재되어 있는 부두와 연탄공장과 제철공장과 비치 맨션과 버스 터미널과 가난하고 낡은 주택가가 펼쳐져 있다. 막상 바다 바로 앞에 오니 프리지어 꽃향기 같은 건 나지 않는다.

배가 떠날 쯤에야 모두가 쌍쌍들이거나 가족 세트이며 오직 나만이 혼자 온 사람이라는 사실을 알아챈다. 내 속에서 파괴적인 불쾌한 힘을 느낀다. 아이들을 데리고 올 수도 있었고 어머니를 모시고 올 수도 있었고 L에게 함께 가자고 할 수도 있었는데 나는 굳이 혼자 왔다. 가족이라는 것이 며칠 사이에 이미 게 껍데기처럼 내 몸을 가두는 것 같아 마음이 집게발처럼 사나워지고 있던 참이었다. 끊임없이 무어라고 말하고 조금씩 움직이는 사람들 속에서 나는 입을 꼭 다물고 바다를 향해 앉아 있다. 다른 사람들이 무리를 짓는다는 것이, 말을 하면서 산다는 것이 역시 불편하다.

바다 위에 걸린 흔들다리를 따라가 섬 유원지의 바깥길을 크게 한 바퀴 돈다. 텅 빈 해안길 위에 몇 번인가 쥐가 앞을 가로질러 지나간다. 홍합껍질이 밀려와 쌓인 적요한 검은 해안, 칠이 벗겨진 퇴락한 벤치와 탁자들, 일제히 바다로 기울어진 야윈 나무들의 피폐한 숲, 혼자 온 여자들이 몸을 날리기에 알맞은 가파른 벼랑을 지나 폐쇄된 주막을 돌아가니 육 년 전에 본 그대로 해안가의 곰 우리가 나온다. 해안의 바위와 바다 위로 쇠창살을 둘러싼 곰 우리. 그때처럼 곰은 바다에 허리까지 빠져 있다. 쇠창살의 녹과 부유하는 이물질들 때문에 물은 붉은 갈색이다. 불곰. 유럽과 중앙아시아, 만주, 북해도에 분포. 사는 곳은 개울가나 산림지대. 육류 어류 과일 곤충 등을 먹으며 임신 기간 250일이다. 수명은 십오 년에서 사십사 년. 지상 최대의 육식수. 육 년 전 겨울에 보았을 때에 비해 덜 참담해 보인다. 곰들은 커다란 덩치로 관람객들이 던지는 비스킷을 주워 먹기에 여념이 없다. 붉은 비스킷이 물 위에 둥둥 떠다닌다.

반달곰과 백곰과 물개의 우리를 지나 놀이 시설 단지를 지나 서커스장으로 올라간다. 검은 스타킹에 붉은 공단 원피스를 입은 여자가 물건을 파는 서커스단의 매점이 열려 있고 서커스도 진행 중이다. 줄타기와 공중그네, 불전차 등 공중곡예를 위해 지어진 서커스장은 바닥에서부터 거의 삼층 높이까지 객석이 올라간 원형 공연장이다. 그러나 지금은 객석도 비 얼룩에 페인트칠이 벗겨져 흉흉하고 뻥 뚫린 천장엔 번성했던 한때를 보여주듯 공중그네와 곡예 기구들이 망가진 채 늘어져 있고 붉은 넥타이와 줄무늬 양복을 입은 영감이 육십년대 노래가 흘러나오는 지글거리는 앰프 시설에 의지해 사회를 보는 무대 역시 을씨년스럽기만 하다.

테이블 위에 올려진 작고 흐린 유리 곽 속으로 제법 나이 든 여자가 몸을 종이처럼 차곡차곡 접으며 들어갔다가 나오고 연두색 공단 원피스를 입은, 어딘가 비정상적으로 보이는 덩치 큰 소녀가 이마 위에 콜라병을 올리고 병 위에 물잔을 올리고 계단을 올라가 좁은 단상 위에서 완전히 바닥에 드러누웠다가 다시 일어서는 아슬아슬한 재주를 한다. 무표정하고 편편한 얼굴이 중국 소녀 같기도 하다. 그리고 아주 검은 곱슬머리 가발을 쓴 암팡진 소녀가 외발자전거를 타고 인형을 업고 양산을 쓰고 부채를 펴 들고는 일회용 부탄가스 병을 두어 개 쓰러뜨리며 요리조리 지나가는 묘기를 부린다. 그리고 갑자기 끝이다.

식초를 너무 많이 먹어 부작용을 겪는 듯한 덩치 큰 소녀가 책받침을 팔러 온다. 여덟 명 정도의 관람객이 하나씩 책받침을 산다. 책받침에는 공중그네를 타고 둥글게 타오르는 불의 홀을 통과하는 화려한 공중곡예 사진이 인쇄되어 있다. 나는 인상적인 두 서커스 소녀를 소설 속에 그려 넣을 생각을 한다. 그녀들에게 아이스크림이라도 사주고 싶지만, 늘 그렇듯 나는 말을 걸지 못한다.

동물원을 지나 사육사의 사무실을 찾아간다. 사무실은 부엉이 우리와 포니 우리 사이에 있다. 큰 몸집의 사육사는 러닝을 씻어 포니 우리 곁의 나뭇가지에 걸고 있다. 옛날에 있던 사육사는 아니다. 하긴 내가 섬 유원지에 다시 온 건 거의 육 년 만이다. 사육사의 사무실 한 벽 전체엔 응급 의료용품이 빼곡히 들어 있는 유리 진열장이 짜여 있다. 사육사는 세면장으로 가 세수를 하고 몸을 씻는다. 세면장 뒤는 동물들의 먹이를 조리하는 주방이다. 쭈그러지고 더러운 큰 솥과 냄비들. 두꺼운 나무도마 위에 아무리 굵은 뼈라도 단번에 동강을 낼 수 있을 듯한 무겁고 큰 사각형 칼이 언뜻 보인다. 모기가 들끓는다. 나는 뒷걸음질 쳐 지독한 지린내가 나는 부엉이 우리 앞에서 기다린다. 몸을 씻고 나온 사육사는 나에게 용건을 묻는다. 사육사의 눈은 곰의 눈처럼 유순하고 어딘가 슬프다. 그는 어림짐작이라면서 내 물음에 답한다.

불곰은 250만 원, 표범은 500만 원, 낙타는 800만 원, 공작새는 15만 원, 일본원숭이는 100만 원, 그러면 공중에 뜨는 서커스 여자는 얼마쯤의 가격에 팔릴까……

사육사의 사무실에서 돌아 나가는 길에 숲속에서 얼굴을 확 벗겨놓은 듯 새빨간 원숭이와 눈이 마주친다. 원숭이는 핏물이 밴 듯한 아픈 얼굴로 나를 빤히 본다. 해질녘 어두워지는 숲속에서 원숭이와 마주치는 건 어색하고 섬뜩하다. 원숭이가 잔뜩 겁을 먹고 주춤대고 있어서 내 살 속 깊이 어두운 살의마저 느껴진다. 그러나 뒷걸음질 칠 수도 없다. 나는 원숭이를 마주 보며 계속 다가간다. 거울 속의 아주 낯선 나를 보는 것만 같다. 원숭이는 이제 고개를 숙이고 긴장한 채 가만히 자신의 발을 내려다보고 있다. 아마 내가 완전히 지나갈 때까지 그런 자세로 있을 것이다. 나는 내 속의 살의를 견디며 얼굴이 새빨간 원숭이 우리를 간신히 지나간다. 가까이서 사자가 공격적으로 울부짖는 소리가 들리고 커다란 새가 날아오르는 푸드덕거림이 들린다. 그리고 저녁 바람에 동물들의 짙은 배설물 냄새가 덮쳐오고 물범의 진화되지 않은 울음소리도 희미하게 들린다. 나는 좁다란 숲 샛길의 계단을 달려 내려가기 시작한다. 나무들의 잎사귀가 너무 크고 주위는 너무 어둡고 고요하며 나무의 절단면을 박아 계단을 만든 길은 모두에게 잊혀져버린 듯 검게 썩었다. 내 발 앞으로 쥐 한 마리가 또 지나간다. 마지막 배가 떠날 시간인데 길을 잃은 것만 같다.

    ……이곳은 다시 나의 여행지이다.

    깊은 밤, 책상 앞에서 버티는데 가을 소나기가 퍼붓는다. 해안 우리에 갇힌 곰이 떠오른다. 비를 맞고 있을까…… 소설의 제목을 메리고라운드 서커스 여인이라고 짓고 베란다로 나간다. 잃어버린 온갖 것을 기억나게 하는 빽빽한 빗소리. 나는 물속에 허리가 반쯤 빠진 곰처럼 베란다의 난간을 꽉 쥔다. 우리는 아무것도 알지 못하면서 사랑한다. 아무 곳에도 가지 못하면서 걷고, 끊임없이 가라앉는 배를 젓는다. 환멸…… 환이 많으면 삶은 고단하다. 내 핏속엔 환이 너무 많다.

    한 편의 소설을 끝내고 이상하게 정신이 맑아져서 침대로 가지 않고 냉장고 문을 연다. 며칠째 야채실에 넣어두었던 조그만 소포 상자를 꺼낸다. 그 속의 비닐봉지 속엔 봉숭아 꽃잎이 가득 들어 있다. 멀리서 한 소녀가 보내온 것이다. 봉숭아 꽃잎을 꼭꼭 찢고 거기에 백반 가루를 넣어 섞은 뒤 꽃잎을 손톱 위에 쌓고 비닐을 덮어 실로 친친 묶으면 꽃물이 예쁘게 들여진다고, 하기 전에 손톱의 매니큐어가 남아 있지 않도록 잘 지워야 한다고 상세한 설명서도 동봉했다. 그리고 지금 꽃물을 들이면 첫눈이 올 때까지 남아 있을 거라고……

나는 밤 세시에 봉숭아 꽃잎을 꼭꼭 찧는다. 그리고 엄지손톱 위에 올리고 비닐을 덮은 뒤 실을 친친 감는다. 내가 탄 배가 가라앉을 동안 간절하게 할 일은 오직 그것뿐인 것처럼 열 손가락을 하나하나 아프도록 묶는다.

K가의 사람들

권 여 선

1965년 경북 안동에서 태어났다. 1996년 장편 『푸르른 틈새』로 제2회 상상문학상을 수상하며 등단. 소설집 『처녀치마』『분홍 리본의 시절』『내 정원의 붉은 열매』가 있다. 이상문학상. 오영수문학상을 수상했다.

작가를 말한다

살다보면 누구나 깨닫게 되는 진실이 있으니, 세상은 공평하지 않다. 신은 소설 잘 쓰고, 다른 종류의 글들도 두루두루 잘 쓰고, 소설 잘 읽고, 말 잘하고, 술 잘 마시고, 노래 잘(!)하고, 춤도 잘(!) 추는 사람에게 미모까지 부여했다. (……) 혹자는 권여선이 마니아형 미인이라고 말하고 혹자는 권여선이 대중형 미인이라고 말한다. 나는 그 논쟁에 끼어들 생각이 없다. 그건 중요하지 않다. 권여선의 미모는 그런 구분을 뛰어넘는 미모다. (……) 미인 작가라 함은 천하에 짝이 없이 작가답게 생겼다는 거다. 아무리 멀리서 봐도 작가처럼 보이는 얼굴, 명백히 작가일 수밖에 없는 얼굴의 작가가 흔할 것 같지만 그 또한 의외로 많지 않다. 어떻게 봐도 작가로밖에 보이지 않는 얼굴, 곧 권여선의 얼굴이니, 참으로 권여선은 미인 작가다. 박현욱(소설가)

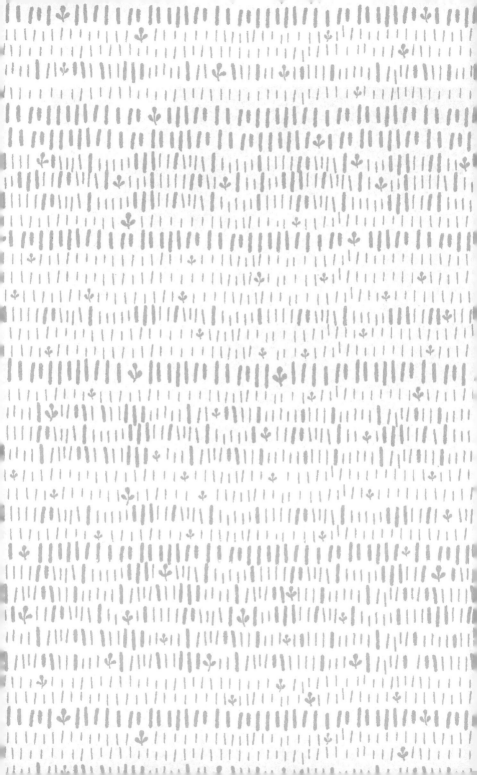

K

내가 조금만 흥미를 보였더라면 K는 내게 자신의 이력에 대해
낱낱이 얘기해주었을 것이다. 그러나 당시의 나는 내 삶을 지탱하
기만도 벅차 그런 얘기들에 별로 흥미를 느끼지 못했다. 그래서 지
금 K의 유년기나 소년기에 대해 생각하면 머릿속에 떠오르는 것
이 없다. 그러니까 나는 나를 만나기 전의 K가 어떠했는지에 대해
거의 모르고 있는 셈이다. K가 떠난 후 한참 지나서, 그래도 뭔가
가 있을 텐데, 인상적인 것이 전혀 없을 수는 없을 텐데, 하고 곰곰
이 생각하다가 간신히 K에 대한 이미지 하나를 붙잡을 수 있었다.
그것은 바로 하와이안 셔츠, 야자수가 그려진 원색의 하와이안 셔
츠였다.

백화점에 걸려 있던 하와이안 셔츠는 스물일곱의 백수인 내가 선뜻 구매하기에는 가격이 센 편이었다. 하지만 그 셔츠는 경쾌하면서도 고급스러워 보였고 내가 남자라면 여름에 한번쯤 입어보고 싶었을 셔츠였다. 그때 갑자기 예전에 K에게서 들었던 하와이안 셔츠 얘기가 떠올랐다. 한번쯤은 K에게 이런 선물을 해도 괜찮지 않을까, K가 내게 해준 일에 비한다면 이 정도의 셔츠를 받을 자격은 K에게 충분히 있는 게 아닐까 하는 생각이 들었다. 나는 과감하게 셔츠를 사서 K에게 선물했다. 그것이 나의 마지막 선물이었다. K는 그 셔츠를 애지중지하다 결국 한번도 입지 못하고 말았다. 물론 또 다른 하와이안 셔츠가 있다. 그리고 그게 '진짜 하와이안 셔츠'다.

하와이에서 산 '진짜 하와이안 셔츠'를 입고 부산에 입항했을 때 K의 나이는 스물둘이었다. 스물둘이라면 스스로는 완벽히 어른이라 생각하지만 긴 인생에서 보면 막 손톱만한 꽃망울이 맺힌 데 불과한 위태로운 나이이다. 그런데 스물둘의 K는, 부모도 없이 고아로 떠돌며 자랐다는 K는 서글서글한 눈과 우뚝한 코를 외제 선글라스로 가리고 햇볕과 바닷바람에 그을린 팔뚝을 하와이안 셔츠 소매 밖으로 내놓은 채 의기양양 부산항에 나타났던 것이다. 그때 K는 이 땅에서 무슨 일이 벌어지고 있는지, 얼마나 많은 사람들이 죽고 다쳤는지 전혀 몰랐다. 해외에도 신문은 있었지만 그 신문은

K의 손에 배달될 수 없었다. 항해는 길었고 망망대해에서 K는 공간뿐 아니라 시간으로부터도 격리되어 있었다. K는 그때 오로지 오래전에 떠난 조국에 다시 돌아왔다는 벅찬 감동과 자신의 젊음에 대한 빛나는 긍지만을 느끼고 있었을 따름이다.

K에게는 미안한 말이지만 그 얘기를 들었을 때 나는 K를 조금은 어이없게 여겼던 것도 같다. 그러나 또한 그 얘기를 할 때 K의 얼굴에 어린 황금빛 행복감에 나도 덩달아 행복해졌던 것도 사실이다. K를 만난 이후로 그때처럼 K가 행복해하는 모습은 보지 못했다. 그런 생각을 하면 마음이 아프다. K의 삶은 나로 인해 조금도 행복해지지 않았으니 말이다.

한국전쟁의 와중에도, 전후의 피폐 속에서도 하와이안 셔츠로 상징되는 내 아버지 K의 이십대는 화려했다. 항해와 달러와 술과 마작.

약간의 과장이 섞였겠지만 긴 항해에서 벌어들인 달러를 부산항에 들어와 원화로 바꾸면 그 양이 지전으로 '구루마 한가득'이었다고 한다. 짧은 휴가 기간 동안에 구루마의 지전을 모조리 탕진해야 하는 K로서는 '낱장'으로 세서 뿌릴 여유가 없어 '다발'로 세서 던지고 다녔다고 한다. K의 입에서 흘러나온 이 놀라운 얘기를 듣고 나중에 K의 아내가 보여준 선망과 개탄과 낙심의 눈빛이라니. 그러나 K는 너무도 행복한 술회에 몰두해 있었기 때문에 이 얘기가 아내의 평정심을 망가뜨리고 자신의 경제 관념에 대한 불신을 가

중시킬 수도 있다는 사실을 몰랐다.

그렇다. K에게도 아내가 생겼다. 그러니 나도 생긴 것이다. 물론 이건 한참 후의 일이다. 나는 K에게 아내도 없고 나도 없던 시절에 대해 좀더 이야기하고 싶다.

K의 아내와 달리 나는 K의 젊은 날을 방탕이라고 부를 수는 없으리라고 생각한다. 금지가 없다면 의지도 필요 없다. K에게 돈이란 유흥과의 교환 가능성, 그 이상도 이하도 아니었다. K는 그때 무엇을 하지 말았어야 했을까. 그 누가 과연 봉양할 부모도, 먹여 살릴 처자식도 없는 혈혈단신의 청년에게 돈을 낭비하지 말고 한 구루마씩 차근차근 모아야 한다고 충고할 수 있었을까. K에게도 남부럽지 않은 수의 형제들이 있었으나 그들은 K가 돈을 모으기보다 자기들과 나누기를 원했다. 가족의 애틋함을 경험하지 못한 K는 언젠가 자신도 가족을 구성할 수 있으리라는 생각을 미처 하지 못했다.

바다와 청춘과 자유, 그 꿈의 삼각형 한가운데 찬란한 깃발처럼 하와이안 셔츠가 나부끼고 있었다. 그리고 그 깃발의 환각이 정확히 사십일 년의 세월을 횡단하여 백화점 매장을 거닐던 나를, 노년의 K에게 무심하고 인색했던 스물일곱의 나를 불현듯 사로잡았던 것이리라. 그러니까 한 구루마는커녕 반 봉투의 지폐도 없던 내가 K에게 그 셔츠를 선물하기로 결정한 것은 어쩌면 그것이 K에게 단지 셔츠일 뿐이지 않다는 걸 교활하게 감지했기 때문인지 모른다.

그리고 K도 그 사실을 잘 알아 일부러 그 셔츠를 입지 않음으로써 그 셔츠를 더 즐겨주었는지도 모른다. 겨울 새벽녘, K의 아내가 K의 소지품과 함께 가격표도 떼지 않은 그 셔츠를 태우던 모습이 떠오른다. 누군가에게 넋을 붙잡혀 뒤흔들린 듯한 두려운 표정과 성급한 손짓으로.

K에게 하와이안 셔츠의 시절이 끝난 것은 징집영장이 나오고부터였다. 십대 후반에는 만주 벌판을, 이십대 초중반에는 오대양을 바람처럼 떠돌며 살았던 한 청년의 호연지기가 끝날 날이 온 것이다. K의 국적은 대한민국이었고, 부모는 없어도 나라는 있으니 국민으로서의 의무를 다해야 했다. 조국에서 산 시간보다 외국에서 보낸 시간이 더 길었지만 K에게 부과된 의무는 공평무사하고 시종여일했다. 조국에 6·25전쟁이 난 줄도 몰랐던 그로서는 그때가 죗값을 치를 절호의 찬스였다.

그러나 안타깝게도 K의 자유로운 영혼은 군대와 감옥의 차이를 알지 못했다. 그는 면제받을 길을 찾고자 징집 체계의 허술한 틈을 노려 구루마의 돈을 아낌없이 쏟아부었다. 그 돈은 여러 곳으로 흘러갔다. 때로는 허투루, 가끔은 목적에 맞게. 그 결과 K에게 면제는 불가하나 카투사에 입대하는 것을 허하노라는 특전이 떨어졌다.

그러나 한국 감옥보다 미국 감옥이 더 낫지는 않았다. K는 끝내 카투사 생활에 적응하지 못했다. 태양처럼 둥글게 빛나던 K의 자유의지는 펑크 모된 타이어처럼 쭈그러지고 바람이 빠졌다. 힘든 노동으로 육체는 강인하게 단련되었으나 복종이나 모욕에는 전혀 단련되지 못한 K의 허약한 정신은 욱하는 순간이 찾아왔을 때 탈영 이외의 방법을 알지 못했다. 어쩌면 K는 동료들에게 탈영하고 말겠다고 큰소리를 쳤다가 조롱당했는지도 모른다. 그 모욕을 통쾌하게 갚는 길은 실제로 탈영하는 길 외엔 없었을 것이다.

그후 이른바 국가라는 기구는 군대와 감옥의 차이를 알지 못했던 어린 백성 K에게 가장 효과적이고 준엄한 교육 기회를 제공했다. '자유로운 너, 어리광은 여기까지!'라고 국가는 그야말로 음산하고 무시무시한 목소리로 K의 귓가에 속삭였던 것이다. K의 이십대는 전반기의 화려함을 뒤로하고 순식간에 매끈한 손등을 뒤집어 주름살 가득한 손바닥을 보여주게 되는데, 탈영과 도주와 체포와 영창과 연장복무의 굴곡진 주름은 십 년 가까이 이어졌다. 그것으로 K의 청춘은 끝이 났다.

K의 아내

K의 아내가 남편의 과거사에서 가장 불가사의하게 느낀 점은, 저렇게 겁이 많고 우유부단한 사람이 어떻게 탈영을 했을까 하는 것이었다. 그건 K의 젊은 날의 호방함을 모르고 하는 소리였다. K가 겁이 많은 사람인 건 분명했지만 처음부터 그랬던 건 아니었다. 국민교육의 효과였다. K가 권력을 뱀처럼 두려워하게 된 것도, 생

뚱맞게 결혼이란 걸 진지하게 숙고하게 된 것도, 결혼을 위해 자유를 반납하고 체질과 상극하는 전매청 공무원이 되기로 한 것도 그 길고 가혹했던 교육의 부수적인 열매라 할 수 있었다.

K의 겁에 관해서는 이런 일화가 있다. K 부부가 결혼한 지 얼마 되지 않았을 때의 일이다. 그들은 전매청 관사에 신혼살림을 차렸다. 한밤중에 K의 아내는 관사의 툇마루 쪽에서 들려오는 달그락거리는 소리에 잠을 깼다. 귀를 기울일수록 그것은 외부에서 툇마루 미닫이문의 잠금쇠를 따려는 시도로밖에 해석되지 않았다. 아내는 K를 조용히 깨웠다. 저 소리 좀 들어봐요. K는 일어나 앉아 방문 바깥쪽을 향해 귀를 기울였다. 딸깍 무엇인가 풀리는 소리, 미닫이문이 조심스럽게 열리는 소리, 육중한 것이 올라섰는지 툇마루가 삐걱대는 소리가 들려왔다. 순간 K는 벌떡 일어나 다듬잇방망이 두 개를 집어 하나는 자신이 갖고 하나는 아내에게 주었다. 그리고 신속하게 방문을 향해 돌진하는 대신 아내의 뒤로 냉큼 숨었다. K보다 십일 센티나 작고 열한 살이나 어린 K의 아내는 잠시 어안이 벙벙했다. K는 아내 뒤에서 다듬잇방망이로 방바닥을 힘껏 내리치며 고함을 질렀다.

"누구얏?"

이불 속 활갯짓이라더니, 하고 K의 아내는 속으로 혀를 찼다. 무엇인가 화닥닥 뛰어나가다 미닫이문에 부딪치는 소리가 났다. 그리고 탁탁탁탁 멀어지는 발소리가 들렸다. 한참 후에 K는 갔네, 갔어, 라고 중얼거리고는 이부자리에 주저앉았다. 나가봐야 되는 것 아녜요, 라는 아내의 말에 K는 갔는데 뭐, 라고 짧게 대꾸했다. 아무래도 치마 두른 내가 나가보는 수밖에 없겠다고 생각한 K의 아내는 다듬잇방망이를 단단히 쥔 채 방문을 열었다. 밖은 깜깜했다. 방에 불 좀 켜봐요. K가 불을 켰다. 미닫이문은 열려 있었고 툇마루 위에는 큼직한 흙발자국이 찍혀 있었다. 갔지? K가 물었다. 갔어요. 갔다는데도, 아내가 노끈으로 미닫이문을 칭칭 동이고 툇마루의 흙발자국을 닦아내는 동안 K는 방에서 나오지 않았다.

K의 아내는 위로 오빠 하나를 둔 칠남매의 맏딸로 태어났다. 나는 K의 이력에 대해서는 아는 바가 적지만 K의 아내인 내 어머니의 이력에 대해서는 아는 바가 제법 많다. 때로 그 많은 정보들은 충돌을 일으키거나 모순을 빚기도 한다. 그건 어쩌면 정보의 모순이라기보다 그녀 속에 여러 가지 모순적인 특성들이 공존하고 있었기 때문인지도 모른다.

부유한 대지주 집안의 맏손녀로 태어났음에도 불구하고 그녀는 풍족을 몰랐고 이재에 밝았다. 남녀차별이 심한 완고한 대가족 층층시하에서 자란 탓에 일찍부터 지배와 복종의 관계를 간파하는 데 민첩했고 사람을 제대로 부리는 법을 알았다. 총명한 대신 호기심이 없었고 시키는 일은 똑 부러지게 잘했지만 상상력이나 모험정신은 부족했다. 예의에 엄격하면서도 임기응변적인 거짓말을 잘 지어냈으며 상대방을 속였다는 사실에 대해 죄책감을 갖지 않았다.

그 상황에서는 거짓말이 절대적으로 필요했고 진실 같은 건 자신에게도 상대에게도 도움이 되지 않았다고 생각하면 그뿐인, 실용적인 양심의 소유자였다.

K의 아내가 지나치게 견고하고 위선적인 가족의 울타리 안에서 극단적인 차별을 받으며 자랐다면 K는 아무리 느슨할지언정 가족이라는 테두리 안에 몸담아본 적 없는 극단적으로 분방한 영혼이었다. K 부부는 많은 면에서 상반되었다. 심지어 한쪽은 노래를 너무 잘 부르고 한쪽은 못 부른다거나 한쪽은 술을 엄청나게 마시는데 한쪽은 한 방울도 입에 대지 못하는 것도 그랬다. 특히 경제적인 면에서의 대립은 결혼 초부터 두드러졌다.

어떤 청을 수락하고 어떤 청을 거절해야 하는지 결정하는 게 귀찮았던 K는, 아무 기준도 갖지 못한 탓에 아쉬운 소리를 하며 조르는 사람이 있으면 그 조름의 강도나 자신의 기분에 따라 청을 들어주거나 말거나 했다. 그렇게 무원칙한 K와 달리 그의 아내는 한번 원칙을 정하면 하늘이 무너져도 지키고 마는 주의였다. 검약이 몸에 밴 K의 아내는 돈에 관한 한, 누구도 믿지 않는 단단한 슬기와 누구에게도 빼앗기지 않는 맹랑한 전투력을 겸비하고 있었다. 마침내 어느 날 K 부부의 경제관은 대격돌을 일으키는데, 늘 그렇듯이 승리는 승리를 간절히 원한 쪽의 것으로 돌아갔다.

K에게 맏형은 보호자라기보다 피보호자나 다름없었다. 맏형은

늘 말하기를, 자기는 원래 맏이가 아니었는데 진짜 맏형이 큰집으로 양자를 가는 바람에 엉겁결에 맏이가 되고 말았다는 것이었다. 그 말 속에는 모진 저주라도 받게 된 듯한 억울함이 서려 있었다. 동생들이 어렸을 때에는 '원래 맏이가 아니었다'는 식의 방임으로 일관했던 맏형은 동생들이 자라 돈벌이를 하게 되자 '그래도 맏이는 맏이다'라는 식의 간섭으로 돌아섰다. 특히 짧은 휴가 기간 동안에 지전 다발을 마구 던져대는 셋째동생 K는 그에게 놓칠 수 없는 먹잇감이었다. K는 맏형에게 어느 정도 세뇌가 되어 형이나 형수가 아니었으면 자기는 벌써 이 세상 사람이 아니었으리라고 믿고 있는 지경이었다.

K가 항해를 그만두고 전매청에서 쥐꼬리만큼의 월급밖에 못 받는데도, 심지어는 결혼하여 처자식을 먹여살려야 할 판인데도 맏형의 요구는 계속되었다. K의 아내는 이런 악랄한 착취에 일절 응하지 않기로 결정했다. 자고로 형만한 아우가 없고 윗물이 맑아야 아랫물이 맑고 물은 위에서 아래로 흐르는 법이었다. 거절의 재능이 결여된 K가 형에게 금전적 원조를 약속하고 돌아오면 거절의 재능으로 똘똘 뭉친 K의 아내가 그것을 파기하는 일이 반복되었다. 참다못한 맏형은 K 부부의 관사를 습격해 제일 값나가는 혼수인 재봉틀부터 들어내려 했다. K는 맏형에게 재봉틀이라도 주어 보내자 했지만 그의 아내는 무거운 재봉틀 위에 자기 무게와 뱃속 아이의 무게까지 얹어가며 버텼다. 결국 아주버니의 습격은 격퇴되었고 제수씨의 재봉틀은 사수되었다. 중간에 끼인 K는 고뇌를 이

기지 못해 곤드레만드레 취해버렸다.

K의 큰딸

　　K의 맏형은 마치 맏이의 유전자가 따로 있는 듯, 자기는 결코 그 유전자를 타고나지 않았는데 그런 몹쓸 형벌을 받게 된 듯 우는 소리를 했지만, 사실 맏이는 태어나는 게 아니라 양육되는 것이다. 재봉틀을 지키는 데 한몫을 보탠 K의 큰딸 또한 그렇게 양육될 운명이었다.

　　첫아이가 너무 커서 K의 아내는 길고 지독한 산통을 겪었다. 산파는 태아의 머리만 보고 성별도 확인하지 않은 채 경솔하게 장군감이네, 뭐네, 아는 체를 하더니 결국 겸자를 쓰기로 했다. 그리하여 K의 큰딸은 매우 우량한 상태로 겸자에 머리가 끼워져, 스스로는 맏이인 줄도 모른 채, 자기가 딸인 줄 모르는 세상 사람들 눈앞으로 끄집어내졌다.

　　산파의 말대로 장군감이었는지 K의 큰딸은 밝고 건강하고 제멋대로였다. 말도 빠르고 행동도 민첩했다. 여자아이답게 조신하기는커녕 어디서든 재미난 장난질을 찾아내 곧잘 말썽을 피웠다. 야단을 맞아도 누구를 닮아 그런지 황소고집이라 절대 자기의 잘못을 시인하려 하지 않았다. K는 어린애가 뭘 알겠냐며 오냐오냐 받들었지만 K의 아내는 맹수가 때를 기다리듯 침착하게 노리고 있

었다. 맏이가 이래서야 어찌 장차 태어날 동생들에게 본이 되며 부
모의 영을 받들어 세우겠는가.

어느 날 K의 아내는 드디어 큰딸에게 '잘못했어요'라는 말을 가
르치기로 결심했다. 아이는 이미 그 말뜻을 말갛게 꿰고 있었다.
아이는 모진 매질에도 그 말을 하지 않고 버텼다. 수돗가에 발가벗
겨 세워 찬물을 끼얹어도 버텼다. 아이는 울지도 않고 입도 떼지
않았다. K의 아내는 마지막 처방으로 벌거벗은 아이를 들쳐안고
변소로 갔다.

"너를 변소에 빠뜨리겠다!"

아이가 몸부림을 쳤다. K의 아내는 모질게 변소 문을 밀어다붙
이듯 열고 아이를 거꾸로 들어 재래식 변소 구멍 아래로 집어넣으
려 했다. 몸부림을 치면 불리하다는 것을 본능적으로 직감한 아이
가 버둥거림을 멈추었다. 그런데도 아이의 몸은 추위와 공포로 가
늘게 떨리고 있었다. 머리가 변소 구멍 속으로 거의 다 들어가서야
아이는 경기를 일으키며 악을 썼다.

"짜, 짜 짜모했어요!"

K의 아내는 안도했다. 이제 되었다 싶었다. 맏딸은 이렇게 크는
것이다. 그녀 또한 이렇게 컸다. 그래서 이토록 바르고 반듯한 것
이다. 한밤중에 앓는 소리를 내는 어린 큰딸의 이마를 짚으며 K의
아내는, 대대로 내려오는 보석반지를 물려주듯, 어머니가 자신에
게 했던 행위를 딸에게 그대로 실행할 수 있었던 것에 대해 긍지를
느꼈다. 다만 이마를 쓰다듬을수록 겸자 자국이 큰딸의 이마를 좀

구릉지게 하고 있는 것이 마음에 걸렸다. 그러나 큰딸의 정신이 구릉진 것은 알지 못했다.

K의 아내와 큰딸이 자라난 방식을 생각하면 나는 세상의 모든 맏딸들이 가엾다. 일단계 시련을 통과한 큰딸에게 K의 아내는 이단계 시련을 부과했다. 그것은 큰딸의 의식 속에 맏딸로서의 강인한 책임감을 불어넣는 것으로서, '내가 죽으면'으로 시작되는 끔찍한 상황 설정과 그 상황에 직면하여 맏딸로서 수행해야 할 수많은 책무를 일러주는 것이 그 훈련의 요체였다. 큰딸은 눈물을 쏟으면서 맏딸로서의 책임을 통감해야 했다.

마지막 삼단계 시련은 큰딸의 무의식 속에 안개처럼 자욱한 죄의식을 불러일으키는 방식이었다. '나는 믿는다'로 시작되는 기대 수준의 고도 설정과 그 기대에 못 미칠 때의 침묵과 한숨, 눈물이 그 훈련의 요체였다. 큰딸은 악몽에 시달리면서 까닭 모를 죄의식에 휩싸여야 했다.

스스로 눈물을 쏟든지 어머니의 눈에서 쏟아지는 눈물을 보든지, 어떤 훈련도 눈물 없이 진행되지는 않았다. 겉으로 볼 때 K의 큰딸은 K의 아내와 닮은꼴로 주조되었다. 진실과 거짓의 문제보다 지배와 복종의 문제를 중시했고 자기 고유의 양심보다 자기를 대리하는 자의 요구를 중시했다. 책임이 자유에 앞섰고 모방력이 독창성을 압도했다. 다만 결정적으로 다른 점은 K의 피를 받아 경제 관념이 흐릿한 점과 폭탄이 작렬하듯 어느 순간 극심한 자해를 서

습지 않는 점이었다. 맨주먹으로 유리창을 깨고 피를 철철 흘리는 큰딸의 종아리를 때리며 K의 아내는 도대체 어디서 이런 몹쓸 피가 섞여들었는지, 시댁과 친정의 인물들 면면을 하나씩 점검해보며 의아해하는 것이었다.

K의 둘째딸

큰딸을 낳느라 고생을 한 데 비해 둘째의 경우는 너무도 간단했다. K의 아내가 산통을 느끼고 살짝 힘만 주었을 뿐인데 아래 속곳 위에는 벌써 조그만 갓난쟁이 하나가 톡 튀어나와 있었다. 그것은 '낳았다'기보다 '누었다'에 가까운 해산이었다.

K의 둘째딸은 태어날 때부터 약골이었지만 자라면서도 좀처럼 튼튼해질 기미를 보이지 않았다. 그리하여 마침내 K의 아내는 아이가 죽기 전에 할 짓은 다 해보자는 차원에서 무당을 불러 굿판을 벌이기로 했다. 제대로 된 무당도 아니고 제대로 된 굿판도 아니었지만 동네 여인들은 떼로 몰려와 좁은 마당에 빼곡하게 둘러서서 굿을 구경했다. 무당은 죽은 듯이 파리한 K의 둘째딸을 눕혀놓고 온갖 굿을 놀았다. 굿이 막바지에 이르렀을 때다. 무당이 씽씽 휘두르던 칼을 마당으로 휙 내던졌다. 굿판의 절정이었다. 드디어 액을 낚아채 던진 것이다. 그 순간 K의 아내는 놀라 쓰러질 뻔했다. K의 막내딸인 내가 고꾸라질 듯 자빠질 듯 쏜살같이 내달아 칼을

주웠던 것이다. 날이 무뎌 도마질에는 쓰지 않고 큰 조개를 깬다거나 개수구를 쑤신다거나 할 때 쓰는, 호미나 삽의 용도를 가진 헌 칼이었다.

그걸 알지 못한 나는 무당 아주머니를 노엽게 노려보며 소년병이 장검을 끌듯 뒤뚱거리며 무딘 부엌칼을 질질 끌고 K의 아내 앞으로 갔다. K의 아내는 내 손에서 칼을 받지도 뺏지도 못한 채 어쩔 줄 몰라 사방을 둘러보았다. 아연실색한 동네 여인들이 저마다 뭐라 뭐라 치통 앓는 소리를 냈다. 그러나 누구보다 가장 경악한 사람은 칼을 던진 장본인이었다. 그때 무당의 황당한 표정이라니. 심사숙고 끝에 친 회심의 어프로치샷을 무지몽매한 갤러리가 달려와 날름 집어가는 꼴을 본 프로 골퍼의 표정이 그럴까. 가까스로 정신을 수습한 무당은 버선발로 달려내려와 내 손에서 칼을 채갔다. 그리고 흥이 사그라든 태도로 신명 없이 몇 번 칼을 휘두르다 힘없이 마당에 툭 내던졌다. 그것은 처음의 절묘한 샷에 댈 것이 아니었다. 이러구러 굿판은 끝났지만 판은 이미 깨져 있었다. 동네 여인들은 굿의 효험을 의심하는 뉘앙스의 말들을 주고받으며 돌아갔다.

그후에도 나는 여러 번 K의 아내의 얼굴에서 내가 칼을 주워들었을 때 무당이 지었던 표정과 비슷한 표정이 떠오르는 것을 본 적이 있다. 아마도 막내인 나를 낳고 성별을 확인했을 때에도 그런 표정을 지었을 것이다. 네가 내게 이럴 수가 있니, 너로 인해 모든 것이 한순간에 물거품이 되어버렸구나, 하면서도 오로지 막내라는 이유로 나를 무자비하게 내려치지 못하는 표정 말이다.

　나 때문에 부정을 타서인지 K의 둘째딸은 건강을 회복하지 못하고 허약한 심장 때문에 늘 K 부부를 노심초사하게 만들었다. 그러나 K의 아내에게 더 중요한 것은 따로 있었는데, 묏자리를 잘못써 그런지 피가 탁해 그런지 큰딸에 이어 둘째딸도 잘못했다는 소리를 안하고 막무가내로 버티는 것이었다. K의 아내는 큰딸의 경우에는 교육에 사정을 두지 않았지만 몸이 약한 둘째딸에게는 약간의 예외를 인정하지 않을 수 없었다. 가혹한 훈육도 그것을 견딜 만한 맷집이 될 때 내리는 법이고, 또 둘째딸은 일단 맏이가 아니었고, 좀 우스운 유추이긴 하지만, 큰딸은 소띠여서 황소고집이었지만 둘째딸은 토끼띠이니 고작 해야 토끼고집 정도가 아닐까 싶었다. 그리하여 둘째딸은 말을 채 배우기도 전에 잘못했다는 소리를 혀 짧게 발음하지 않아도 되었다.

　그러나 이렇게 차이를 두는 태도가 둘째딸에게 긍정적으로만 작용한 것은 아니었다. 몸이 약해 툭하면 방문을 잠그고 들어앉아 발딱거리는 심장을 가만히 누르고 사색에 잠기기를 좋아하는 K의 둘째딸은 곰곰이 생각한 후 이런 결론에 이르렀다. 어머니는 언니와 나를 차별하는데, 그 이유는 내가 분명 자기의 친딸이 아니기 때문이다. 스스로에게는 자명하지만 남이 보면 황당하기 짝이 없는 업둥이적 망상에 사로잡힌 둘째딸은 자신의 생각을 곱씹고 세공하고 확신하게 된 나머지, 다치기 쉬운 자존심을 누군가 톡 건드리기만

하면 낭랑한 목소리와 잘 분절된 발음으로 자신의 불행과 고난을 원망하고 저주하는 소리를 앙증맞게 토로하는 것이었다.

K의 아내가 부재할 때면 큰딸은 어머니의 위세를 그대로 흉내내려 했다. 그리고 큰딸이 그럴라치면 둘째딸은 곧바로 반항적인 태도를 취했다. 안 그래도 업둥이콤플렉스에 시달리던 둘째딸은 평소에 언니에 대해 불만스럽게 생각했던 점과 도저히 언니를 존경할 수 없는 점을 조목조목 털어놓았다.

"지난주에 언니는 우리 셋이 같이 동전 모으는 우체통 저금통을 실핀으로 따고 로라장 갈 돈을 꺼내갔잖아? 또……"

"또? 또 뭐? 다 얘기해."

"또 어머니께서 공평하게 나누어준 간식을 나는 안 먹고 서랍 속에 넣어두었는데 언니는 언니 것 다 먹고 내 것 몰래 훔쳐가서 먹어버렸잖아?"

"뭐, 훔쳐?"

큰딸은 번쩍 들리려는 손을 간신히 억눌렀다.

"또……"

"또 있어?"

"또 있어. 언니가 접때 과자 사준다고 나한테 오 원짜리 과자 사줘놓고, 나중에 꿔간 돈 십 원 갚으라고 했더니 치사하게 그때 과자 사준 걸로 쎔쎔이 치자고 했잖아?"

한도 끝도 없이 시냇물처럼 졸졸 흘러나오는 비판에 성질 급한 큰딸은 말문이 막혀 버벅거리다 고작 '너 기억력 좋다!'는 외마디 소리를 내지르며 손을 번쩍 들어올렸다. 짝 소리가 날 때 나는 눈을 감았다. 둘째딸은 잠시 동안 뺨을 싸쥐고 눈물을 글썽거리다가 재빨리 부엌으로 달려가 부엌칼을 가져왔다. 물론 무당이 내던진 그 칼은 아니었고 실제 부엌일에 쓰이는 날카로운 칼이었다.

"너, 너, 그 칼로, 나 찌, 찌를 거야?"

"아냐! 내가 칵 죽어버리려고 그래."

"거짓말 마. 너, 나 찌를 거지? 이 나쁜 살인년아!"

큰딸은 자기가 내뱉은 욕설에 놀라 입술을 깨물었지만 둘째딸은 침착을 잃지 않았다.

"아냐! 내가 죽을 거야. 내가 죽어버리고 말 거야. 언니는 나빠! 언니는 정말 천하의 악녀야! 도깨비가 가져온 불운이요, 티푸스보다 더한 재앙 덩어리요, 하늘에서도 땅에서도 쉴 곳을 찾지 못할 요망한 영혼이야!"

둘째딸은 언젠가 책에서 보고 외운 온갖 나쁜 말들을 청산유수로 주워섬기고는 안방으로 들어가 문을 잠가버렸다. 워낙에 낭랑하고 리드미컬하게 읊어대는 통에 처음에는 욕 같지도 않고 무슨 시 낭송쯤으로 들렸던 말이, 돌이켜 생각하니 그 끔찍스런 의미가 '살인년'을 능가함을 알고 큰딸은 약이 바짝 올랐다. 큰딸은 문을 열라고 안방 문고리를 뒤흔들고 문짝을 발로 차다가 불현듯 내 쪽으로 시선을 돌렸다. 나는 등골이 오싹했다. 설마 나를? K의 영원한 귀염둥이이자 막내공주님인 나를? 그렇다. 나였다.

"너 이리 와봐."

목재문 위쪽에는 조그만 미닫이 유리문이 달려 있었고 거기로 넘어가야 하는 건 나였다. 얼른 넘어가서 문 열어. 나는 절도에 동원된 올리버 트위스트처럼 그 좁은 공간을 통과할 수 있는 작은 몸집이었다. 간신히 그 유리문 틀에 올라타서 아래를 내려다보니 지옥이 따로 없었다. 문 바깥쪽에는 어서 들어가서 문을 따지 않으면 죽여버리고 말겠다고 외치는 큰언니가 있었고 문 안쪽에는 내려오기만 하면 이 칼로 자기 목을 따서 죽어버리고 말겠다고 외치는 둘째언니가 있었다. 나는 오도가도 못하고 원숭이처럼 유리문 틀에 납작 엎드린 채 눈물과 콧물이 범벅이 되도록 울었다. 울면서 나는 어서 자라서 이 유리문으로 들어갈 수 없을 정도로 몸집이 커지는 때가 오기만을 빌었다. 그러나 아무래도 그 시간보다는 빨리 올 것이 분명한, 정의와 징벌의 여신인 어머니가 외출에서 돌아와 나를 구원해주기만을 기다렸다.

K의 큰딸이 어머니가 돌아오기 전에 해놓아야 할 빨래나 설거지를 하기 위해 자리를 뜨는 것으로 전쟁은 끝났다. 나는 문 안쪽으로 고개를 들이밀고 큰언니가 떠났다는 사실을 알리는 동시에 내가 내려가도 좋은지를 물었다. K의 둘째딸은 그제야 위험한 부엌칼을 내려놓고 두 손으로 가슴을 꼭 누른 채 무릎에 얼굴을 묻었다. 나는 방 안쪽 문고리를 밟고 조심조심 내려갔다.

K의 아내가 돌아왔을 때 몸이 약한 둘째딸은 방구석에서 책을 읽고 있었고, 집안일을 말끔히 다 해놓은 큰딸은 방 한가운데 누워

눈을 감고 있었다. 막내딸인 나는 그 곁에 달라붙어 족집게나 귀이 개로 큰딸의 얼굴에 난 뾰루지를 짜거나 귀지를 파주고 있었다. 그 광경이 너무도 평화로워 K의 아내의 입가에는 은은한 기쁨과 함께, 어딘가에 있을지도 모를 적들로부터 이 평화를 지켜내고야 말겠다 는 단호한 결의의 빛이 서렸다.

K의 막내딸

　어려서부터 나는 누군가의 귀를 파준다거나 얼굴에 돋은 뾰루지 나 잡티를 제거해주는 일을 즐겼다. 나는 가족 중에 누구보다 손가 락이 가늘었고 손놀림도 정교한 편이었다. 나는 점점 난이도가 높 은 작업에 도전했다. 작은 고둥 모양으로 말린 황금색 귀지를 조금 도 부서뜨리지 않고 귀 바깥으로 아슬아슬하게 건져올릴 때의 손 맛이라든가, 점이 될 뻔한 까만 피지를 통째로 짜내 뻥 뚫린 피부 의 분화구를 목도할 때의 상쾌함을 무어라 표현하면 좋을까.

　뭐니 뭐니 해도 내가 가장 좋아했던 작업은 족집게로 털을 뽑는 것이었다. 풀도 아니고 털이었다. 이를테면 볼 중간에 난 털이라든 가 등허리에 난 털처럼, 제자리를 이탈해 돋은 털을 보면 나는 손 이 근질거렸다. 끝이 피부 속으로 말려들어가 동그랗게 된 털이나 한 모공에 둘 혹은 셋씩 돋은 털도 나를 자극했다. 가장 보람찬 경 우는 모공을 터뜨릴 듯 알찬 뿌리를 매달고 뽑혀나오는 털을 뽑을 때였는데, 그 부위가 곪았을 경우엔 모근이 뽑히면서 고름까지 툭 터져나오곤 해서 나를 망아의 전율감에 빠뜨리곤 했다. 돌출한 큰 점 위에 돋은 털도 나를 흥분시켰는데, 그 털들은 때로는 쑥 빠져서 싱거웠지만 때로는 모근에 점 속 피지를 잔뜩 묻혀가지고 나오는 경우도 있었다. 그럴 때면 모공이 닫히기 전에 재빨리 꾹 눌러줘야 했다. 그러면 모공을 통해 점 속의 피지들이 연고처럼 가느다란 실선을 그리며 비어져나오곤 했다. 가장 아쉬운 경우는 두말할 것도 없이 털이 중간에 끊기는 경우였다. 너무 짧게 끊겨 족집게로 집을 수 없을 정도가 되면 나는 바늘을 가져와 주변 살을 섬세하게 헤집어 족집게가 잡아낼 수 있을 만큼의 털 길이를 확보하고자 했지만, 바늘을 대기도 전에 당사자가 극도의 거부감을 표시하면, 특히 K의 큰딸이 그러했는데, 하는 수 없이 포기하고 털이 조금 더 자라기를 기다릴 수밖에 없었다.

내가 그런 부질없고 지저분한 작업에서 에로틱한 성취감을 느끼지 않았다고는 말 못하겠지만, 그런 식의 기묘한 집착에는 뭔가 더 근원적인 이유가 숨겨져 있는 법이다. 왜 나는 화장품을 갖고 논다거나 색색의 핀이나 고무줄을 만지작거리고 인형의 옷을 입혔다 벗겼다 하는 대신, 나보다 나이 많은 남녀들을 방바닥에 드러눕히고 족집게, 귀이개, 바늘, 손톱 등 동원할 수 있는 모든 가느다랗고 뾰족한 것들을 동원하여 그들의 쉰내 나는 머리칼이나 기름기 번들거리는 코, 먼지 냄새 나는 귓속, 시큼한 겨드랑이나 가슴패기 같은 곳에서 이물질로 간주되는 것들을 뽑고 짜고 파내는 일에 매료되었을까. 혹시 외과의나 피부과의적인 재능이 내 속 깊은 곳에 잠복하고 있었던가.

아니다. 이 모든 섬세한 수작업은 나의 영웅 K를 위한 것이었다. K의 큰딸이 어머니로부터 지배의 권능을 배우고자 했다면, K의 둘째딸은 언젠가 되찾게 될 친어머니의 환상을 통해 현재의 노예 상태를 인내하고자 했다. 그리고 나, K의 막내딸은 어머니로부터 서비스권을, 즉 K를 시중들 독점적 자격을 조금이나마 나눠받고자 했다. 간단히 말해 K의 큰딸이 K의 아내가 되고자 했다면, K의 둘째딸은 K 아닌 다른 남자의 아내가 되려 했고, 나는 K의 첩이 되고자 했다.

결혼을 위해 전매청에 위장취업했던 K는 소기의 목적을 달성하자 곧 전매청을 그만두고 다시 배를 타기 시작했다. K가 휴가를 얻어 돌아오면 그의 아내는 짐짓 놀란 투로 이렇게 외쳤다.

"당신 너무 늙어 보여요."

K의 아내는 남편이 시아버지로 오해받는 일이 없도록 그을리고 주름진 남편의 얼굴에 오이를 붙여주거나 코와 턱의 피지를 제거해주었다. 내가 훨씬 솜씨가 있는데도 K의 아내는 내게 K의 얼굴을 맡기지 않았다. K의 얼굴이야말로 짜고 뽑고 파내는 작업에 있어서는 그야말로 무한 매장량을 가진 보고였다. 나는 K의 아내가 남편의 얼굴에서 놀라운 수확을 거두는 것을 슬픔에 젖어 바라볼

수밖에 없었다. 작업이 끝나면 나는 휴지 위에 놓인 수확물들을 살그머니 집어 손가락으로 눌러보거나 냄새를 맡아보곤 했다. 그것들은 K의 아내가 다 차지하고 남은, K의 강아지인 내가 차지할 수 있는 K의 극히 작은 일부분이었다.

나는 가끔 정신의 털에 대해 생각한다. 정신에도 털이 있다면 나는 K의 아내의 정신에서 가장 깊은 환부의 정중앙에 돋아 있는 까칫거리는 털 하나를 답삭 뽑아주고 싶다. 아니, 어쩌면 그녀 자신이야말로 보이지 않게 곪아가는 K가의 염증 한가운데 돋은 털이었는지 모른다.

K의 아내는 권력에 대해 극히 예민한 촉수를 지니고 있었다. 그녀는 집안을 움직이는 중심이며 모든 구성원을 매개하는 고리였고 자신이 원하는 연기를 요구하는 엄격한 연출자였다. K의 세 딸은 물론이거니와 일 년에 한두 달 정도밖에는 집에 머무르지 못하는 K도 아내를 중심으로 도는 행성에 불과했다. K의 아내 없이는 가족 내에서 어떤 소통도 이루어질 수 없었다.

K의 부재시, K의 아내는 세 딸들이 K의 휴가를 손꼽아 기다리도록 만들었다. K의 귀환시, K의 아내는 세 딸들이 K를 열렬히 환호하도록 만들었다. 그러나 그 환호는 직설화법이 아니라 간접화법으로 전달되었다. K의 아내가 세 딸들이 그동안 K를 얼마나 그리워했는지를 설명하면 세 딸들이 맹렬히 고개를 끄덕이는 식으로. 그리고 K의 휴가가 장기화될 조짐을 보일 시, K의 아내는 세 딸들

이 K를 슬슬 피하면서 안타까운 무언의 요구를 담은 눈빛을 보내도록 만들었다. 마지막으로 K의 출발시, K의 아내는 세 딸들이 슬픔의 눈물을 쏟도록 만들었다.

K의 아내는 나이 차이가 많이 나는 늙은 남편을 둔데다 노후의 봉양을 책임질 아들마저 낳지 못해 점점 미래에 대한 불안에 휩싸이게 되었다. 아무리 많은 달러도 그녀를 불안에서 구출하지 못했다. K의 아내에게 미래란 어떤 위협이나 공포도 없는 완전무결한 장밋빛 시공이 아니면 안 되었다. 그 순수한 빛깔을 위해 K의 아내가 빈틈없이 구축한 계획에 따르면, K는 환갑까지 바닷바람을 맞으며 달러를 벌어들여야 했고 세 딸들은 일곱 살에 학교에 들어가 유급이나 재수 없이 속전속결로 일류대를 졸업하여 취직해야 했다. 미래는 현재를 유보하게 만들었다. 미래에 충분히 행복할 테니 현재에까지 굳이 행복할 필요는 없었다. 하지만 반드시 행복한 체할 필요는 있었다.

에필로그

식탁을 둘러싸고 K의 가족이 둘러앉아 있는 풍경이 보인다. 정확히 말하면 풍경 전체가 보인다고는 할 수 없다. 내 눈에는 오로지 K만이 보인다. K는 색이 바랜 파자마를 입고 다리를 꼬고 식탁 의자에 앉아 있다. 시야는 점점 더 좁아져 내 눈에는 식탁 위로 오고가는 K의 젓가락만이 보인다.

K의 젓가락이 콩나물을 한 젓가락 집는다. 콩나물을 밥 위에 얹은 K가 그 위에 김치를 얹어 둥글게 말아 입으로 가져간다. 요란한 소리를 내며 씹는 소리가 들린다. K의 젓가락이 이번에는 감자볶음 접시로 향한다. 듬뿍 감자채를 집는다. K의 밥공기에 도달하기 전에 감자채 두어 개가 젓가락에서 떨어진다. 가느다란 한숨이 터져나온다. 그 한숨이 끝나기도 전에 크리넥스를 뽑아쥔 손이 튀어나와 재빠르게 식탁 위에 떨어진 감자채를 휙 닦아낸다. 식탁은 깨끗해진다. 잡채로 향하던 K의 젓가락이 조금 망설이는 기색을 보인다. 마침내 결심한 듯 K의 젓가락이 당면을 집어올린다. 조심스럽다. 밥그릇까지 무사히 나르기 어려울 듯하다. 예상대로 당면가락이 흔들거린다. 결국 야채와 당면과 깨가 식탁 위에 떨어지는 순간 짙은 한숨이 네 여자의 입에서 동시에 터져나온다.

"접시 하나 가져와라!"

K의 아내가 명령한다. 어떤 손이 식탁 위에 흘린 음식물을 휙 닦는 동안 어떤 손이 접시를 가져오고 어떤 손이 접시를 받아 잡채와 감자볶음, 콩나물과 김치를 담는다. 접시가 K의 밥공기 앞에 바짝 놓인다. K가 움직이지 않는다. 아무도 움직이지 않는다. 잠시 후 K가 국그릇에 밥을 만다. 손길이 거칠다. 이번에는 접시를 들어 반찬을 국그릇에 몽땅 쏟아붓는다. 개밥 같다. K는 더 이상 젓가락을 사용하지 않고 숟가락만으로 개밥을 퍼먹는다. 퍼먹는 소리가 요란하다. K의 아내가 숟가락을 놓고 일어선다. 그녀의 시선이 세

딸의 머리 위에 골고루 뿌려지지만 아무도 고개를 들지 않는다. 자그마치 딸이 셋이나 되는데도 아무도 왜 더 드시지 않느냐고 묻지 않는다. 그러나 K의 아내는 당당히 대답한다.

"내 원, 비위가 뒤집혀서 같이 앉아 먹을 수가 없네!"

K의 실직은 K의 아내의 예상보다 조금 일렀다. 이제 케이크가 거의 다 완성되어가는데, 그 위에 크림을 바르고 화려한 장식을 올려놓는 중요한 과정이 남았는데 K가 모든 일을 엉망으로 만들어버린 것이다. 신경질적이고 완벽주의적인 파티시에처럼 K의 아내는 남은 케이크에 만족하는 대신 케이크를 모조리 뭉개버리는 쪽을 택했다. 그녀는 가족 전체를 너무 흠결 없이 지키려다 도리어 가족 개개인을 남김없이 파괴하게 되는 길을 갔다.

K의 아내는 천상 꼭대기에 올려놓고 추앙하던 K를 지하 깊은 곳으로 끌어내리기 시작했다. 그녀는 K가 해양대학을 나오기는커녕 중학교도 마치지 못했다는 것과 항해 시절 직급이 선장도 항해사도 아닌 갑판장에 불과했다는 것 등을 폭로했다. K는 한번도 자기 입으로 해양대니 선장이니 하는 말을 한 적이 없었지만 K의 아내가 딸들의 '가정환경조사서'에 허위기재한 거짓말은 웬일인지 고스란히 그의 과오로 돌아갔다. 결국 K의 아내는 세 딸들이 늙고 무능한 K를 혐오하도록 만드는 데 성공했다. 그러나 그녀가 권력학개론에서 깜빡 잊은 게 하나 있었다. 격하되는 대상이 가진 전염력이었다. K가 격하되면 그의 아내 또한 격하될 수밖에 없었다.

목욕물을 버리다보면 왕왕 아기도 함께 버리게 되듯, K의 세 딸들은 K와 더불어 K의 아내도 버렸다. 그녀 또한 초급대학을 졸업하지 않았고 처녀 시절 개미허리도 아니었고 기타 등등 기타 등등이 아닌가.

그러나 K의 아내는 버림받은 자들의 유일한 활로인 연대를 거부했다. 버려진 자들에게 위계는 더 무섭게 작동한다. 탈영도 한 사람이 가출은 왜 못하는지, 왜 어딘가로 사라지지 않고 집구석에 저러고 버티고 앉아 있는지, K의 아내는 K의 존재 자체를 부정하고 업신여기기 시작했다. 그렇다. 그건 업신여김이었다. 언어의 표면에도 털이 있다면, 내게 '업신'이라는 말은 제자리에 돋지 않아 매우 거슬리는, 그러나 내가 어떤 족집게로도 뽑아낼 수 없는 참혹한 기형의 털이다. 업신, 업신, 하고 중얼거릴 때마다 나는 말년의 K 부부를 떠올리게 되고, K에 대한 연민보다 그 아내에 대한 연민이 점점 더 커지는 걸 느낀다. K의 아내는 누군가를 업신여기는 감정이 그 누군가와 더불어 자기 자신 또한 얼마나 황폐하게 만드는지를 내게 또렷이 보여주었다.

그날 나는 하루 종일 대학원 시험을 보았다. 오전에는 전공 시험을 보고 오후에는 외국어 시험과 면접을 보았다. K의 아내는 애먼 상갓집에 문상을 가서 경을 외우고 있었고, K의 큰딸은 어린 아들을 데리고 외출한 상태였다. K의 선원수첩에 적힌 전화번호 중에 유일하게 연락이 된 곳은 K의 둘째딸이 근무하는 중학교였다. K

의 둘째딸은 곧바로 조퇴를 하고 병원으로 달려갔다. 그리고 이후 오래도록 자신을 밤마다 가위눌리게 할, 교통사고를 당해 만신창이가 된 K의 시신을 확인했다. K의 둘째딸은 다른 가족들이 올 때까지 발딱거리는 심장을 가만히 누른 채 반나절 이상을 영안실에 혼자 앉아 있어야 했다. 그때에야 비로소 둘째딸은 자신이 K 부부의 친딸이라는 사실을 받아들였다.

K를 화장하고 돌아오던 밤 K의 아내는 그들 부부가 단둘이 살던 아파트로 세 딸들이 함께 들어가줄 것이라고 믿었다. 죽은 K를 추모하고 미망인이 된 그녀를 위로하며 밤을 새워줄 것이라고 믿었다. 그러나 그 밤 세 딸들의 발걸음을 돌려세운 것은 K의 아내가 그토록 자주 교육적인 목적에 이용했던 죄의식이었다. K에 대한 죄의식이 딸들로 하여금 그 아내를 외면하도록 만들었다. 불효 막심에도 어느 정도의 공평이 필요했다. 자식들이 그렇게 편리한 공평심을 발휘한 탓에 K의 아내는 자신이 업신여기던 자의 죽음과 온밤 내 독대해야 했다. 야만적인 적군에 둘러싸인 가련한 포로처럼, 업신업신 미래로부터 다가오는 공포뿐만 아니라, 업신업신 과거로부터 불어오는 공포와도 직면한 채.

다시 하와이안 셔츠로 돌아가야겠다. 다음날 새벽 K의 아내가 겁에 질려 K의 소지품과 함께 태운, 가격표도 떼지 않은 하와이안 셔츠 말이다. 그해 초여름 내가 K에게 마지막으로 선물한 하와이안 셔츠 말이다.

솔직히 말하면 그 셔츠는 내가 선물한 것이라고 할 수 없다. K의 생일 즈음에 K의 둘째딸이 나하고 상의해서 구매한 것인데 의당 그 비용은 버젓한 직장을 다니는 둘째딸이 댔다. 그리고 K를 화장하고 돌아온 밤 K 부부의 아파트 앞에서 차갑게 발길을 돌린 나는 다음날 새벽 K의 아내가 하와이안 셔츠를 태우는 모습을 보지 못했다.

그럼에도 불구하고 분명한 것은 K에게 하와이안 셔츠를 선물한 사람은 바로 나, K의 막내딸이며, 내 눈으로 똑똑히 내 어머니인 K의 아내가 그 셔츠를 태우는 모습을 보았다는 사실이다. 나는 사진처럼 기억한다. 밤새 한숨도 자지 못한 K의 아내가 누군가에게 넋을 붙잡혀 뒤흔들린 듯한 두려운 표정과 성급한 손길로 불을 피우던 모습을. 바다와 청춘과 자유의 빛깔인 원색의 하와이안 셔츠가 잿빛으로 타들어가던 모습을. 셔츠 위에 놓인 영정 속에서 K가 짓고 있던 어둡고 서글픈 미소를. 그 미소를 태우던 검붉은 불길과 아득한 죄의식의 연기를. K를 태우던 화장의 순간보다도 더 생생히, 더 아프게, 더 영원히.

오, 아버지

하 성 란

1967년 서울에서 태어났다. 1996년 서울신문 신춘문예에 「단편」 풀이 당선되며 등단. 소설집 「루빈의 술잔」, 「옆집 여자」, 「푸른 수염의 첫번째 아내」, 「웨하스」, 장편소설 「식사의 즐거움」, 「삿뽀로 여인숙」, 「내 영화의 주인공」, 「A」가 있다. 동인문학상, 한국일보문학상, 현대문학상, 이수문학상, 오영수문학상을 수상했다.

작가를 말한다

내가 아는 그녀는 사람들에 대한 배려가 깊다. 술자리에서 그녀는 저만큼 떨어져 있는 사람들의 표정까지 금방 읽어내곤 한다. 저 사람은 지금 뭐가 필요하구나. 저 사람은 지금 기분이 상했구나. 나는 그녀에게 내 기분을 들키지 않도록 술을 마실 적에는 열심히 웃곤 했다. 그녀는 저 사람은 지금 무얼 하고 있지, 하며 사람들을 관찰하지 않는다. 다만 애정을 가지고 바라볼 뿐이다. 그 애정이 사물들을, 사람들의 마음을 '흡수'하게 만드는 것이다. 소설 속에 나오는 세밀한 묘사는 모두 "그녀의 물고기 같은 눈에 흡수"된 것이다. "쓰레기 봉투"에 들어 있는 "풀무원 콩나물, 농심 새우탕면" 같은 것들도 그녀는 사랑하고 있을 것이다. 하지만, 만약 어떤 사람이 그녀 옆에서 옷을 홀라당 벗고 춤을 추더라도 그녀는 상관하지 않을 것이다. 그 어떤 사람에게 애정이 느껴지지 않는다면. 윤성희(소설가)

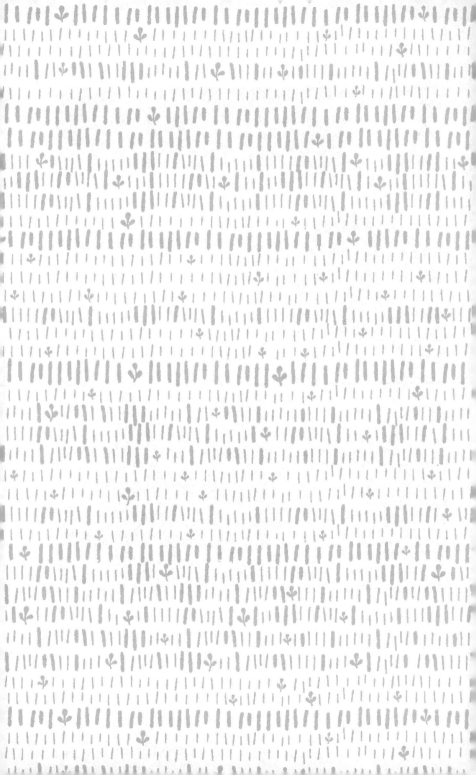

그 무렵, 내게는 두 명의 아버지가 있었다. 한 명은 얼마 전까지 다니던 회사에 돌연 사표를 던지고 안방 아랫목에 배를 깔고 누워 얇은 일본 잡지나 『태양의 계절』 같은 소설을 읽고 있던 내 아버지였고, 다른 한 명은 수만 개의 눈으로 땅 위의 모든 사람들의 일거수일투족을 내려다보며 저 하늘 위에서 우리를 주관하는 아버지 하나님이었다.

두번째 아버지는 일요일마다 근방의 모든 아이들을 불러모아 쿨에이드 가루를 탄 주스나 사탕, 시큼한 자두를 한 움큼씩 나눠주었다. 첫번째 아버지는 내게 비린 것을 좋아하는 식성을 그대로 물려주었고 내가 이겨낼 수 있을 만한 시련을 적당히 던져주어 나를 단련시켰다. 그리고 내가 가지고 있는 유일한 컴플렉스도 아버지 영향 때문이었다.

침례교파의 그 교회는 아직 집과 상가가 들어서지 않은 허허벌판 한가운데 자리잡고 있었다. 매주 일요일이면 나는 한번도 거르지 않고 교회에 나갔다. 가끔 엄마가 내 등에 막내를 업혀주었다. 바람막이가 없어 겨울이면 매서운 바람을 그대로 맞아야 했고 여름이면 볕을 피할 그늘 한 점 없는 그곳을 왜 한번도 빠지지 않고 다녔는지 지금 생각해도 의아스럽지만 올망졸망 모여선 주택가가 끝나고 시야가 탁 트이는 벌판 가운데 서 있는 붉은 벽돌 건물의 위용은 아직도 생생하게 남아 있다. 일곱 살의 나는 요새처럼 튼튼한 붉은 건물과 하늘을 찌를 듯 솟구쳐 있는 거대한 십자가에 압도되었다. 당시 그 교회는 우리 동네에서 가장 큰 건물이었다.

일곱 살 아이 걸음으로 교회는 사십 분 거리에 있었는데 어느덧 교회에 도착해보면 등에 업힌 막내가 조금씩 포대기 아래로 미끄러져 내려가 내 엉덩이에서 간신히 대롱거리고 있었다. 둘째는 도착하기도 전에 다리가 아프다면서 뒤처지고는 했다.

병약했던 둘째는 예배 시간 중간에 꼭 잠이 들어 예배가 끝난 후에 시작되던 간식 시간 하나 제대로 지킨 적이 없었다. 교회의 선생들이 플라스틱 들통 가득 출렁이는 주스를 낑낑대며 옮겨오면 아이들은 나무 장의자로 올라가 웅성대기 시작했다. 맨 앞사람부터 차례대로 플라스틱 바가지로 뜬 주스를 마셨는데 기다리고 있는 아이들 때문에 제대로 맛을 음미해볼 틈도 없이 깨끗이 비워야 했다. 둘째는 자기 차례가 왔는데도 잠에서 깨지 않았다. 한 사람도 빠짐없이 다 먹이려는 책임감에 선생 하나가 자고 있는 둘째의 입에 바가지를 갖다 대었는데 찬 것이 닿자 둘째는 칭얼거리면서 얼굴을 돌리고 도로 잠이 들었다.

아이들이 많이 모인 날에는 반쯤 빈 플라스틱 들통에 수돗물을 부었다. 뒷자리에 앉은 아이들에게는 닝닝한 주스가 돌아갔지만 아무도 불평하지 않았다. 그때는 먹을거리가 부족했다. 어디에서 사탕 하나를 공짜로 준다는 소문이 나면 아이들은 한 시간 거리도 마다 않고 걸어갔다. 그렇기 때문에 교회에서는 간식 시간을 한 주도 거를 수 없었다. 한 번이라도 거를라치면 그 다음주에는 반 이상의 아이들이 교회를 빠져나갔다. 겨우 삼십 년 전 일이다.

둘째는 바가지가 맨 끝까지 돌고 난 뒤에야 잠에서 깨서는 먹지 못한 주스 생각에 찔끔거렸다. 나와는 연년생이었지만 언뜻 보기에는 세 살 정도 차이나 보였다. 키도 몸무게도 평균치를 훨씬 밑돌았다. 둘째가 울면 나는 그애의 손을 잡고 선생에게로 가서 플라스틱 들통 바닥에 남아 있는 주스를 먹게 했다.

골골대던 둘째가 병을 얻은 것은 초등학교 이학년 때였다. 소풍에 따라온 빙과 장수에게서 십 원에 두 개 하는 아이스께끼를 사 먹었는데 그때부터 중학교 일학년 때까지 배를 앓았다. 복통 때문에 매일 배를 쥐고 다니다보니 중학생이 되었을 때는 등이 굽어 있었다. 집 안에는 박하향이 나는 보라색의 암포젤 병이 굴러다녔다. 체육 시간마다 교실을 지켰고 운동회가 있을 때는 둘째는 교실에 남겨둔 채 어머니 달리기대회에 나간 엄마가 소쿠리 같은 것을 타오고는 했다.

중학교 이학년이 지나고 나자 그 아이는 내 키를 따라잡고 어느새 나보다 훌쩍 키가 커 있었다. 사소한 일에도 찔끔 눈물부터 보이던 둘째는 내가 언제 그랬냐며 대들기도 했다. 어느 날부터 나는 그 아이를 올려다보게 되었다. 나를 내려다보게 된 후부터 그애에게 내 말은 효력이 없어졌다. 으름장을 놓기도 해보았지만 더 이상 씨알이 먹히지 않았다.

아버지를 제외한 우리 가족 넷은 마침내 세례를 받게 되었다. 세례를 받기 위해 버스를 대절하고 음식을 실을 때는 마치 소풍을 가는 것처럼 모두들 즐거워했다. 버스가 도착한 곳은 대평리 근처의 강가였는데 비가 온 직후라 강물에서 붉은빛이 돌았다. 무릎 깊이까지 강으로 들어간 목사님 앞에 무릎을 꿇고 앉아 침례교의 독특한 세례의식을 치렀다. 사람들을 물속에 담갔다 꺼내면 물에 의해 그동안 쌓인 세속의 때를 벗고 주님의 자녀로 거듭난다고 했다.

그때 막내는 겨우 팔 개월이었다. 엄마가 막내를 안고 강으로 들어가 목사님 앞에 꿇어앉았다. 막내를 건네받은 목사님은 사지를 버둥거리는 막내를 공중으로 쳐들었다. 그 모습은 나중에 텔레비전에서 본 알렉스 헤일리의 『뿌리』의 한 장면과 비슷했다.

목사님은 막내를 그대로 강물 속에 풍덩 담갔다가 꺼냈다. 파랗게 질린 아이가 뒤늦게 울음을 터뜨렸다. 소풍인 줄 알고 좋아라 따라왔다가 방금 전에 물을 먹었던 나와 둘째는 쉽게 울음을 그치지 않는 막내를 올려다보고 있었다. 세례 한 번에 기운이 빠져 막내에게 뛰어가지도 못했다.

사례가 가시지 않아 캑캑거리면서 둘째가 내 옆구리를 콕 찔렀다. 젖은 머리카락과 옷 때문에 둘째는 몹시 피곤해 보였다. 둘째가 말도 안 된다는 듯 혀를 찼다.

"언니, 태어난 지 얼마 되지 않은 저 쬐끄만 애기도 죄가 있어?"

둘째는 아무런 죄 없이 물에 빠졌다 나온 것이 그때까지도 억울한 모양이었다. 나는 둘째의 찡그린 얼굴을 내려다보면서 나무랐다.

"뭘 모르면 가만있어. 모든 게 원죄야, 원죄."

어디서 주워들은 이야기를 흉내내고 있었을 뿐 원죄란 단어의 뜻도 모를 때였다.

다섯 살 때 이사 들어가서 고등학교 이학년 여름에 떠나온 옛집은 그 당시 집장수로 불리던 사람들이 똑같이 생긴 집들을 단시간에 지어올린 후 이윤을 얹어 팔았던 신주택이었다. 방의 개수는 물론 창문의 위치, 사자 모양의 대문고리까지 똑같은 단층 양옥들이 열 채씩 두 줄, 나란히 마주 보고 있었는데 우리 집은 골목 맨 끝집이었다. 술을 마시고 밤늦게 귀가하던 아버지는 가끔 옆집의 대문을 열고 들어가서 큰 소리로 내 이름을 불러대곤 하였다.

일곱 살, 교회에서 만나 알게 된 미음은 우리 집 맞은편에 살던 남자애였다. 우리는 가슴에 손수건을 달고 나란히 초등학교에 입학했고 난 그애가 조금씩 자라면서 가슴이 넓어지고 목소리가 굵어지고 목젖이 돋아오르는 것을 지켜보았다. 미음은 시험이 있거나 각종 경시대회가 있을 때면 우리 집에 들르거나 전화를 걸어서 꼭 내 점수를 물어보았다. 아마 그때 미음에게는 내가 경쟁 상대인 모양이었다.

여름방학이면 교회에서 여름성경학교가 열렸다. 출석과 시험 성적을 따져서 성경학교가 끝나는 날 상을 주었다. 새벽 다섯시면 새벽기도반이 시작되었는데 미음과 나는 한번도 빠지지 않고 교회로 갔다. 어찌나 열심이었는지 어떤 때는 교회 문을 열어야 할 선생이 도착하지 않아 밖에서 기다릴 때도 있었다.

그때 동네에는 크고 작은 교회들이 많이 들어서 있었다. 많은 아이들이 여름방학 동안 두 탕, 세 탕씩 뛰었다. 나도 예외는 아니었다. 어느 교회에서 노래자랑대회가 있다 하면 그곳으로 갔고 어느 교회에서 그림대회가 있다 하면 그리로 뛰어갔다. 그곳의 선생들도 그런 것을 모르는 것이 아니어서 늘 일등은 그 교회의 아이들이 차지하였다. 상품이라고 해야 별것 아니었다. 양떼 가운데 서 있는 예수님이거나 골리앗 앞에 서 있는 다윗의 그림을 넣은 싸구려 액자였는데도 그것을 받아 집으로 돌아올 때면 하늘을 날아갈 것 같았다.

성경학교 마지막 날이 되었다. 그동안 배운 성경으로 시험을 보았다. 누구나 풀 수 있는 쉬운 문제들이었는데 마지막 문제가 문제였다.

하나님의 자녀로서 하고 싶거나 되고 싶은 것은 무엇입니까?

너무 드라마를 많이 보아서였을까 아니면 본성이었을까 나는 좀 되바라진 아이였다. 나는 그 문제 아래 천연덕스럽게도 하나님 말씀을 세계 곳곳에 전하는 사람이 되고 싶습니다, 라고 썼다. 그렇게 적으면서도 마음 한구석은 좀 뜨끔했다. 하나님 말씀이라니, 그것도 세계 곳곳이라니. 지금도 그렇지만 그때도 그럴 마음이 전혀 없었던 것이다.

시험 결과가 발표되었다. 선생은 우리를 둘러보면서 만점을 맞은 사람이 둘이라고 했다. 미음과 나였다. 하지만, 하고 선생이 토를 달았다. 준비한 선물이 하나이기 때문에 한 사람을 뽑을 수밖에 없었다고 했다. 흘끗 살펴보니 미음이 잔뜩 긴장하고 앉아 있었다.

"그래서 일등은 마지막 문제로 결정하였다. 일등은……"

일등이 자신이 아니라는 것을 알았을 때의 미음의 표정이 떠오른다. 미음은 나를 기다리지도 않고 뛰어서 먼저 집으로 갔다. 나는 상품으로 받은 크레파스를 쥐고서 선생에게로 다가갔다. 대체 미음은 마지막 문제에 대한 답으로 무엇을 썼을까, 그것이 궁금해 견딜 수 없었다.

"선생님, 미음에게 미안해서요, 미음은 마지막 문제 답을 뭐라고 했나요?"

선생이 살짝 미음의 시험지를 보여주었다. 마지막 문제에 대한 미음의 답은 이랬다. 이번 성경학교에서 꼭 일등을 하고 싶습니다. 최소한 미음은 정직했다. 하지만 그때는 그런 미음에게 코웃음을 쳤다.

나는 그 미음을 대학교 일학년 때 다시 만났다. 고등학교 이학년 때 이사온 후로 처음이었으니 햇수로 육 년 만이었다. 미음의 얼굴과 체격은 고등학교 이학년 때 그대로였다. 우리는 마주 앉아 저녁밥을 먹었다.

가끔 장난삼아 미음의 아버지는 나를 며느리, 라고 부르고는 했다. 고등학교 때 버스에서 만났는데 날 무릎에 앉히려고 해서 몹시 당황하기도 했다. 우리는 서로의 안부를 주고받았다. 스물네 살, 나는 기껏 대학 일학년생이었지만 미음은 대학을 졸업하고 대학원에서 공부하고 있었다.

늘 나를 따라오기만 했던 미음은 모든 면에서 나보다 앞서 있었다. 직장생활을 하면서도 그 흔한 연애 한번 못해본 나와는 달리 미음은 여러 차례 연애 경험이 있었고 목하 열애 중이었다. 같은 대학의 삼 년 선배인 연상의 여자와 운동장에서 스친 후 그녀에게 반해 일 년 동안 쫓아다닌 이야기를 늘어놓을 때의 미음은 예전의 미음이 아니었다.

여름성경학교 때의 그 일을 기억하고 있는 줄 알았는데 미음은 쉽게 기억하지 못했다. 상황을 설명해준 후에야 흰 이를 드러내고 껄껄 웃었다. 그때 뭐라고 썼니? 다 알고 있으면서 모르는 척 물었다.

"일등 먹게 해주세요, 라고 썼다, 됐냐?"

역시 미음은 솔직한 아이였다.

옛집을 떠난 이후로 나는 꿈에서 옛집을 보았다. 십삼 년이 지금은 그리 긴 시간이 아니지만 다섯 살에서 열여덟 살까지의 십삼 년은 백삼십 년처럼 긴 시간이었다. 하루아침에 나는 낯선 동네로 이사를 왔다. 그때부터 시간이 빠르게 움직이기 시작했다.

교회에 다시 나간 것은 고등학교 삼학년, 타자 급수를 따기 위해 간 용산에 있는 고등학교에서였다. 맨 앞자리에 앉았는데 내 옆에 다른 학교 여학생이 연신 손가락 사이로 볼펜을 돌리고 있었다. 시작 소리와 함께 교실 안은 콩 볶는 소리로 요란해졌다. 타자를 치는 것에 몰두하고 있었지만 곁눈으로 옆의 학생이 들어왔다. 연습을 전혀 하지 않은 듯했다. 문서 작성에서는 표를 다 만들지도 못했다.

전철을 타고 보니 우연히 그 학생이 서 있었다. 내리는 정거장도 일치했다. 일요일이었고 아직 낮 시간이 많이 남아 있었다. 집으로 일찍 돌아가기가 싫었다. 그래서 일 년 만에 그 아이를 따라 교회에 갔다. 한창 예배 중이었다. 나는 뒷자리에 앉아 그 학생이 가지고 온 찬송가를 들여다보며 입만 벙긋거렸다. 내 앞에는 자리 몇 개 건너 대학생으로 보이는 남자가 앉아 있었다. 어쩌다 뒤를 돌아다본 남자와 얼굴이 마주쳤다. 남자는 고개를 돌리는 것을 잊은 듯 뚫어지게 나를 바라보고 있었다. 그 순간 어디선가 읽은 구절이 생각났다. 첫 눈 마주침이란 하나님이 하늘과 땅이 있으라 하심과 같다.

곁에 앉아 있던 학생이 눈치를 채고 웃어대기 시작했을 때에야 남자의 고개가 제자리로 돌아갔다.

고등학교를 졸업하고 무역회사에 취직을 했다. 그가 다니고 있는 대학은 신촌에 있었다. 퇴근길에 우연히 내가 서 있는 칸의 전철문이 열렸는데 그가 거기 서 있었다. 그도 당황한 모양이었다. 나이 든 여자처럼 정장을 입고 머리를 내린 모습을 들킨 것이 너무도 창피했다. 전철에서 내렸을 때는 뒤도 돌아보지 않고 뛰어서 갔다.

그 일 때문에 서운했는지 그는 조금 늦게 교회에 나타났다. 기도 시간이었다. 나는 눈을 감고 두 손을 모으고 있었지만 아무것도 빌지 않았다. 그때였다. 예배실 복도로 발소리가 났다. 발소리는 내 곁에 와 멈췄다. 그리고 가벼운 숨소리가 내 뺨 위로 날아들었다. 누군가 내 곁에 서서 물끄러미 내 얼굴을 보고 있었다. 나는 눈을 떠 그가 누구인지 확인하는 대신 눈을 더욱 꾹 감았다. 기도가 끝나고 눈을 떴을 때 내 곁에는 아무도 없었고 내 바로 앞의 의자에 앉아 있는 그의 뒷모습이 보였다. 싱겁게도 이것이 내 첫사랑의 전부이다.

내가 교회에 발을 끊은 것은 우연히도 그의 군입대와 겹쳐졌다. 나는 교회에 나가는 대신 이불을 뒤집어쓰고 잠을 잤다. 그런 감정이 별안간 어릴 적 교회에서 얻어먹던 주스나 사탕같이 느껴졌다.

혹시나 그날처럼 그를 만날 수 있을까 해서 일부러 신촌역 앞을 지나쳐다닌 적이 있었다. 하지만 우연은 더 이상 일어나지 않았다.

소문으로 나는 그의 소식을 전해들었을 뿐이다. 교통사고로 여동생을 잃었다는 것도, 결혼을 했다는 것도, 노래를 부르고 있다는 것도. 그는 나에 대해 무엇을 알고 있을까. 우연히 이 글을 본다 해도 어쩌면 이 남자가 자신이라는 것도 알지 못하고 지날지 모른다. 고등학교 삼학년 첫 눈 마주침이 스물다섯 살 때까지, 신촌역을 갈 때마다 주위를 서성이는 버릇을 가지게 했다.

　아침부터 도마질 소리가 요란했다. 스테인리스 그릇이 타일에 부딪히며 요란한 소리를 냈다. 며칠 동안 아버지가 돌아오지 않자 엄마는 아침부터 괜히 역정을 내고 있었다. 아침 밥상에서까지 엄마의 불평은 이어졌다. 엄마 말에 의하면 아버지가 이렇게 엄마 속을 썩이는 건 아버지만 세례를 받지 않았기 때문이었다. 교회에 나가 죄사함을 받지 않았기 때문이었다.
　하지만 엄마의 말은 하나도 귀에 들어오지 않았다. 내가 신경쓰고 있는 것은 라디오였다. 벽돌 크기만한 로케트 밧데리를 라디오 몸체에 고무줄로 묶어놓은 그 트랜지스터는 텔레비전이 안방에 들어오기 전까지 내 보물 1호였다. 주파수를 맞추기 위해 다이얼을 이리저리 돌릴 때마다 치칙거리던 그 잡음이 좋았다. 라디오 프로그램 가운데 제일 좋아하던 것은 드라마였다. 일일드라마를 하루도 빠지지 않고 청취하였다. 내가 김말봉 선생을 알게 된 것도 책을 통해서가 아니라 라디오 드라마에서였다. 김말봉 선생의 소설을 드라마로 옮긴 것이거나 어쩌면 김말봉 선생의 일생을 극화한 것이거나 둘 중 하나였다.

트랜지스터에는 끈이 달려 있었다. 엄마의 심부름으로 가게에 갈 때면 트랜지스터를 들고 갔다. 사진을 찍는다고 아버지가 마당에서 부를 때도 꼭 트랜지스터를 들고 갔다. 그래서 일곱 살 그때 찍은 몇 장의 사진 속에는 그 트랜지스터가 찍혀 있다. 사진 속에서 내 얼굴이 진지한 것은 사진을 찍는 그 순간에도 라디오에 귀를 기울이고 있었기 때문이다. 내가 제일 좋아한 성우는 박일이었다. 그는 늘 잘생기고 멋진 주인공을 맡았다. 아직까지도 그 성우의 목소리를 외화에서 들을 때면 너무도 반갑다. 그의 목소리는 나이를 먹지 않는 것 같다.

갑자기 눈앞이 번쩍했다. 엄마가 들고 있던 숟가락으로 내 이마를 내리친 것이었다.

"도대체 정신을 어디다 두고 있는 거니? 열 번도 더 불렀다."

다음 말은 안 들어도 다 알고 있었다. 정신만 차리면 호랑이에게 물려가도 산다, 였다. 눈물이 핑 돌았지만 엄마에게 맞은 것보다도 그 바람에 라디오 드라마의 가장 중요한 부분을 놓친 것이 더 아쉬웠다.

며칠째 이어지는 엄마의 잔소리 때문에 드라마에 몰두할 수 없었다. 나는 따뜻한 장판에 배를 깔고 누워 두 명의 아버지를 생각했다. 어쩌면 다 같은 아버지인데도 둘이 그렇게 다를 수 있을까. 엄마에게는 말하지 않았지만 나는 아버지가 지금 어디에 있는지 알 것 같았다.

아버지는 딸 중의 맏이인 나를 제일 귀여워했다. 엄마가 연년생으로 둘째를 낳아 엄마의 품은 둘째의 차지가 되어버렸다. 엄마 젖도 얼마 먹지 못했다. 밤이면 아버지와 잠을 잤고 죽을 먹이거나 카스텔라를 떼어 먹이는 것도 아버지가 했다고 한다. 나는 고등학교 이학년 때까지 아버지를 따라다녔다.

아버지는 한곳에 오래 머무르지 못했다. 울산과 마산, 부산. 방학 때마다 고속버스나 기차를 타고 아버지를 찾아 내려갔다. 곰피라는 해초를 소금 넣고 바닥바닥 씻어 밥상을 차리고 밤이 되면 아버지 가게의 문을 닫았다. 합판으로 만든 덧문을 차례로 닫고 나면 한 개의 덧문 속에 뚫린 작은 쪽문으로 드나들어야 했다. 아버지를 거들어 백화점이나 빵집에서 수금을 하기도 했다. 그곳에서 나는 서울 학생으로 통했다. 친구들도 사귀었다. 방학 때나 만나는 친구들이었지만 서로 마음이 잘 통했다. 아버지 일을 돕다가 방학이 끝날 무렵이면 집으로 돌아왔다. 방학 내내 친구들과 사투리를 쓰며 지내다가 영등포역에 도착하는 순간 역무원에게 감사합니다, 라고 깍듯한 서울말을 썼다.

가게에 달린 방에 상을 펴고 앉아 방학숙제를 하고 있었다. 방의 유일한 창문이 거리로 나 있었는데 그쪽에서 자꾸 인기척이 났다. 누군가 창문으로 방을 훔쳐보고 있는 것 같았다. 하지만 돌아보면 아무도 없었다. 그런 일이 며칠 반복되었다.

어느 날 아버지가 경찰에 연행되었다. 반나절 만에 집으로 돌아온 아버지는 화가 나 있었다. 그렇게 화를 내는 아버지를 본 적이 없었다. 누군가 아버지를 간첩으로 오인하고 경찰에 신고를 했다고 했다. 그런데 신고를 한 사람이 아버지와 가깝게 지내던 사람이었다. 창가에서 방을 훔쳐보던 사람이 바로 그 사람이었다.

아버지가 서울에 올라온 것은 열일곱 살 때였다. 아버지는 서울말과 부산말을 같이 썼다. 그 사람이 아버지를 간첩으로 오인하게 한 것 중의 하나가 바로 서울말과 부산말을 섞어 쓰는 말투였다. 그리고 가족 없이 혼자 살고 있는 것도 의심스러웠던 모양이었다. 그 해프닝은 신고한 사람이 가게로 찾아와 백배 사죄를 하면서 끝이 났다. 아버지와 그 사람은 밤늦게까지 가게에서 술을 마셨다.

아버지의 방랑이 끝난 것은 내가 고등학교 삼학년 때였다. 가게를 정리하고 집으로 돌아왔을 때 엄마는 쌀을 새로 안치면서 투덜거렸다. 다 늙어 쓸모없으니까 돌아왔네. 그 뒤로 아버지는 십오 년 동안 부부동반으로 여행 간 것을 빼놓고 집을 비운 적이 없다.

그림을 그리거나 노래를 부르거나 책을 읽거나 무슨 일을 하든 간에 아버지 눈에 나는 동네 제일이었다. 그래서 나는 중학교에 들어가기 전까지 내가 정말 최고인 줄 알았다. 나는 아버지를 실망시키지 않기 위해 부단히 노력을 했다. 아버지 친구들이 오면 그 앞에서 「성주풀이」를 불렀다. 어쩌다 심부름을 가면 어른들은 노래나 하나 불러보라고 했다. 그러면 거리낌없이 척척 노래를 불렀다. 초등학교 육학년 오락시간에 담임선생님이 노래 한 곡 부르라고 했을 때 유행가 불러도 돼요? 하고 당돌하게 물었던 적도 있었다.

달력 종이는 버리지 않고 두었다가 그림을 그렸다. 어른들은 내가 가면 달력과 모나미볼펜을 내주고 그림을 그려보라고 했다. 내 손이 움직이는 데로 어른들의 시선이 움직였다. 그러니 중학교 일학년 음악시간에 있었던 일은 내게 커다란 상처였다. 실기시험 시간이었고 나는 「봄처녀」를 부르고 있었다. 그때 오르간을 치고 있던 음악선생님이 연주를 멈추고 나서 내게 물었다. 너 축농증 걸렸니?

일곱 살이었기 때문에 먼 곳까지 갈 수 있는 발힘이 있었다. 아버지는 나를 데리고 이곳저곳을 잘 돌아다녔는데 그랬기 때문에 나는 본의 아니게 아버지의 모든 비밀을 공유할 수 있었다.

그날 아버지는 나를 데리고 버스에 탔다. 엄마는 돌볼 아이가 둘이었기 때문에 아버지가 나를 데리고 나가는 것을 반가워했다. 버스에서 내려 비좁은 골목길로 들어갔다. 아버지의 손을 꼭 쥐고 낯선 길을 두리번거렸다. 막다른 골목이 몇 개나 나타났고 오른쪽 왼쪽으로 여러 번 골목을 돌았다. 그리고 나는 골목을 가로지르면서 흐르고 있는 철길을 보았다. 철길을 건너 또다시 몇 개의 골목길을 통과하자 허름한 집들이 나타났다. 아버지는 그 집 가운데 한 곳에 멈춰섰다.

복도를 사이에 두고 방이 많았다. 햇빛이 들지 않아 대낮인데도 복도의 전등에 불이 들어와 있었다. 천장이 낮았고 한쪽 벽에 사다리 같은 계단이 이층으로 이어져 있었다. 인기척이 나자 이층으로 뚫린 구멍에서 얼굴 하나가 드러났다. 내 또래의 여자애였다. 얼굴이 갸름하고 눈썹이 짙었다. 여자애는 아버지를 발견하고는 서둘러 계단을 내려왔다. 여자애의 이름은 진이, 였다. 나중에 알고 보니 나보다 한 살 많았다.

진이의 엄마는 진이와는 딴판으로 생긴 아줌마였다. 몸 전체에 골고루 살집이 붙어 있었는데 목소리는 걸걸했고 내가 무슨 말만 해도 소리내 웃었다. 나는 진이와 금방 친해졌다. 진이는 사설 가요학원에 다니고 있었다. 그애를 따라 철도가에 있던 학원에 갔다. 간판이 걸려 있지 않은 이층집으로 진이가 또르르 뛰어올라갔다. 비좁은 방에 진이 또래의 아이들이 무릎을 꿇은 채 앉아 있었다. 기타를 들고 의자에 앉아 있던 젊은 남자의 신호에 따라 아이들이 차례로 일어서서 유행가를 불렀다. 젊은 사내는 신경질적이었고 아이들은 그 또래의 아이들과는 다르게 아무도 떠들지 않았다. 아이들이 부르는 노래는 주로 김세레나의 노래였다. 가끔 기차가 지나갔다. 진이는 자꾸 노래를 틀렸다. 그럴 때마다 젊은 사내는 기타 끝으로 진이의 배를 찔러댔다.

"저 사람 가수야."

돌아오는 길에 진이가 말했다. 괜히 심기가 불편해져서 쏘아붙였다.

"거짓말, 한번도 본 적이 없는데?"

노래를 배우고 있는 진이가 부러웠다. 진이는 극장쇼의 막간 꼬마가수였다. 일 년 뒤인가 진이의 쇼를 보러 아버지와 간 적이 있는데 키가 큰 어른 때문에 제대로 볼 수가 없었다.

　저녁에는 한가족처럼 손을 잡고 밥을 먹으러 갔다. 아버지는 마치 나를 대하듯 진이에게도 칭찬을 했다. 샘이 나서 큰 소리로「성주풀이」를 불렀다. 진이는「새타령」을 불렀다.

　"노래는 진이가 잘했다."

　아버지가 그렇게 야속하게 느껴진 적이 없었다.

　내가 진이를 다시 만난 건 중학교에 입학해서였다. 모두 단발이었는데 유독 머리를 양갈래로 땋아내린 여학생이 있었다. 키도 컸고 허리도 홀쭉했다. 초등학교 이학년 이후로 소식이 끊겼지만 난 그 여학생을 보는 순간 진이를 떠올렸다. 진이는 동급생들과 농구를 하고 있었다. 나는 천천히 진이에게 다가갔다.

　"선배님, 혹시 나 알아요?"

　순간 진이의 눈동자가 흔들리는 것을 놓치지 않았다. 진이는 공을 친구에게 던지고는 몰라, 했다. 하지만 분명히 진이였다.

　그 다음날 학교가 끝나고 집으로 돌아왔는데 마루에 여자 손님이 앉아 엄마와 이야기를 나누고 있었다. 이번에도 난 그 손님을 한눈에 알아보았다. 진이 엄마였다. 집으로 돌아온 진이가 학교에서 나를 보았노라고 했고 이사를 가지 않은 우리 집을 찾아온 것이었다. 진이가 머리를 자르지 않은 건 무용을 하고 있기 때문이었다.

　진이 엄마와 우리 엄마 사이를 뭐라고 해야 할까. 진이 엄마와 아버지의 사이가 멀어진 뒤에 엄마와 진이 엄마의 사이가 좋아졌다.

참 여자들이란 알다가도 모를 사람들이었다. 그 뒤로 진이 엄마는 가끔 전화도 하고 우리 집에 놀러 왔다. 진이가 미국으로 떠난 후에는 시장 사람과 개가를 했다. 엄마는 가끔 진이 엄마가 개가한 집을 들여다보았다. 그리고 진이 엄마가 병원에 입원했을 때는 몇 번이나 문병을 가기도 했다.

진이 엄마가 죽은 건 이 년 전이었다. 꿈자리에 자꾸 진이 엄마가 보인다면서 엄마가 전화를 걸었다. 전화를 받은 사람은 진이 엄마의 남편이었는데 죽은 지 일주일 되었다고, 화장을 해 강에 뿌렸다고, 미국에서 진이도 나왔다 갔다고 전해주었다. 그 사실을 내게 전하면서 엄마는 울고 있었다.

처음으로 진이 집에 갔다온 그날, 내 귀에는 진이 엄마가 사준 보라색 귀고리가 걸려 있었다. 술이 취한 아버지는 자꾸 비뚤배뚤 걸었다. 빨리 집으로 가고 싶은데 아버지 때문에 더뎌지기만 했다. 아버지가 담벼락에 대고 길게 오줌을 누었다. 바지춤을 정리하던 아버지가 불콰한 눈으로 내 얼굴을 들여다보았다.

"알지? 엄마한테는 비밀이다? 알긋나?"

아버지는 분명히 그 집에 있었다. 진이와 함께 있는 것이 분명했다. 괜히 화가 치밀었다. 아무래도 오늘은 드라마를 들을 수 없는 날이었다.

엄마가 슬금슬금 다가와 내 얼굴을 멀끔히 들여다보았다.

"너, 바른 대루 대라. 넌 알지?"

기어코 일이 터졌다. 일곱 살짜리가 뭘 안다고 어머니는 아버지의 행방을 대라는 것일까.

"너 저번에 아버지 따라 어디 갔었니? 어딘지 기억하지? 어서 일어나 옷 입어."

엄마가 외출복으로 갈아입고 막내를 들쳐업었다. 둘째는 앞집 미음의 집에 맡겨졌다. 엄마를 따라 무작정 버스정류장으로 나왔다.

"여기서 어떻게 했니?"

"버스를 탔어."

하지만 내가 기억하는 것은 거미줄처럼 엉켜 있던 골목길과 길을 가로지르던 철로였다. 그리고 철로변에 있던 사설 가요학원의 흰 건물뿐이었다. 엄마는 계속 나를 채근했다. 나는 앵무새처럼 했던 말만 반복했다. 철도가 있었고 기차가 지나갔어.

나는 버스 차창에 바싹 붙어 앉아 아버지를 따라 내렸던 곳을 찾았다. 여기니? 버스가 정류장에 설 때마다 엄마가 물었다.

엄마와 나는 그날 서울 시내의 철로변이란 철로변은 다 찾아다녔다. 다리가 아팠고 목이 말랐다. 가끔 가게 앞에 내놓은 평상에 앉아 다리를 쉬었다. 엄마는 길가에 서서 포대기를 풀고 밑으로 처진 막내를 고쳐 업었다. 지금 생각해보니 그때 엄마 나이가 지금 내 나이와 똑같았다. 그런데도 그때 내가 보았던 엄마는 너무도 어른 같았다.

우리가 살던 골목길에는 짓궂은 사내아이가 있었다. 나이는 나와 동갑이었지만 키는 내 어깨밖에 오지 않았다. 둘째가 늘 이 아이에게 맞고 들어왔다. 저보다 키가 작은 아이라고 만만히 본 것 같았다. 어느 날, 둘째가 손등에 피를 흘리며 돌아왔다. 그 아이가 둘째의 손등을 연필 깎는 칼로 그어버린 것이었다. 화가 치밀어올랐다. 하지만 나에겐 오빠가 없었다. 그런 일을 당했을 때 우리 앞에 나서서 해결해줄 오빠가 그런 때는 부러웠다. 미움이 있기는 했지만 만약 미움이 없을 때 다시 해코지를 할 수도 있었다. 그때 둘째의 상처에 옥도정기를 발라주면서 엄마가 말했다.

"만약 또 이런 짓을 하거든 돌멩이라도 던져라. 엄마가 혼내지 않을 테니."

골목에는 깨진 보도블록 조각이 많았다. 그 아이가 나와 둘째를 가로막고 시비를 걸어왔을 때 별안간 머릿속에 엄마의 말이 떠올랐다. 아이가 쇠꼬챙이로 둘째의 몸을 쑤셔댔다. 둘째가 나를 바라보며 울음을 터뜨렸다. 그다음부터는 기억이 나지 않는다. 정신이 되돌아왔을 때, 내 앞에는 머리를 손바닥으로 쥐고 울고 있는 사내아이가 있었다. 그리고 그 아이 옆에는 그 아이의 머리를 치고 떨어진 보도블록 조각이 있었다. 둘째가 눈을 둥그렇게 뜨고 나와 돌멩이를 번갈아 바라보는 것이 눈에 들어왔다.

그 아이의 엄마가 머리를 다친 아이를 앞장세우고 우리 집 마당에 들어섰을 때 그제야 내가 그 아이에게 돌을 던졌다는 사실이 생생해졌다. 그 아이의 엄마는 골목에서부터 목청을 높이고 있었다.

"도대체 계집애를 어떻게 키우길래……"

엄마는 아이와 아이의 엄마에게 한마디도 하지 않았다. 묵묵히 그 아이의 머리에 약을 발라주고 붕대를 동여매주었다. 그 아이 엄마가 계집애, 라고 말했을 때 계집애가 어떻길래 그러느냐고, 집이는 계집애 안 키우느냐고 했을 뿐이었다. 아들 하나 없이 딸만 셋을 둔 엄마의 심정이었을 것이다. 아이와 아이 엄마가 돌아간 뒤에 나는 엄마에게 꾸중 들을 것 때문에 걱정이 태산이었지만 엄마는 그 뒤로 그 일에 대해서는 한마디도 하지 않았다.

그 일이 있은 후로 그 사내아이는 더 이상 둘째를 괴롭히지 않았다. 하지만 또 언제 마음이 바뀔지 몰라 골목에 들어설 때면 긴장을 늦추지 않았다. 얼마 후 그 집은 이사를 갔고 나는 마음놓고 골목길을 걸어다닐 수 있게 되었다.

그 아이와 마주친 것은 초등학교 운동장에서였다. 그 사이에도 그애는 변한 것이 없었다. 나를 발견한 그 아이가 갑자기 나를 향해 소리쳤다.

"야, 너 거기 섯!"

무작정 뛰기 시작했다. 뒤에서 그 아이의 목소리가 들려왔다.

"저년이 내 머리를 돌로 쳤닷. 잡아랏!"

문득 뒤돌아보니 그 아이와 친구인 듯한 남자아이 둘이 나를 쫓아오고 있었다. 집까지 가다가는 중간에 잡히기 십상이었다. 마침 같은 반 친구 집의 대문이 열려 있었고 나는 그리로 뛰어들었다. 그 아이는 좀처럼 돌아가지 않았다. 집 주위를 어슬렁거리면서 온 갖 욕을 해댔다. 저녁 나절에야 겨우 집으로 올 수 있었다. 그 일이

있은 후로 한동안 학교에서도 조심을 해야 했다. 하지만 그 뒤로
그 사내아이를 만난 적이 없었다. 이번에는 아주 먼 곳으로 이사를
간 모양이었다. 그 아이는 가끔 머리에 난 땜통을 볼 때마다 날 떠
올릴까?

　서울 시내의 철로변을 다 돌았지만 아버지와 함께 갔던 그곳은
아니었다. 할 수 없이 집으로 돌아오는 버스에 올라탔다. 먼지가
잔뜩 묻은 막내는 엄마의 등에서 잠들어 있었다. 버스가 영등포 로
터리를 지났다. 순간 아버지와 들어갔던 골목 입구를 보았다. 나도
모르게 소리를 쳤다.
　"엄마, 저기야, 저기."
　큰 소리에 잠들었던 막내도 깨었다. 버스에서 내렸을 때 나는 뒤
처지는 엄마를 기다릴 틈이 없었다. 그곳은 그날 진이와 하루 종일
돌아다닌 곳이었다. 엄마가 나를 따라 뛰어오면서 조금만 천천히
가라고 소리쳤다.
　골목길이 수없이 엉켜 있었지만 나는 너무도 익숙하게 그 길을
내달렸다. 드디어 엄마와 내가 그렇게 찾아다니던 철로가 나타났
다. 그리고 철로변의 진이가 다니고 있는 사설 가요학원을 발견했
을 때 나는 너무 흥분해 있었다.
　"세상에, 이렇게 가까운 곳이었다니."
　이렇게 가까운 곳일 줄은 엄마도 생각하지 못한 모양이었다. 그
곳은 우리 집에서 버스로 겨우 네 정거장 떨어진 곳이었다. 등잔

밑이 어두운 법이었다. 이윽고 나는 그 집 앞에 섰다.

"들어가서 아빠가 있는지 봐라. 있으면……"

아침에 아버지를 찾아나설 때의 기세는 어디로 사라져버리고 없었다. 엄마는 그 집 문간에서 주춤거리고 있었다. 엄마를 문밖에 세워놓고 집 안으로 들어갔다. 불꺼진 복도는 어둠침침했다. 복도 안쪽 방에서 불빛이 새어나오고 있었다. 나는 불빛을 향해 큰 소리로 외쳤다.

"아부지!"

불빛 속에서 머리 하나가 나와 밖을 살폈다. 아버지였다. 아버지 쪽에서는 내 얼굴이 잘 보이지 않는 모양이었다. 나는 다시 한번 소리쳤다.

"아부지!"

아버지는 신발도 신지 않은 채 방에서 튀어나왔다. 나는 아버지의 표정을 똑바로 보았다. 놀라서 벌어진 입을 다물 줄 모르고 거기 아버지가 허둥대며 서 있었다. 나는 의기양양해서 두 팔을 허리에 갖다붙이고 턱을 치켜세웠다. 그 집에서 유일하게 햇빛이 들어오는 대문을 막고서. 단 한 가지 생각뿐이었다. 보세요, 아버지. 아버지의 총명한 딸을……

아버지의 기대를 저버리지 않았다는 것으로 가슴이 떨릴 뿐이었다.

코끼리를 찾아서

조 경 란

1969년 서울에서 태어났다. 1996년 동아일보 신춘문예에 단편 「불란서 안경원」이 당선되며 등단. 소설집 「풍선을 샀어」 「국자 이야기」 「코끼리를 찾아서」 「불란서 안경원」 「나의 자줏빛 소파」, 장편소설 「혀」 「식빵 굽는 시간」이 있다. 문학동네작가상, 오늘의 젊은 예술가상, 현대문학상, 동인문학상을 수상했다.

작가를 말한다

어쨌거나, 그녀가 먼저 인사를 했고 그런 그녀가 조경란이라는 걸 직감하면서 그 직감에 소스라치며 나는 허둥지둥 인사를 받았는데, 그때 그녀는 이집트 왕비 네페르티티(Nefertiti) 같았다. 네페르티티와 클레오파트라의 차이는 뭘까? 클레오파트라는 총 천연색 영화 속에서 아름답지만(꼭 엘리자베스 테일러 때문만은 아니다) 네페르티티는 고대 역사 속에서, 피라미드 속에서, 즉 죽음 속에서 아름답다. 그리고, '상복을 입은 엘렉트라'는 결코 아름다울 수가 없다.

그렇다. 지금까지 나는 그녀에 대해 말했지만, 또한 소설에 대해 말했다. 소설은 삶에서 나오지만 삶 바깥에 닿아 있다. 창조주가 죽으면 창조주 대신 영원한 삶을 살기도 한다. 그러나, 그러니 창조주가 살아 있는 동안 소설은 죽음의 의상이다. 모든 예술이 그렇다. 그 점을 조경란 소설만큼 명징하게, 아무렇지도 않게, 그러나 치열하게 보여주는 사례는 드물다. 그리고 죽음의 의상이 우리 눈에 보인다는 것은 얼마나 놀라운 일인가. 그리고 사실, 볼 수만 있다면, 죽음의 의상은 얼마나 아름다운가. 그 의상은, 오래전부터 예술이 죽음의 엄혹함을 따스한 삶의 의미, 의미의 아름다움으로 전화시켜내려고 필사적으로 노력했던 역사의 산물 아니겠는가. 김정환(시인)

내가 갖고 있는 폴라로이드 카메라는 '폴라로이드 스펙트라'다. 스펙트라는 일반 폴라로이드보다 필름 사이즈가 1.5배 정도 더 크고 값도 비싸다. 몇 년 전 일이지만, 내 생일에 그가 선물로 사준 것이다. 포장을 풀어보는 순간 그게 그토록 갖고 싶어했던 폴라로이드 카메라인 것을 알고는 몹시 기뻐했던 게 생각난다. 그가 첫 사진을 찍어주었다. 사진 속에서 나는 고개를 약간 숙인 채 눈을 살포시 내리뜨고 있다. 와인 잔에 립스틱 자국이 아직도 선명하다. 한 장 찍어줄까? 라고 나는 그에게 물었던 것 같다. 그는 고개를 저었다. 필름 한 통으로는 사진 열 장을 찍을 수 있었다. 아홉 장이 남았다. 싫다고는 했지만 그날 그의 사진을 한 장 찍어둘걸, 하는 후회가 된다. 그날 이후 우리는 갑자기 헤어져버렸다. 지금은 더 이상 사랑할 수도 미워할 수도 없는 사람이다. 나는 그걸 들고 집

조경란 | 코끼리를 찾아서

으로 돌아와 식탁에 모여 있던 가족들을 찍었다.

　나는 주로 반듯하게 누워 자는 편이다. 위가 아픈 날엔 왼쪽으로 몸을 틀어 벽을 보고 잠을 잔다. 어떤 자세로 잠이 들어도 버릇처럼 한쪽 팔은 꼭 침대 밑으로 축 늘어뜨리곤 한다. 누군가 슬며시 내 손을 잡고 있구나, 하는 게 퍼뜩 느껴진다. 홀연히 잠에서 깨어난다. 방 안은 캄캄하다. 손바닥엔 아직 온기가 남아 있다. 침대 밑으로 늘어뜨린 손을 쥐락펴락 해본다. 누가 몰래 와서 방바닥에 누워 있는 것도 같고 침대 발치에 미동도 없이 앉아 있는 것도 같다. 하지만 난 벌떡 일어날 생각도 황급히 전등을 켤 생각도 하지 않는다. 왠지 그래서는 안 될 것 같기 때문이다. 물론 처음부터 그러긴 쉽지 않았다. 그런 기척은 너무나도 섬뜩한 것이어서 한동안 불을 켜둔 채 잠을 자기도 했으니까. 하지만 이젠 그 기척에 제법 익숙해졌다. 천천히 숨을 내뱉는다. 내가 잠에서 깨어난 걸 그가 눈치채주길 바라면서 말이다. 시간이 더 흐른 후에 불을 켠다. 아무도 없다. 누가 다녀간 흔적도 없다. 그러나 이제 나는 안다. '그'가 다녀갔다는 것을. 처음에 나는 그것이 이 집의 전령들은 아닐까 짐작했다. 아니면 죽은 할머니나 고모나 삼촌들일까?

　아버지 고향은 여수다. 성년이 되어 내가 그곳에 가본 것은 단 한번뿐이다. 내가 그곳을 싫어하는 이유는 거기가 아버지 고향이기 때문이다. 그곳에선 너무 많은 나쁜 일들이 일어난다. 아버지의 배다른 형제들은 술을 지나치게 많이 마시고 서로 자주 싸우고 운다. 그 사납고 거친 바다 속에서 어떤 삼촌은 몇 달 동안 배를 타고 긴 항해를 하고 고기를 잡고 시장에서 생선을 다듬는다. 아버지는 아홉 살 때 고향을 떠나왔다. 첫번째 친할머니가 죽고 난 후다. 할머니의 생신이었다. 모처럼 먼 바다에 나갔던 할아버지와 삼촌들, 고모들이 한자리에 다 모였다. 그런 날을 오래 기다렸던 것일까. 친할머니는 손수 복어국을 끓여 혼자 드시고 자살했다. 다른 날도 아니고 당신 생일에 말이다. 남아 있던 한 장의 사진으로 나는 할머니를 보았다. 유방암으로 일찍 돌아간 외할머니처럼 사진 속의 친할머니도 흰옷을 입고 얼굴을 찡그리고 있었다. 할머니들은 모두 눈썹이 새까맣고 진하다. 나는 첫번째 친할머니를 좋아하기로 했다. 할머니의 죽음이 극적이라고 생각했기 때문이다. 그 죽음 이후 아버지는 고향을 떠나 이 도시로 상경했고 나의 어머니와 결혼한 후엔 본적도 아예 이곳으로 옮겨버렸다. 그러나 나는 아버지가 여수를 사랑하고 있다는 걸 안다. 언젠가 그곳으로 돌아갈 꿈을 혼자 몰래 꾸고 있다는 것도 안다. 「6시 내 고향」 같은 텔레비전 프로그램에서 여수 이야기가 나올 적마다 나를 흘깃 쳐다보는 것도 물론 알고 있다. 칫, 어림도 없다구요. 나는 고개를 팩 틀어버린다. 연숙이 고모는 아버지의 형제들 중 막내다. 고모는 아버지의 자식들, 그러니까 조카인 우리 자매들을 각별히 좋아했다. 계절마다 철철이 말린 서대나 민어, 홍어 같은 생선들을 택배로 보냈고 자주 전화를 걸어왔다. 고모는 이쪽으로 상경하고 싶어했지만 내가 성년이 된 후론 한번도 온 적이 없다. 명절이나 제사 때마다, 내가 가야 하는데, 가서 느그들을 봐야 하는데, 하며 울었다. 아버지의 형제들 중 연숙이 고모는 특히 자주 울었다. 그래서 나는 연숙이 고모가 무서웠다. 긴 치마를 입고 까만 머리카락을 허리까지 길러 멋을 내던 연숙이 고모가 결혼을 했다. 배를 타던 고모부가(나는 딱 한 번 그의 얼굴을 본 적이 있다) 자주 때린다는 소식이 들렸다. 아이 둘을 낳고 고모는 이혼을 했다. 장사를 하고 바닷가에서 부업을 한 돈을 아이들 학비로 보내고 있다는 소식도 들었다. 억척스럽다고 했다. 나의 어머니는 연숙이 고모를 몹시 좋아했다. 그 어린 것이, 라고 했다. 그러고 보면 조카인 나와 별반 나이 차가 나질 않는다. 그런 연숙이 고모가 애인과 싸우고 난 후 애인의 아파트 오층에서 뛰어내렸다. 자살이었다. 아버지 형제들은 고모의 애인을 몰아세우며 타살이라고 주장했다. 부검을 하는 날, 아버지 바로 아랫동생인 도성이 삼촌이 아버지 대신 부검실로 들어갔다. 아버지는 연신 헛구역질을 하고 있었고 술에 취해 있었다. 지금까지 아버진 딱 세 번 담배를 끊은 적이 있다. 고모를 화장하고 돌아온 날 아버지는 처음 담배를 끊었다. 부검을 하긴 했지만 고모의 죽음은 자살인지 타살인지 밝혀지지 않았다. 고모의 애인이었던 사내가 장례를 다 맡아 치렀다고 했다. 그건 아마도 장례 비용을 말하는 것일 게다. 나는 그 모든 소식을 이쪽에서 다 듣고 있었다. 여수엘 내려가다니. 진저리를 쳤다. 장례식장은 난장판이 되었다. 살아남은 다섯 형제들은 모두 술에 취했고 서로 멱살을 잡고 악을 쓰고 울어

댔다. 그날 밤, 처음으로 내 방에서 그 괴이한 기척을 느꼈다. 한동안 숨을 죽이고 누웠다가 스르르 자리에서 일어났다. 침대 발치를 쳐다보고 방바닥을 내려다봤다. ……연숙이 고모? 나는 깜깜한 방에서 죽은 고모 이름을 불러보았다. 찬 기운이 휙 얼굴을 스치고 지나갔다. 그런 밤들이 아주 오래 이어졌다. 나는 그걸 엄마나 자매들에게 이야기하지 않았다. 가족들은 죽은 사람을 입에 올리는 걸 두려워했다. 나는 혼자 익숙해졌다. 그러다가 그 기척을 전혀 느끼지 않게 되었다. 내가 다시 한밤에 그 기척을 느낀 건 삼촌이 죽고 난 다음날이다. 연숙이 고모의 부검을 두 눈으로 목도했던 도성이 삼촌 말이다. 도성이 삼촌이 세브란스 병원에서 간암 진단을 받은 건 연숙이 고모가 죽고 난 이 년 후다. 병원을 다니는 동안 삼촌은 우리 집에 와서 머물렀다. 몹시 야위었고 얼굴이 까맸다. 아버지 형제들은 모두 키가 크고 기골이 장대한 편이다. 그런 삼촌이 안방을 마다하고 거실 소파에서 다리를 오그린 채 잠을 잤다. 한밤에 요의를 느껴도 나는 아래층에 내려가지 못했다. 삼촌이 그냥 거기서 죽어 있을까봐 무서웠다. 방광이 터질 것 같았다. 삼촌은 염소처럼 까만 얼굴로 여수로 내려갔다. 내려간 지 두 달 만에 죽었다. 그때도 나는 여수에 가지 않았다. 아버지는 다시 담배를 끊었다. 나는 새벽녘에 자주 잠에서 깨어나게 되었다. 누가 내 발치에 앉아 있거나 겨우 한 사람쯤 누울 수 있을 만한 공간인 방바닥에 몸을 꾸부리고 누워 있다는 느낌을 떨쳐버릴 수 없었다. 손바닥이 늘 땀으로 끈적거렸다. ……도성이 삼촌? 하고 그의 이름을 불러봤다.

연숙이 고모도 도성이 삼촌도, 그리고 오래전 자살한 친할머니도 나에게 응답하지 않았다. 마침내 나는 폴라로이드 카메라를 손에 든 채 잠을 자게 되었다.

폴라로이드 사진엔 일련 번호가 찍힌다. 그가 찍어준 첫 사진, 그러니까 생일에 내가 동네 카페에 앉아 고개를 떨구고 있던 사진 뒷면에는 0318 4149, 라는 번호가 찍혀 있다. 아마 내가 그다음에 그의 얼굴을 찍었다면 그 사진 뒷면엔 0318 4150, 이라고 찍혀 있었을 것이다. 0318 4150이 찍힌 건 내 가족들의 사진이다. 작은 케이크가 놓인 식탁에 막 저녁 외출을 마치고 돌아온 가족들이 둘레둘레 모여 있다. 자, 모두 여길 봐요. 그와 헤어지고 돌아온 나는 찰칵, 셔터를 눌렀다. 열 장째 사진 번호인 0318 4158까지 나는 그 카메라로 생일을 맞은 친구의 얼굴을 찍어주었고 막내여동생의 남자친구가 집에 왔을 때 그 둘을 거실에 세워두고 찍었다. 막 잎이 벌어지기 시작하는 목련도 찍었고 내 오래된 운동화도 찍었다. 그렇게 필름 0318 4151을 쓰고 4152, 4155, 4157을 다 써버리는 동안 겨울이 가고 봄이 오고 여름이 지나갔다. 그의 얼굴을 찍을 수 있는 기회는 다시 오지 않았다. 0318 4158, 마지막 한 장이 남았다. 나는 필름 한 장이 남은 폴라로이드 카메라를 들고 잠을 잤다. ……잠에서 깨어났다. 숨을 멈추고 있다가 기습하듯 찰칵, 셔터를 눌렀다. 잡아 뺀 듯 필름이 툭 빠져나왔다. 얼른 불을 켰다. 사진이 빨리 인화되도록 땀으로 축축하게 젖은 따뜻한 손바닥으로 필름을 꽉 눌렀다. 희미한 형체들이 서서히 나타나기 시작했다. 폴라로이드 사진을 찍는 즐거움은 사진을 그 자리에서 즉각 볼 수 있다는 것과 인화되는 그 짧은 시간을 기다리는 동안에 있다. 그건 출입구 문이 열릴 때마다 내가 기다리는 사람이 들어올 것을 기대하는 것과 비슷한 설렘이다. 그러나 그날 밤, 그런 흥분은 느낄 수 없었다. 흥분이라니. 되레 나는 누군가 두 손으로 내 목덜미를 틀어쥐고 있는 듯한 두려움을 느끼고 있었으니까. ……! 나는 9×7.3 크기 안에 색채와 형체가 또렷하게 드러난 사진을 가만히 바라본다. 그건 죽은 친할머니도, 연숙이 고모도 그리고 도성이 삼촌의 모습도, 이 집의 전령도 아니다. 웬 커다란 코끼리 한 마리가 거기 있었다.

내가 이 집에 살기 시작한 건 십일 년 전부터이다. 지금은 다세대 주택 모양을 하고 있지만 십일 년 전 이 집은 좁은 마당이 있던 단층짜리 작은 주택이었다. 아버지가 이 집을 샀다. 집을 헐고 아버지가 설계한 도면에 따라 새로 집을 올렸다. 집을 짓는 동안 이웃동네 단칸방에서 다섯 식구가 함께 살았다. 언성을 높여 싸울 일이 있으면 아버지와 엄마는 동네 여관에 갔다. 아버지는 옥상 위에 방 한 칸을 더 올렸다. 그것이 지금껏 내가 살고 있는, 이 글을 쓰고 있는 나의 옥탑방이다. 원래 이 방은 막내여동생 방이었다. 나는 아래층 방바닥에 쭈그리고 앉아 글을 썼다. 커다란 책상이 갖고 싶었다. 막내여동생이 오래 집을 비운 사이, 둘째여동생의 남자친구들을 불러 아래층 내 방을 비우고 이쪽으로 이사를 했다. 그날 밤 막내여동생에게 편지를 썼다. 잘했어 큰언니. 막내에게서 답장이 왔다. 옥탑방에도 책상을 놓을 수 있을 만한 공간은 없었다. 작은 하이그로시 식탁을 하나 샀다. 지금은 군데군데 테두리 칠이 벗겨지고 다리가 흔들거리긴 하지만 아직 쓸 만하다. 널찍한 방이 생긴다고 해도 이젠 책상을 바꿀 마음은 없다. 하지만 아직도 층층이 서랍이 달린 커다란 책상이 하나 갖고 싶긴 하다. 사람은 늘 부족한 대로 만족하는 법을 배워야 하는 거다. 엄마는 늘 그런 말을 하였다. 옥탑방에서 나는 책을 읽고 글을 쓰고 심야통화를 했다. 깜짝할 새에 몇 년이 흘렀다. 글이 잘 써지지 않거나 가족들 중 누군가와 심하게 다툴 적마다 나는 이 집을 떠나고 싶어졌다. 밤에 화장실엘 가기 위해 옥탑방에서 아래층으로 내려가다가 컴컴한 거실 바닥에 누워 자고 있는 가족들의 다리나 배를 잘못 꾹 밟기도 했다. 그 어둠 속에서 우리는 서로 깜짝 놀라 누구야? 너 누구얏? 짧은 비명을 질러댔다. 옥탑방 벽을 두 주먹으로 쾅쾅 두드렸다. 벽은 무너지지 않았다. 아버지가 지은 집은 생각보다 단단했다.

일요일 오후에 과천 서울대공원에 갔다. 코끼리를 봤던 며칠 후의 일이다. 바람이 몹시 불었고 인파들로 붐볐다. 동물원에서는 국화꽃 축제가 열리고 있었다. 만개한 색색깔의 국화 앞에서 사람들은 사진을 찍었고 그 옆 홍학 우리에서는 긴 다리를 가진 홍학 떼들이 날개를 퍼덕거렸다. 나는 곧장 코끼리 우리 앞으로 갔다. 아프리카 코끼리는 S자로 휘어진 넓은 우리 안에서 긴 코를 휘적거리며 느릿느릿 걸어다녔다. 나는 실망하지 않을 수 없었다. 짐작했던 것보다 코끼리와 이쪽의 거리가 너무 멀었다. 사진을 찍는다고 해도 별반 소용이 없을 거다. 코끼리와 좀더 가까운 거리를 찾아 코끼리가 왼편으로 가면 그쪽으로 뛰고 몸을 틀어 방향을 바꾸면 잽싸게 오른쪽으로 뛰어갔다. 코끼리가 단연 인기다. 길게 휘어진 우리 난간마다 어른 아이 할 것 없이 몰려 있었다. 나는 우리 안에 있는 저 아프리카 코끼리가 늙은 수컷일 거라고 짐작했다. 늙은 수컷은 단독 생활을 하는 법이다. 이른 아침이나 저녁엔 풀을 뜯어먹고 낮에는 나무 그늘에서 쉰다. 잠은 선 채로 잔다. 옆으로 누워서 잘 때도 있긴 하다. 내 방에 왔던 코끼리는 그 육중한 몸을 잔뜩 오그린 채 비좁은 방바닥에 누워서 잤다. 코는 도르르 말아 몸속으로 집어넣은 채. 마치 내가 제 코를 훔쳐가기라도 할 듯 말이다. 큰 엄니가 있는지 확인하진 못했으니 그게 수컷인지 암컷인지는 알 도리가 없다. 똑같은 코스로 우리 안을 왔다갔다하던 코끼리는 이따금씩 무슨 사색에 잠긴 듯 굵은 다리를 멈추고 서선 우리 밖을 휘우뜸히 쳐다보기도 했다. 그러고는 아무것도 아니라는 듯 다시 왔던 길을 되짚어 뚜벅뚜벅 걸음을 옮겼다. 코끼리의 두 귀가 펄럭거릴 때마다 옷 앞섶으로 찬바람이 들이쳤다. 나는 어깨에 메고 있던 가방에서 폴라로이드 카메라를 꺼냈다. 새로 필름을 갈아끼웠다. 폴라로이드 스펙트라보다 더 좋은 종류의 폴라로이드가 있었다면 그는 아마 그것을 샀을 것이다. 그런데 필름을 구하기가 쉽지 않았다. 단골 사진관 주인에게 특별히 주문을 했다. 필름을 찾으러 갔을 때, 사진관 주인이 일러주었다. 스펙트라는 보급이 잘 안 돼서 앞으로도 필름을 쉽게 구할 수 없다고. 구입한 곳으로 가면 일반 폴라로이드로 바꾸어준다고 했다. 일종의 환불인 셈이다. 나는 한꺼번에 필름 세 통을 더 주문했다. 그건 그가 나에게 준 마지막 선물이다. 갑자기 코끼리가 걸음을 멈추곤 우리 안쪽 난간에 앞다리를 턱하니 올려놓는다. 이삼 미터쯤 거리에 다른 우리가 있고 그 사인 도랑처럼 푹 패어 있다. 거길 훌쩍 뛰어넘을 듯하다. 나는 긴장했다. 어쩌면 코끼리가 새처럼 푸득 날아오르는 걸 볼 수 있을지도 몰랐으니까. 코끼리가 긴 코를 들어올리는 순간, 셔터를 눌렀다. 필름이 튀어나왔다. 코끼리가 앞발을 내려놓더니 몸을 돌렸다. 예민한 동물. 셔터 소리를 들었을 리 만무하지만 나는 그렇게 말해버렸다. 철문을 열고 사육사가 나왔다. 코끼리는 사육사가 건네주는 식빵을 코로 받아먹었다. 오후 네시 사십분. 코끼리는 사육사를 따라 철문 안으로 사라져버렸다. 코끼리가 사라지자 사람들은 일제히 우리 앞을 떠났다. 나는 그 옆, 아시아 코끼리 우리 앞으로 갔다. 아시아 코끼리는 이미 보이지 않았다. 안내문을 읽었다. 아시아 코끼리, 시력이 약하고 목이 짧아 뒤는 볼 수 없다. ……뒤를 볼 수 없다니. 나는 확신했다. 그날 밤 나를 찾아온 것은 아시아 코끼리가 아니라 아프리카 코끼리였다고. 코끼리. 시력은 약하지만 청각과 후각은 뛰어나다. 달리는 속도는 약 시속 오십 킬로미터. 몸 표면엔 굵은 센털이 나 있다. 위턱의 앞니는 길게 자라서 엄니를 형성한다. 코끼리, 지상에서 가장 큰 동물.

뭔가 석연치 않다고 느끼긴 했다. 그러나 더는 깊이 알고 싶지 않았다. 나는 자꾸만 집 밖으로 돌았다. 간절히 집을 나가고 싶었으나 아무 데도 갈 데가 없었다. 어느 날 그는 여러 종류의 생활정보지를 들고 왔다. 그는 나의 손을 잡고 방을 보러 다녔다. 공교롭게도 네 군데 모두 옥탑방이었다. 나는 그가 보는 앞에서 생활정보지를 짝짝 찢어버렸다. 따뜻한 국밥을 먹었다. 우리는 건널목을 건너 새로 지어진 이십층짜리 오피스텔 안으로 들어가봤다. 관리인이 열쇠를 건네주었다. 커다란 책상도 있고 옷장도 있고 침대도 있고 반짝 윤이 나는 싱크대도 있었다. 나는 그의 손을 끌어 잡았다. 차들이 쌩쌩 달리고 있는 창밖을 가리켰다. 여긴 좀, 곤란하겠어. ……좀 그렇지? 응, 너무 시끄러울 것 같잖아. ……내 생각도 그래. 열쇠를 도로 건네주고 오피스텔을 나왔다. 우리는 치킨을 먹으러 갔다. 저녁을 먹은 지 삼십 분도 안 된 시간이었다. 지금도 나는 옥탑방 계단을 올라오는 엄마 발소리를 들으면 가슴이 뛴다. 엄마가 내 방에 올라왔다. 우리 가족이 이 집을 떠나야 할 거라고 말했다. 내 부모가 그동안 세 딸들에게 함구한 것이 너무도 많았다. 집은 경매에 넘어갈 거라고 했다. 두 차례에 걸쳐 아버지에게 돈을 건네받은 백부는 종적을 감춰버렸다. 아버지를 탓할 수는 없었다. 다 잘살아보자고 한 일이다. 하루아침에 길거리에 나앉게 생겼다, 는 말을 그때 처음 이해했다. 아버지는 담배를 끊었다. 하루 종일 안방에 들어가 나오지 않았다. 밥도 따로 먹었다. 아버지 얼굴은 죽은 도성이 삼촌처럼 까맣게 타들어갔다. 엄마 귀에서 피가 흘러나왔다. 나는 여동생들이 학업만은 계속하길 원했다. 그건 내 부모가 세 딸들에게 그간의 사정을 함구해왔던 심정과 다르지 않을 것이었다. 나는 이 집 붉은 벽돌 사이에 식칼을 박아넣었다. 집은 너무나 단단했다. 집을 지키기 위한 사투가 시작되었다. 나는 이리 뛰고 저리 뛰었다. 누군가는 하지 않으면 안 될 일이었다. 아무것도 도와주지 못해서 미안해. 그가 말했다. 난, 이 집을 잃게 되는 것보다 당신을 잃는 게 더 두려워. 집을 잃게 될 것이 너무도 두려운 나머지 나는 재빨리 그렇게 말해버렸다. 그가 울었다. 울지 마. 난 그를 위로했다. 나는 울지 않았다. 내가 급기야 참았던 눈물을 터트린 건 코끼리가 다시 찾아왔을 때였다. 나는 커다란 코끼리 배에 얼굴을 묻은 채 손바닥으로 입을 틀어막곤 읍읍읍, 울었다.

이따금씩 그는 나에게 전화를 한다. 잘 있니? 그 목소리가 슬프지만 다정하다. 나는 피식, 웃는다. 잘 지내니? 그건 나에 대한 안부이기도 하고 내 집에 대한 안부이기도 할 것이다. 그리고 그는 또 묻는다. 코끼리가 또 왔니? 라고. 어쩌면 그가 나보다 더 코끼리의 안부를 궁금해하는 건 아닌가 싶을 때가 있다. 동물원에 간 날 나는 세 장의 사진을 찍었다. 난간 위에 앞다리를 올려놓고 있던 코끼리, 코를 하늘 위로 불쑥 세우고 엉덩이를 흔들며 걷던 코끼리, 고개를 푹 수그리고 해가 지는 쪽을 따라 뒤우뚱 걷던 코끼리.

고독한 나의 코끼리.

　나는 지금껏 내가 어떻게 이 집에 살게 되었을까, 생각해보곤 한
다. 나에게는 틀림없이 여기가 아닌 다른 곳에서 살게 되었을 우연
이 있었을 것이다. 그 우연들 속에 나의 스무 살이 있고 아직도 가
족들 모두 기억하는 유괴 사건 같은 것들도 있다. 이상하리만치 나
는 나의 이십대 시절이 떠오르지 않는다. 그건 아마도 누구에게도
그날들에 관해 얘기해본 적이 없어서일 거다. 지난해 가을, S대학
에 특강을 간 적이 있다. 강의실에 들어가려는데 누군가 내 앞을
가로막고 섰다. 그녀가 내 이름을 불렀다. ……? 그녀의 얼굴을
뚫어지게 쳐다보다가 아, 연정 언니, 탄식하듯 불렀다. 캠퍼스 게
시판에서 이 행사 포스터를 봤단다, 정말 내가 알고 있는 니가 맞
는지 싶었어. 나는 눈에 띄게 주춤거리고 있었다. 명함을 받고 서
둘러 작별 인사를 건넸다. 언니는 그뒤 줄곧 컴퓨터 그래픽을 공부
했던 모양이다. 명함을 들여다보니 그 대학 영상미디어연구소 책
임 연구원으로 되어 있었다. 강의실에 들어가서도 나는 한동안 아
무 말도 하지 못하고 우두커니 앉아 있었던 걸 기억한다. 연정 언
닌 그 시절, 나를 알고 있는 사람들 중 하나다. 연락을 하겠다고 했
는데, 나는 연락하지 않았다. 일 년이 지났다. 마침내 얼마 전에 그
녀에게 이메일을 보냈다. 연정 언니, 그 시절 만났던 사람들이 나
를 어떻게 기억하고 있는지 궁금해요, 그리고 그때 그 사람들은 지
금 다 어디로 갔을까요, 언니는 아직도 그때의 내 모습을 기억하나

요? 어떤 웹사이트 편집장과 저녁식사를 하고 차를 마시기 위해서 신사동 거리를 걷고 있었다. 뒤에서 누군가 나를 부른다. 야, 조뚱! ⋯⋯! 나는 걸음을 멈추지 않는다. 뒤돌아보지도 않는다. 찻집이 왜 이렇게 눈에 안 띄는 거지? 종종걸음을 친다. 동행이 조심스럽게 내 팔꿈치를 잡는다. 저기, 누가 부르는 것 같은데요. 나는 야, 소리만 듣고도 그게 누구 목소리인 줄 대번에 기억하고 있었다. 신기한 일이다. 그 사람들을 만났을 때가 스물두엇이었으니 벌써 십년도 넘은 일인데. 나를 부르는 목소리가 집요하게 들린다. 무심한 눈으로 고개를 돌린다. 야, 조뚱! ⋯⋯아, 안녕하십니까. 햐, 이거 정말 너 맞냐? ⋯⋯오랜만입니다. 나는 정이사와 박대리에게 깍듯하게 인사한다. 어라? 쟤 좀 봐. 그들이 픽, 하고 웃는다. 생전처음 한 파마머리를 시골 처녀처럼 뒤로 동여묶고 나는 직장에 다녔다. 아침이면 늘 샴푸를 했고 스타킹도 신었다. 젖은 머리카락을 드라이어기로 말릴 때마다 오늘은 어디로 갈까, 생각했다. 나는 자주 결근했다. 일주일에 연거푸 세 번씩 결근한 날도 있다. 점심시간이면 따로 떨어져나와 회사 맞은편 건물에 있던 대형서점에 갔다. 그땐 서점 지하에 패스트푸드점이 있었다. 거기서 햄버거를 먹고 책을 읽었다. 책 한 권을 다 읽었다. 책을 읽다가 지치면 누군가에게 공중전화를 걸었다. 회사 주변에 있는 화실들을 기웃거려보기도 했다. 그러다가 회사에 들어오면 동료들이 힐난하듯 눈치를 줬다. 점심시간이 네 시간이나 지나 있었다. 나는 회식 자리에도 가지 않았고 퇴근 후에도 동료들과 어울리지 않았다. 가끔은 혼자 회사에 남아 책을 읽고 동료들이 만들다 간 4차원 컴퓨터그래픽 영상을 오래 들여다보기도 했다. 동료들은 컴퓨터그래픽으로 별도 만들고 사막을 걷는 낙타도 만들고 아파트도 지었다. 텔레비전에 나갈 CF 애니메이션 영상도 만들었다. 지금은 방영되지 않지만 모 제약회사의 '부루펜'이라는 감기약 광고가 있었다. 열이 오른 아이에게 부루펜 약병을 기차처럼 타고 쌩 달려가는 애니메이션 광고다. 그 프레임 작업에 나도 참여했었다. 그들은 못 만드는 것이 없었다. 혼자 남은 나는 마우스를 쥐고 이것저것 버튼을 눌러댔다. 아침이면 동료들이 기겁을 해대는 소리가 들렸다. 누구야? 누가 이걸 다 지워놨냔 말야! 나는 늘 무표정한 얼굴이었다. 화장실에 가기 위해 계단을 내려가는데 뒤에서 누군가 제 아랫도리로 내 허리를 와락 끌어당겼다. 당신, 웃을 줄 몰라? 회사에 자주 들락거리던 인테리어 디자이너였다. 퇴근길에 박대리가 나를 집 근처까지 데려다 주기로 했다. 나는 그의 자동차에 올라탔다. 박대리가 안전띠를 매라고 했다. ……! 나는 안전띠를 길게 잡아뺐다. 망설이다가, 그걸 목에 걸었다. 야, 너 안전벨트 맬 줄 모르냐? 나는, 무슨 문제가 있나요? 하는 뚱한 얼굴로 박대리를 쳐다봤다. 어처구니 없다는 표정이 아직도 생생하다. 지금도 나는 남의 자동차를 얻어탈 때마다 그때처럼 안전띠를 잘못 맬까봐 혼자 전전긍긍한다. 너, 글을 쓰더구나. 정이사와 박대리는 내 근황을 알고 있었다. ……예. 언제 연정이랑 김정희 대리랑 한번 만나자. ……예. 나를 만난 게 정말 무척이나 반가웠나보다. 정이사와 박대리가 자꾸만 킬킬 웃는다. 내

연락처를 적어달라고 했다. 무슨 번호인가 썼다. 그게 어느 집 전화번호인지는 나도 모른다. 나는 뚱뚱한 내가 싫었고 결근을 자주 하는 내가 싫었고 거짓말하는 내가 싫었고 읽어내지 않으면 안 될 컴퓨터 그래픽 매뉴얼을 해석하지 못하는 내가 싫었다. 칠 개월 동안 그 회사에 다녔다. 사표를 냈다. 다시 한번 생각해봐, 라고 말했던 사람이 정이사다. 대체 뭘 할 건데? 그가 물었었다. 신사동이나 강남 쪽을 나갈 때 간혹 '월드북 센터'를 쳐다볼 때가 있다. 책방 안쪽엔 스물두 살의 내가 아직도 거기 서서 무슨 책인가를 골똘한 표정으로 읽고 있는 게 보인다. 그 시절에도 나는 이 도시에서 살고 있었다. 연정 언니에게선 답장이 오지 않는다.

그때 내가 다시 집으로 돌아오지 못했다면 내가 사는 곳은 지금 여기가 아닐 것이다. 내 가족들도 지금의 가족이 아닐 것이다. 네 살 때 나는 유괴당했다. 나를 유괴했던 사람은 아이를 갖지 못한 중년 여자였다. 내 외양을 바꾸기 위해서 그녀는 나를 미용실로 데리고 갔다. 파마를 해달라고 했던 모양이다. 그녀가 잠시 미용실을 비웠다. 기회는 그때였다. 나는 자지러질 듯 울어댔다. 네 살의 나는 봉신교회를 기억해냈다. 미용실 주인이 내 손을 잡고 봉신교회로 갔다. 그래서 나는 다시 집으로 돌아왔다. 그때 내가 살던 집은 철거되었으나 봉신교회는 아직도 거기 남아 있다.

나는 아버지보다 먼저 밥숟갈을 들게 되었다. 늦게 귀가할 때면 자매들은 나에게 먼저 전화를 건다. 아버지는 다시 담배를 피운다. 아침이면 엄마는 내 구두를 닦는다. 옥탑방엔 점점 더 책들이 쌓여간다. 니 방에 짐이 너무 많구나. 아버지가 걱정을 했다. 나는 아랑곳하지 않았다. 텔레비전도 들이고 프린터도 들여놨다. 발 디딜 틈이 없다. 책들의 일부를 아래층 거실로 옮겼다. 책장도 새로 들였다. 거실 소파도 치워버렸다. 냉장고 옆면에도 소파가 있던 자리에도 책장을 들여놨다. 책장을 하나씩 새로 들여놓을 적마다 나무 한 그루를 옮겨놓는 느낌이었지만 그 느낌은 반나절 이상 지속되진 않았다. 자매들이 함께 쓰던 옷장과 거실의 짐들은 안방으로 옮겨졌다. 아버지가 일층 거실에 기둥을 하나 세웠다. 내 옥탑방을 받쳐놓기 위해서다. 그래도 아버지는 혹시나 하중을 못 견딘 옥탑방이 무너질까봐 매일 노심초사하며 아래층을 왔다갔다하고 나는 딸들의 짐들로 들어찬 비좁은 안방에서 내 부모가 어떻게 발을 뻗고 잠을 잘까, 초조해한다. 아무것도 도와줄 수 없어서 미안해, 라고 그가 말했던 그날 밤, 그는 나에게 긴 편지를 썼다. 스스로에 대한 무력감과 회한으로 쓴 편지였다. 편지 끝에 그는 이렇게 덧붙인다. 진정으로 간절한 것은 오래 지속될 수밖에 없다, 라고. 사람들은 언제나 똑같은 방식으로 살고 사랑하지 않는다, 아무것도 처음처럼 견디지는 못한다, 라고 썼다. 변하지 않기 위해 우리는 변해야 한다, 라고 썼다. 그리고 그는 또 이렇게 썼다. 사랑은 그렇게 자라나야 한다, 라고. ……편지. 편지, 라는 말은 참 슬프다. 헤어진 후 나는 한번도 그 편지를 다시 꺼내 읽은 적이 없다. 내가 다시 꺼내보지 못한 편지가 또 하나 있다. 이따금씩 나는 생각해본다. 그런데 우린 왜 헤어졌을까, 하고. 결국 나는 집을 얻는 대신 그를 잃었다. 생일날 그와 헤어져 집으로 돌아온 후 찍었던 가족 사진을 들여다본다. 가족들은 식탁이 코끼리 머리인 줄 모르고, 소파가 코끼리 등허리인 줄도 모르고 거기다 뾰족한 팔꿈치를 받쳐 세우곤 함빡 웃고 있다. 봐, 이게 그 코끼리라니깐. 그렇게 말한다면 가족들은 쟤 또 소설 쓰네, 피식 웃고 말 것이다. 코끼리는 잠든 척하고 눈을 감고 있지만 나는 그가 잠든 게 아니라는 걸 안다. 빠다코코넛 같은 비스킷이나 바나나를 항시 비축해두는 걸 잊지 않는다. 언제 다시 코끼리가 올지 모르기 때문에.

아버지는 세 딸들을 훈장처럼 거느리고 여수로 내려갔다. 1996년도 일이니, 내가 스물여섯 살이었고 대학에 들어간 해다. 그날 밤 술판이 벌어졌다. 누군가는 취했고 울음을 터트렸다. 친지들 틈에 끼어서 나도 제법 술을 마셨다. 다음날 그 많은 대가족이 함께 어울려 소풍을 갔다. 봉고차를 빌려서 해안도로를 타고 한참 달렸다. 거기서 배를 탔다. 멀리, 오동도가 보였다. 뜨거운 한여름이었다. 지금은 아무도 그 섬의 이름을 기억하지 못한다. 나 역시 그때 우리가 간 섬이 어느 곳인가 암만 생각해도 떠올릴 수 없다. 하긴, 여수라는 곳은 수없이 많은 이름 없는 섬들을 품고 있는 곳이니까. 어쩌면 여수에 없는 섬일지도 모른다는 생각이 지금에서야 든다. 연숙이 고모가 음식들을 다 장만해왔다. 삼촌들과 사촌들과 고모들은 불판 앞에 모여 고기를 굽고 피조개를 구웠다. 친지들은 바다에 뛰어들어 수영을 하고 공놀이를 했다. 제 아버지들을 닮은 사촌들은 하나같이 다리가 길고 늘씬했다. 뜨거운 햇살 속에서 사촌들이 깔깔거리고 웃는다. 그 웃음소리에 놀라 나는 들고 있던 양산을 툭 떨어뜨리고 만다. 아버지가 수영하는 모습을 처음 봤다. 아버지는 물개처럼 날렵하고 유연했다. 생전 처음 보는 모습이다. 나는 그곳이 아버지의 고향이라는 걸 깜박 잊고 있었던 모양이다. 긴 항해를 마치고 돌아온 도성이 삼촌은 됫병짜리 소주를 입에 달고 있었다. 삼촌, 술 너무 많이 드시는 거 아녜요. 나는 아버지에게 하듯 싫은 소리를 했다. 아마 도성이 삼촌은 그때부터 간을 앓고 있었을 것이다. 냅둬라. 아버지가 말했다. 정작 음식을 준비해온 연숙이 고모는 좀체 뭘 먹을 틈이 없었다. 고기를 굽던 불판을 치우고 겨우내 냉동실에 꽝꽝 얼려놓았던 조개와 해산물들을 굽고 닭들을 삶아내기에도 바빴다. 숙모들은 목소리가 큰 연숙이 고모 지휘 아래 설거지를 했다. 숙모들도 됫병짜리 소주를 나눠 마셨다. 돌산 갓김치 한 통이 금방 다 동이 났다. 엄마는 소주 세 잔에 취해 자리를 깔고 누웠다. 햇살이 정말 뜨거웠다. 바다는 한없이 깊어 보였다. 삼촌들과 사촌들이 저만치서 나를 향해 손을 까닥거렸다. 나는 고개를 흔들었다. 우리 세 자매 중 수영을 할 줄 아는 사람은 아무도 없다. 태어나자마자 바다에 그냥 풍덩 던져버리더라. 연숙이 고모가 말했다. 신고 있던 양말을 벗어던졌다. 물에 들어가는 덴 용기가 필요했다. 자매들 손을 잡고 한 발 한 발 바다로 들어갔다. 셋째삼촌인 도윤이 삼촌이 기습적으로 내 등을 확 밀어버렸다. 옷 입은 그대로 바닷속으로 고꾸라졌다. 고모들과 삼촌, 사촌들의 웃음소리가 깊은 바다 밑으로까지 들려왔다. 나는 겁나지 않았다. 어쩌면 나도 연숙이 고모처럼 생래적으로 팔다리를 휘저으며 수영을 할 수 있을지도 모를 테니까. 멸치 똥만 봐도 뭘 먹었는지 아는 아버지의 딸이니까. 허겁지겁 물속을 걸어 나왔다. 내 옆으로 아버지와 세 명의 삼촌과 세 명의 고모들, 여섯 명의 사촌들이 유유히 헤엄치고 있었다. 지금은 그들 중 이미 두 사람이 죽고 없다. 남은 사람들은 자주 내 엄마에게 전화를 한다. 한 삼촌은 얼마 전부터 무릎에 물이 고이기 시작했고 다른 삼촌은 허리를 다쳐 배를 타지 못한다고 했다. 사람들이 자꾸만 죽는 게 두렵다. 장마도 싫고 폭설도 싫고 전쟁도 싫다. 이따금씩 죽은 자들의 얼굴을 다시 보고 싶을 때가 있다. 하지만 그건 더 먼 훗날에야 가능한 일일 것이다. 해가 기울었다. 소주도 떨어지고 수박도 문어도 불고기도 상추도 다 떨어졌다. 연숙이 고모 남편이 뒷정리를 도맡아 했다. 운전도 그가 했다. 사람을 개 패듯 팰 것처럼 생기지는 않았지만 약간 치켜올라간 눈이 마음에 걸렸다. 먼 길을 돌아 삼촌 집으로 몰려들 갔다. 아버지와 삼촌과 고모들은 그날 새벽까지 술을 마셨다. 누군가 싸움을 하고 울었지만 금방 또 깔깔거렸다. 집으로 돌아오는 내내 아버지는 아무 말도 하지 않았다. 팔순을 넘긴 두번째 친할머니가 돌아가신다면 그때 나는 여수에 내려가게 될까. 할머니 머리에선 다시 까만 머리카락이 속속 돋아나고 있다. 아버지는 술에 취하면 그 여름날 소풍 이야기를 꺼낸다. 그리고 아버지의 청년 시절을 다 보낸 사우디아라비아와 이란, 쿠웨이트에 관한 얘기도 한다. 아버지는 일주일에 두 번씩 우리에게 편지를 썼다. 엄마는 날마다 아버지에게 편지를 썼고 세 자매들은 엄마 성화에 못 이겨 꼬박꼬박 일주일에 한 번씩 편지를 썼다. 아빠, 우리는 다 건강하고 학교도 잘 다니고 있습니다, 공부 잘할게요, 라고 쓰고 나면 더 이상은 할 말이 없던 편지. 사막의 모래바람을 건너온 아버지의 편지 역시 마찬가지다. 엄마 말씀 잘 듣고 공부 열심히 하거라, 이 아빠는 건강하단다, 날짜만 달랐던 편지. 그렇게 십여 년을 우리 가족들이 서로 주고받았던 편지는 옥상 위, 커다란 항아리 안에 들어 있다. 김장 김치를 묻듯 항아리 안에 비닐을 한 겹 씌워 편지들을 넣곤 밀봉했다. 아버지가 한 일이다. 그 항아리를 나는 지금껏 한번도 열어보지 않았다. 훗날 아버지가 돌아가고 난 뒤엔 그 편지들을 어떻게 해야 할까, 벌써부터 나는 걱정이다. 날마다 집을 갖고 날마다 집을 잃고 있긴 하지만 다행히 아직 크게 달라진 건 없다. 아침이면 아버지는 계단에 떨어진 조간신문을 챙겨오고 엄마는 구두를 닦고 자매들은 출근한다. 게발선인장 꽃이 피었는데 아무도 관심을 갖지 않는다고 아버지는 내가 듣지 않는 데서 서운해하고 엄마는 우리들에게 눈치를 준다. 엄마는 내 옥탑방에 올라오지 않는다. 전화가 걸려오면 수화기를 방문 앞에 내려놓고 도로 계단을 내려간다. 관절을 앓는 엄마가 언제까지 저 계단을 오르내릴 수 있을까. 책을 읽거나 글을 쓰다가도 나는 자주 아래층에 내려간다. 자매들 중 누군가 빨리 결혼하여 이 집을 떠나주었으면 좋겠다. 방이 비면 안방에 있던 짐들도 그리로 옮기고 마루에 소파도 놓을 수 있을 텐데. 그러나 나는 자매들 중 내가 가장 마지막까지 이 집에 남아 있을까봐 두렵기도 하다. 아버지는 여전히 옥탑방이 무너질까 가슴을 떨고 나는 딸들의 짐들과 책들로 잠식당한 안방이 걱정된다. 나는 세상에서 가장 행복한 사람은 아니지만 가장 불행한 사람도 아니다. 마음 상한 일이 있거나 자존심이 상할 땐 한 시간이고 두 시간이고 식탁에 앉아 멸치를 다듬는다. 멸치가 없으면 땅콩 껍질이라도 깐다. 가끔은 이쁜 옷을 차려입고 이탈리안 레스토랑에 가서 파스타를 먹고 와인을 마시기도 한다. 엄마는 지금도 사람은 부족한 대로 만족하는 법을 배워야 한다고 말씀하신다. 나는 이제 그 말이 무슨 뜻인지 안다. 시간이 너무 많이 걸리긴 했지만 말이다. 나는 아직 이 집에 살고 있다. 가장 행복했던 순간과 가장 불행했던 순간이 남아 있는 집이다. 옥탑방은 따뜻하다. 지금은 겨울이니까. 아래층 식탁에 숟가락 올려놓는 소리가 들린다. 밥 먹자! 엄마가 내 방을 향해 크게 소리친다. 나는 얼른 넷, 대답하곤 쿵쾅쿵쾅 계단을 뛰어내려간다.

그가 전화를 해주었으면, 하고 기다릴 때가 있다. 나의 코끼리 이야기를 이해해주고 귀 기울이는 사람은 그밖에 없으니까. 나는 수화기를 붙잡고 코끼리 얘기만 갖고도 한 시간쯤은 수다를 떨 수 있다. 이제 나는 더 이상 사진을 찍지 않는다. 그래도 보이는 게 있다. 이따금씩 집이 꿈틀, 움직일 때가 있다. 그러면 나는 아, 코끼리가 왔구나, 짐짓 생각하는 것이다.

P

백 가 흠

1974년 전북 익산에서 태어났다. 2001년 서울신문 신춘문예에 단편 「괄어」가 당선되며 등단. 소설집 「귀뚜라미가 온다」 「조대리의 트렁크」가 있다.

작가를 말한다

그가 아버님 명의의 흰색 아반떼를 몰고 다니기 시작한 다음부턴 사태가 더 심각해졌다. 가히 문단의 '백대리'로 불릴 만큼, 많은 문인들이 그의 차를 이용했다. 그의 차를 이용해 삼천포도 가고, 남해도 가고, 광주도 갔다. 원주 토지문화관까지는 셔틀버스마냥 정기운행을 하고 있다. 길을 가다 경치 좋은 해변이라도 만나면 백대리의 트렁크에서 커다란 우산과 돗자리를 꺼내, 그 자리에서 소주를 마시기도 한다. 백대리의 아반떼를 서너 번 몰아본 경험이 있는 필자는, 자동차에서도 주인과 비슷한 증상을 발견했는데, 이는 위에서 말한 피로, 전신쇠약감, 복통 같은 것들이다. 엔진에선 가끔 귀뚜라미 소리 같은 것이 나기도 했다. 이기호(소설가)

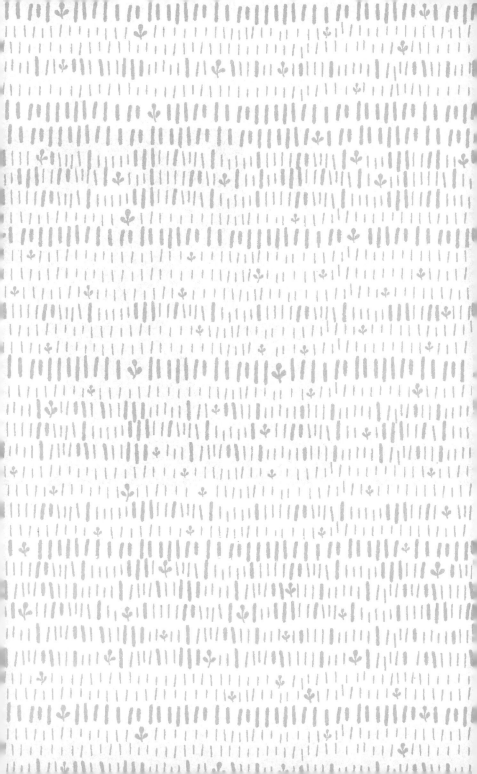

수화기 너머 상대방은 다짜고짜 자기를 기억하냐고 물어왔다. 피피는 막 간판의 불을 끄고 살림집으로 돌아가려던 참이었다. 그녀는 상대방의 물음에는 대답하지 않고 짤막하게 "솔숲펜션입니다"하고 말했다. 피피는 상대방이 말하기 전 길게 한숨을 내쉴 때 그가 P일지도 모른다고 생각했다. 그러니까 솔숲펜션 너, 날 기억하냐고. 남자는 재차 물었지만 피피는 아무 대답도 할 수 없었다.

피피가 처음 한밤중에 남자의 전화를 받은 것은 일주일 전이었다. 그 일주일 동안 피피는 지나온 날들보다 더 고독하고 쓸쓸했다. 그사이 펜션에 투숙한 손님이라곤 늙은 부모를 모시고 찾아온 어느 가족뿐이었다. 그 대가족은 인터넷으로 예약한 이틀을 다 채우지 못했다. 미리 입금한 이틀치 숙박요금에서 하루치를 돌려달라고 떼를 썼다. 정말 이곳에서는 할 게 아무것도 없다구요. 그러게 잘 알아보고 오셨어야죠. 피피도 아직 새색시 티를 벗지 못한 여자에게 지지 않고 대답했다. 아이는 무서워서 밖에 나가기를 꺼려하고 부모님들도 을씨년스럽다고 거동도 안하시구. 피피는 여자와의 말다툼이 귀찮아져서 하루 숙박요금의 반을 젊은 엄마에게 건넸다. 그녀도 이 동네가 얼마나 을씨년스러운지를 잘 알고 있었다. 아줌마, 이건 사기라구요. 홈페이지 사진도 실제랑은 너무 다르고. 이 동네가 이렇게 변한 게 제 탓이 아니잖아요. 제가 당신들을 부른 것도 아닌데 왜 저한테 그러세요. 일 년 동안 계획한 가족여행이 엉망이 됐다구요. 다시 오지 않으면 되잖아요. 피피가 작은 체구를 꼿꼿이 세웠다. 빨간 장화를 신은 여자아이가 젊은 엄마의 바짓자락을 잡고 늘어졌다. 나이 많은 노부부와 나이에 맞지 않게 머리를 가지런하게 빗어넘긴 남편이 짐을 든 채로 여자의 뒤편에 어정쩡하게 서 있었다. 남편이 다가와 아이를 엄마에게서 떼어내려고 했지만 아이는 피피를 올려다보며 더욱 꼭 엄마의 바짓자락을 움켜쥐었다. 피피는 아이와 눈이 마주치자 애써 외면했다. 택시비라도 더 빼주세요. 피피가 신경질적으로 만 원짜리 지폐 한 장을 내밀었다. 가족들은 서둘러 솔숲펜션을 빠져나갔다.

제가 왜 당신을 도와야 하는 거죠? 수화기 너머 P는 대답 없이 숨만 거칠게 내쉬었다. 술냄새가 수화기를 타고 피피에게 전해지는 것 같았다. 그런데 넌 왜 아직도 그곳을 떠나지 않은 거니? 그건 내가 바라는 대답이 아니잖아요. 말해보세요. 내가 왜 당신의 기억을 도와야 하는 건지. 그건…… 너에게도 나에게도 서로가 잃어버린 기억의 책임이 있기 때문이야. 너나 나나 어쨌든 함께했던 시간들이니까. 피피는 작은 몸을 더욱 작고 둥글게 움츠렸다. 여전히, 당신은 충분히 이기적이군요. 그녀는 한참 만에 들릴락 말락 한 작은 소리로 겨우 말했다. 흐허허. 아직 날 다 잊은 건 아니었군.

솔숲펜션은 솔숲에 있지 않았다. 드문드문 인공호수를 둘러싸고 있는 여러 펜션들 중의 하나였다. 서둘러 댐을 만들기 위해 수몰 위기에 몰린 주민들을 달래느라 급조된 마을의 일부였다. 마을은 온전히 호수뿐이었다. 중요한 상수원 보호구역이라 호수 위에 오리배를 띄울 수도 없었고, 물가를 따라 근사한 산책로가 나 있는 것도 아니었다. 그렇다고 소문난 맛집이 몰려 있는 것도 아니었다. 기분 좋은 주말, 사람들이 호수 주변으로 흘러들어올 이유가 없었다. 마을은 생성되자마자 급격하게 쇠락하기 시작했다. 준공도 덜 된 채 버려지는 집들이 늘어났다. 개발 제한이 많은 이곳에 펜션 건축이 시도된 것 자체가 이해하기 힘든 일이었는데, 거기에는 그만한 이유가 있었다. 호수마을의 한가운데에는 둘째가라면 서러워할 만한 굵직한 건설회사의 K콘도가 버젓이 버려져 있었다. 각종 로비로 탄생된 거대한 K콘도 개발붐을 타고 펜션업자며 수몰된 동네 주민들이 앞다투어 펜션을 지어대기 시작했다. 자금이 탄탄하다던 우리나라 굴지의 K콘도는 비리가 폭로되어 개장 삼 년 만에 문을 닫고 방치 상태에 놓여졌다. 규제가 완화되면 다시 문을 연다는 소문이 있지만 그럴 가능성은 희박해 보였다. 피피는 그렇게 버려진 펜션에, 모두가 떠나고 빈 마을에 홀로 남았다. 이제 마을로 들어온 지 십 년이 다 되어갔다. 그러니까 그 많은 콘도와 펜션들이 버려진 지도 십 년이 되어간다는 말이었는데, 그 황량하고 시체 같은 건물들은 이제 온전히 하나의 풍경으로 녹아 있었다.

그런데 이제 와서 잃어버린 기억을 찾아서 뭐 하려고요? 음, 그게 자전소설을 하나 써야 하는데, 헷갈려. 결국 그거군요, 소설. 그래서 언제나 그랬듯이 내가 필요한 거군요. ……이제 날 그만 팔아먹을 때도 되지 않았어요? 피피의 목소리에서 냉정함이 묻어났다. 남자는 우물쭈물 한동안 말이 없었다. ……그냥, 보고 싶어 전화했어. 피피는 꺼놓았던 간판의 전원 스위치를 다시 올렸다. 군데 군데 어둠 속에 숨어 있던 버려진 펜션들이 일제히 솔숲펜션으로 시선을 돌리는 것 같았다. 실은 우영에게 전화했었어. 호재 동생 우영 말야. 피피는 이제 그만 전화를 끊고 싶어졌다. 언제나 그랬던 것처럼 무례하고 이기적인 P에게 화가 나기 시작했다.

호재는 북알프스인가 하는 산으로 원정등반을 갔다가 눈사태를 만나 왼쪽 무릎을 다쳐서 돌아왔다. 다행히 목숨을 잃은 사람은 없었으나 호재가 원정대 중 가장 큰 부상을, 같이 등반에 나섰던 피피는 골반이 깨지는 중상을 입었다. 넌 군대 안 가서 좋겠고, 너는 애기를 낳지 않아도 되니 좋겠다. 생각 없이 던진 말에 호재는 화가 났는지 처박아두었던 구식 가방을 P를 향해 던졌다. 한쪽 구석에 누워 있던 피피는 벽을 보고 돌아누웠다. 말이라는 것이, 해야 될 말이 있고 참아야 될 말이 있고 걸러서 사실대로 말하지 말아야 될 말이 있음에도, P는 모든 것을 사실대로, 생각나는 대로 시부렁거렸다. 분명 자신이 생각 없이 뱉은 말로 난처한 상황에 직면했음에도 P는 사과를 하는 데에도 인색했다. P의 내면에 화는 언제든지 넘치도록 준비되어 있었으므로 한번 한 실수를 슬기롭게 넘기기란 어려운 일이었다. 오히려 무안해서 더욱더 화를 내기 일쑤였다.

뭐 말이야 바른 말이지, 그 먼 델 뭐 하러 가가지고. 히말라야도 아니고 케이투도 아닌, 아무도 알아주지 않는 그 산을 뭐 하러 오르냔 말이야. 호재는 욱했던 감정이 오히려 잦아드는 듯싶었지만 P는 말하면 할수록 아무것도 아닌 일에 화가 나기 시작해서 더욱 말이 거칠어졌다. 북알프스라고 해서 스위스에만 있는 게 아냐. 무식한 놈. ……그럼, 어딨는데? 북알프스, 알프스의 북쪽에 있는 거 아냐? 일본. ……일본? P는 말문이 막혀서 멍하니 호재만 바라보았다. 호재는 조금 전에 던졌던 자신의 구식 가방을 천천히 집어 들어 한쪽 구석에 다시 던져놓았다. 그게 왜 거기에 있어, 인마. 그럼 어디에 있어야 하는데? 피피가 조용히 벽을 향해 한숨을 내쉬자 둘은 말을 멈추고 벽 쪽으로 돌아누운 피피를 잠시 쳐다보았다. 알프스지, 당연히. 북알프스는 알프스에 있어야 되는 게 맞지. 그럼 너 일본 갔다 온 거야? 일본 사람들이 조난당한 널 헬기로 구해준 거야? 그만 하고 이제 학교로 돌아가는 게 어때요? 벌써 며칠째야…… 피피가 조용히 벽을 향해 얘기했다. 헬기 한번 타봤으면 좋겠네, 나도…… 피피 말대로 그만 하고 이제 돌아가는 게 어때? 너 좋아하는 운동을 하든 소설을 쓰든. 호재가 짐짓 어른스럽게 말했지만 P는 계속 북알프스를 생각하는 듯 딴청이었다. P도 처음엔 며칠만 지내다 갈 생각이었지만 딱히 어디로 가야 할지를 정하지 못했고, 학교로는 안 돌아가겠다고 큰소리쳤으니 스물넷의 P는 그저 막막하기만 했다. 해서 별수 없이 무작정 호재와 피피의 단칸방에 얹혀 있었다. 그러게 휴학을 하지. 등록금 내고 학교를 안 나가는 건 또 뭐냐. 학사경고를 면하자는 게 아니라 부모님을 생각해봐. 니네 집이 무슨 갑부도 아니고. 다 사정이 있어서 그래. 니가 뭘 알겠어. 사정? 그 알량한 운동 한답시고? 저런 책 들고 다닌다고, 그게, 어디서 본 것은 있어가지고…… 그만들 좀 해. 피피가 소리치자 호재는 마지막으로 하려던 말을 멈추었다. 하지만 이미 할 말은 다 한 후였다. 예전 같았으면 P도 호기 좋게 자존심을 내세우며 짐을 쌌겠지만 이젠 정말 돌아갈 곳이 없었다. 학교로 돌아가지 않을 거면 군대를 가든가. 아님 일을 하든가. 당신이 더 짜증나. 그만 좀하라구. 피피가 돌아보지도 않고 벽을 향해 소리쳤다.

피피는 말없이 전화를 끊어버렸다. 간판의 전원 스위치를 다시 내렸다. 달도 뜨지 않아 완전한 암흑이 호수 주변에 내려앉았다. 곧바로 전화벨이 다시 울렸지만 피피는 수화기를 들지 않았다. 어둠 속에서 계속 울어대는 전화기만 넋을 놓고 바라보았다. 당신은 변한 게 하나도 없어서 좋겠어. 피피가 전화기에 대고 힘없이 말했다.

첫번째 전화 이후 P는 일주일 동안 매일 밤, 같은 시간에 전화를 걸어왔다. 대부분 하루 종일 손님을 기다리다 지쳐 하루를 정리하는 때였다. 이제 작업을 시작하려고 책상에 앉았어. P는 인사나 안부의 말도 없이 다짜고짜 본론부터 말했다. 시간 되면 내려가서 얼굴이라도 보고 싶은데, 이미 마감일을 넘겨서 말이야. 피피가 아무런 동조 없이 가만히 수화기를 들고 있자면 P는 거만하게 엄살을 떨었다. 엄살이 아니야. 단편 하나를 쓰는데도 아직도 적응이 안 된다구. 죽을 맛이야, 정말. 등단 몇 년째인데 단편 하나에 쩔쩔매는 꼴이라니. 당신도 소설 써봤으니까 잘 알 거 아냐. P는 처음 전화를 걸어왔을 땐 기억의 복원 운운하며 거창한 화두 같은 것을 던져놓더니, 이후에는 전화 건 이유를 잊었는지 시시콜콜한 잡담만 길게 늘어놓았다. 피피는 가만히 그가 하는 말을 듣고 있을 뿐이었다. 가만 듣고 있다가 이따금 질문을 하는 정도였다. 애초에 잃어버린 기억 같은 것은 있지도 않았다. 그건 말하자면 과거에 대해 일종의 동의를 구하는 것이었다. 원래 작가라는 게 그런 사람 아니겠어? 남의 기억과 과거 같은 것도 내 것으로 가져오는 것. 쓰지 못할 일이라는 것은 없는 거야, 결국은. 당신의 글 때문에 상처받는 사람들을 떠올려봐요. 당신 소설 안에 당신의 얘기나 당신이 없는 것도 그것 때문 아닌가요? ……그건 아니야. 내 얘기보다도 훨씬 중요한 이야깃거리가 있어서야. 거짓말 말아요. 낭만적인 조작 같은 건 우리 사이에 필요 없지 않아요? ……낭만적 조작. 난 지금 그게 필요해. 그런데 장사는 잘돼? 여전히 말 돌리는 데는 선수군요.

어쩌다가 P가 호재와 피피를 따라 이상한 버섯마을로 흘러들어가게 된 것은 95년 가을쯤이었다. 스물넷이나 스물다섯. 기억은 언제나 편리한 것들만 남겨둔다. 불편한 기억들은 굳이 애를 쓰지 않아도 자연스럽게 잊히거나 왜곡되어 쌓인다. 시간이 흐르면 어떤 현상이나 상황이 자신의 기억인지, 다른 사람의 이야기였는지도 헷갈리게 된다. 그러니까 95년 가을에 P가 이상한 버섯마을에 있었는지, 아니면 친구 중 하나가 그 마을에 있었는지, 혹은 같이 있었던 것인지 확실치 않았다. 분명 그해 P는 산속에 있는 놀이공원에도 있었고, 가을이라면 호수로 둘러싸인 도시에도 있었고, 신도시 개발지구의 철거싸움 현장에도, 이상한 버섯마을에도 있었다. 아니, 그렇게 기억했다. 그것이 P가 피피에게 십 년 만에 전화를 건 중요한 이유였다. P는 그 기억을 피피에게 확인받고 싶었지만 피피는 그가 하는 말을 가만히 듣기만 할 뿐 별다른 말이 없었다.

  이제야 작가가 돼가는 것 같군요. 농담이 아니야, 나 정말 힘들다구. 결혼도 못하고 이렇게 혼자 사는 것도 힘들구. 소설 그만 쓸까 해. 양해 없이 남의 얘기를 훔쳐다 쓴 글이 얼마나 진실성이 있었겠어요. 이제야 철이 드는 모양이군요. 그런 적 없어. 모함하지 마. P는 길게 한숨을 쉬었다. 결국 당신은 그것 때문에 제게 전화한 거잖아요. 훔친 글들에서 자유로울 수 없었겠죠. 무슨 소리야, 그건 차원이 다른 얘기라구. P는 흥분했는지 숨을 거칠게 몰아쉬었다. 이야기를 가로챈 적은 있지만 글을 훔친 적은 없어. 거짓말 말아요. 잘 생각해봐요. 기억해보라구요. 그렇다고 해도 너무 오래전 일이야. 기억할 수 없다구. 얼마 안 되는 시간이에요. 기껏해야 십오 년밖에 안 되는 시간을 잃어버렸다는 것은 변명이고 솔직하지 못한 거예요.

　P는 그 무렵 일종의 허상에 사로잡혀 있었다. 실재와 허구의 중간쯤 되는, 있음 직하지만 찾을 수 없고, 있을 것 같기도 하지만 존재하지 않는 현상에 젊음을 바치려 했다. 그것은 정말이지 너무나도 애매모호한 것들이라서 사람들은 이해할 수도 없고 알지도 못하는 것이었다. 결국 사람들은 P를 그냥 한량쯤으로, 백수쯤으로 인식해버리곤 했다. P는 어찌어찌해서 한 벽돌공장에서 일어난 싸움에 휘말리게 되었다. 그것이 그가 철 지난 사회과학 서적을 경전처럼 싸들고 다니게 된 계기이기도 했다.

　모든 게 느릿느릿 지나가는 나른한 봄날 오후, 잔디밭에 누워 소주를 홀짝거리던 그가 한 선배를 따라나선 이유는 단지 돈을 준다는 얘기에 솔깃해서였다. 넌 이제 혁명에 동참하게 된 거라구. 그러니 자긍심을 가져. 앞서 걷던 선배가 P에게 비장하게 말했지만 P는 술에 취해 자꾸 다리가 풀리기만 했다. 선배, 저는 돈이 필요해요. 그뿐이라구요. P가 혁명군의 일원이 되어 처음 부여받은 임무는 붕어빵을 파는 일이었다. 이른 새벽 P는 붕어빵 리어카를 밀고 선배가 일러준 곳으로 갔다. 붕어빵 반죽은 원래 리어카의 주인이 해주었는데, 매상이 평소보다 떨어지지만 않으면 한 학기 등록금을 주겠다고 했다. 그런데 선배, 저 아줌마는 왜 붕어빵을 팔 시간이 없는 거죠? 그보다는 더 큰 일을 해야 하기 때문이지. 재벌과의 한판을 준비 중이야. P는 군말 없이 붕어빵을 팔기 시작했다. 따분한 일상이었지만 다행스럽게 근처 다방에서 일하는 배달 아가씨와 안면을 터서 가끔 농담도 주고받게 되었다. 그녀에게는 언제나 어묵국물 무료 무한정 리필서비스를 제공했다. 그녀가 서서 어묵국물을 홀짝일 때면 P는 참고 참았던 용변을 보러 화장실에 다녀왔다. 성희라는 그 아가씨는 전북 임실이 고향이라고 했는데 마침 P의 고향도 그 근처여서 둘은 쉽게 말을 섞을 수 있게 되었다. 데이트라도 한번 하고 싶었지만 임실 아가씨는 쉬는 날도 정해져 있지 않았고 일이 끝난 후에도 마음대로 돌아다닐 수 없는 처지였다. P는 자랑 삼아 잘 나가지도 않는 학교 얘기를 과장해서 말했다. 왠지 그래야만 계급적인 우월감을 자각할 수 있을 것 같았지만, 아가씨는 그런 것에는 일말의 관심도 없었다. 그녀의 관심은 오로지 서태지뿐이었다. 빌어먹을 서태지. P가 부러 그렇게 말하면 성희는 금방 토라져서 가던 길을 가버렸다. 어쨌든 P에게도 중요한 일과가 생겨서 그저 기분 좋을 따름이었다.

그러나 며칠 후 성희와의 놀이가 제법 본격적으로 무르익을 무렵 크나큰 시련이 엄습해왔다. 이제는 붕어판을 능숙하게 뒤집을 수 있을 정도가 된 어느 날, 아는 사람만 아는 전대미문의 사건이 벌어졌다. 그러니까 붕어빵 반죽을 아침마다 해주던 아주머니가 텔레비전 뉴스에 토막기사로 등장한 것이다. 뉴스 화면에서 붕어빵 아주머니는 이제 세 돌이 지난 늦둥이를 안은 채 경부고속도로 상행선을 막고 누워 있었다. 물론 혼자는 아니었다. 동네 사람들과 같이 직접 제작한 현수막을 들고 약 십 분간 고속도로 상행선을 막은 사건으로 아주머니는 철창 신세를 지게 되고 말았다. 반죽을 구할 수 없으니 장사도 할 수 없었다. 연애를 시작도 못해본 성희와는 영영 이별이었다. 대책회의를 시작하자마자 그는 눈치 없이 말했다. 지금까지 일한 돈은 주겠죠? 이런 반동. 반동은 P가 가장 무서워하는 말이었다. 선배들이 가하는 가장 큰 욕이었기 때문이었다. 약속한 거니까 줘야지. 붕어빵 아주머니의 남편이 다 죽어가는 목소리로 말했을 때 P는 고마워서 눈물이 그득 고일 정도였다. 그런데 왜 남자들은 하나도 없고 여자들만 그 무서운 고속도로에 누운 거예요? 막걸리 안주로 내어놓은 두부김치를 우물거리며 P가 물었다. 아무도 대답하는 사람이 없어 P는 재차 물었지만 역시 아무 대답이 없었다. 배가 무척 고팠던 P는 막걸리와 두부김치를 우물거리다가 자신이 던졌던 질문도 잊어버렸다. 그러나 P가 던진 질문이 씨가 되어 큰 싸움이 벌어지고 말았다. 순식간에 P가 좋아하는 두부김치가 엎어지고 밟혔다. 왜 나보고만 그러는겨? 너도 똑같이 겁나서 못 누웠잖아. 원래 니가 일번 내가 이번 아니야. 니가 안 나가니까 내가 못 나간 거지. 이런 반동을 봤나. 붕어빵 아주머니의 남편과 포장마차 아저씨가 서로 멱살을 잡고 발을 치켜올렸다. 반동이란 욕은 그 파급력이 대단해 보였다. 마을 사람들에게도 순식간에 쉽고 널리 쓰이게 된 것이 P는 신기하게만 생각됐다.

원래 남자들은 하행선을 막고 여자들은 상행선을 막기로 계획했었는데, 남자들은 겁이 나서 도로에 나오지 못하고 경찰이 나서자 자기 아내들을 내팽개쳐두고 줄행랑을 놓은 모양이었다. 벽돌공장 마을에서 모두 일곱 명의 아주머니들이 잡혀들어갔다.

어쩌면 잘된 일일지 몰라요. 뉴스까지 타게 됐으니. 그러지들 마시고 이제 다음 대책을 마련해야지요. 좀 앉으세요, 일단. P를 이끌었던 선배가 점잖게 말하자 금세 싸움은 시들해져버렸다. 동지들끼리 멱살잡이하시면 안 됩니다. 우리에게는 감히 대적조차 힘든 싸움이 기다리고 있습니다. 똘똘 뭉쳐야 합니다. 아버지뻘은 되어 보이는 아저씨들에게 말하는 선배의 기품과 카리스마에 P는 완전히 녹아들어 그를 존경하게 되었다. 아르바이트비 같은 것은 새까맣게 잊고 P는 벽돌공장철거비상대책위원회의 일원으로 활동하게 되었다. 그의 직함은 벽돌공장철거비상대책위원회 야간경계위원장이었다. 경계보다는 경비가 낫지 않아요? 이건 전쟁이라구. P는 아무 생각 없이 말했다가 선배의 매서운 눈빛만 되돌려받았다.

호재 일은 순전히 놈의 개인적인 일이었다구. 개인적인 일? 피피는 한동안 누그러뜨렸던 분노가 되살아나는 것을 느꼈다. 피피는 아랫입술을 깨물었다. 당신의 개인적인 일이었겠죠. 당신의 개인적인 일이 우리 모두를 어떻게 만들었는지 한번 돌아봐요. 당신 소설은 거기에서부터 출발했어야 해요. 하지만 당신은 용감하지 못했어요. 아니야, 나는 내 소설에 진실했어. 자신에게조차, 과거에조차 진실하지 못한 사람이 소설에는 진실했다구요? 소설의 이름으로 자신을 정당화시키지 마세요. P는 아무 대답이 없었다. 피피는 자기가 너무 쏘아붙인 게 아닌지 살짝 미안한 마음이 들었다. 생각해보면 모든 것이 P의 책임만도 아닌 것 같았다. 피피는 자신이 간직하고 있는 죄책감을 덜어버리고 싶었는지도 몰랐다. 호재가 사라진 것은 어쩜 P의 말대로 그의 개인적인 일일지도 모른다는 생각도 들었다. 차라리 그런 것이라면 좋겠다고 피피는 생각했다. 자신이 지고 가야 될 책임을 이제는 벗고 싶은 마음이 간절한 것도 사실이었다.

울어요? 수화기 너머로 P가 훌쩍이는 소리가 났다. 피피는 P의 반응에 오히려 조금 안심이 되었다. 그것은 피피의 말을 순응하고 받아들인다는 의미이기도 했으니까. 내가 왜? 연시를 먹고 있어. 이제 나도 나이가 드나봐. 예전에는 손도 안 대던 것들이 맛있어지는 걸 보면. 피피는 가만히 수화기를 내려놓고 전화기를 째려보았다. 어떻게 보면 P는 넉살과 뻔뻔함으로 상대방을 어이없게 만드는 장악력이 있었다.

구인광고 전단지를 들고 온 사람은 호재였다. 호재와 피피는 병원비를 대느라 두 학기 등록금을 이미 까먹은 후여서, 셋은 거의 굶다시피 하고 있었다. 하루에 한 끼 라면으로 대충 때우는 게 다반사였다. 호재의 수술받은 왼쪽 다리는 정상으로 돌아오기 힘들어 보였고, 피피는 전만 못하지만 활동하는 데 큰 무리는 없었다. 우리가 원하던 곳을 찾았어. 지금 내가 전화해보고 오는 길이라구. P는 한구석에서 책을 베고 낮잠을 자고 있었다. 피피가 다가와 전단지 위에 사인펜으로 동그라미 쳐놓은 부분을 유심히 들여다보았다. 일어나봐, 좀. 호재가 흔들어 깨우자 P는 귀찮다는 듯이 겨우 일어나 앉았다. 무슨 일인데 그래. 김일성이라도 죽었다니? 일자리를 구할 수 있을 것 같아. 그 다리로 무슨 일을 한다 그래. P가

도로 책을 끌어당겨 베고 누웠다. 당신이 사지가 제일 멀쩡하잖아. 우리 몫까지 해결하라고 하진 않을 테니까 당신 자신만이라도 좀 책임져줬으면 해. 호재가 참으라는 듯 피피의 손을 가만히 잡았다. P는 벽을 보고 돌아누웠다. 다 갚으면 되잖아. 조금만 기다리라구. P의 뒷모습을 쏘아보는 피피를 호재가 가만히 달랬다.

버섯마을은 깊은 산속에 있었다. 차 한 대가 겨우 지나다닐 만한 임시 도로를 따라 두 시간을 걸어 올라가야 했다. 절룩이는 호재가 점점 뒤로 처졌다. 마음같이 되지 않아 호재는 신경이 날카롭게 서 있었다. 처음으로 이제 자신이 장애인이 된 것을 인정해야만 하는 기회였으나 그는 잘 받아들일 수 없었다. P는 거리가 벌어지면 그늘에 철퍼덕 앉아서 피피와 호재를 기다렸다. 이거라도 들어주면 안 돼요? 피피는 호재를 부축하며 짐도 도맡아 지느라 많이 힘들어 보였다. P가 한마디 깐죽거리려다가 참았다. 자신을 쳐다보는 피피와 호재의 눈빛이 예사롭지 않았다. 여기 던져놓으라구. 들고 올라갈 테니. 그러게 뭐 하자고 이 먼 곳까지 오자고 해서는…… 피피가 P에게 메고 있던 가방 하나를 신경질적으로 던졌다.

버섯마을에서의 채용 조건은 아무것도 없었다. 셋은 바로 일을 시작해야만 했다. 언제나 일손이 부족하다면서 머리에서 쉰내가 지독하게 나는 아저씨가 손을 재촉했다. 여기에 한국 사람은 이제 다섯밖에 없어. 당신들 셋과 사장, 그리고 나. 나머지는 동남아 애들이야. 불법이니까 비밀로 해야 한다구. 셋은 숙소라고 정해준 비닐하우스 가건물에 짐을 던져놓고 밖으로 나왔다. 지금이 가장 바뽑 때라구. 한낮 말이야.

난 지금도 그때를 생각하며 버섯은 안 먹는다구. 꼭 괴물을 먹는 기분이 들거든. 당신 아직도 내가 감 먹은 것 때문에 삐쳐서 그러는 거야? 그건 정말이지 애들 같잖아. 됐어요, 이제 전화 좀 그만 했으면 좋겠어요. 부탁할게요. P와의 전화통화 때문에 평온했던 피피의 일상은 깨졌다. 전화를 끊고 난 밤에는 호재가 사라진 것에 대해 자책하느라 불면에 시달렸고, 아침이면 혹 돌아오지 않을까 그를 기다렸다. 정말이지 느닷없는 변화였다. 당신 때문에 내 일상이 깨졌다구요. 원래 일상이라는 게 그런 거라구. 평온하지 않은 그 상태. 당신이 너무 조용한 곳에 오래 있어서 그래. 이제 호재의 죽음을 인정해야 하지 않겠어? 당신이 거부한다고 죽은 호재가 다시 살아날 수는 없는 거잖아. 죽음? 당신은 정말 잔인한 사람이에요. 전화 끊어요. 피피가 던지듯 수화기를 내려놓았다.

버섯농장은 거대한 비닐하우스 세 개 동으로 이루어져 있었다. 그것은 벽돌공장 사람들이 짓고 살던 집과 비슷했다. 물론 크기는 차이가 많이 났지만 비닐하우스에 두꺼운 부직포를 덧대어 바람을 막은 것이 똑같았다. 왠지 익숙한 풍경이야. P가 혼잣말로 중얼거렸다. 그러니까 우리가 하게 될 일이라는 것은 너무나 단순하면서 신기한 경험이 될 거라는 거지. 자라난 버섯을 따서 박스에 넣기만 하면 된다는 거야. 너무도 간단하고 신나는 일이지 않아? 피피는 올라온 길이 힘들었는지 영 기력이 없어 그늘에 앉아 연신 손부채질을 하고 있었다. 비닐하우스촌에는 언제나 불운이 깃든다구.

P가 시니컬하게 말을 내뱉었을 때도 피피는 하우스 너머 먼 곳을 멍하니 쳐다보기만 했다. 자 이제 우리 작업장으로 일하러 가자구. 왠지 모르게 기대되는걸. 호재가 앞장서 걷기 시작하자 피피는 마지못해 겨우 따라 일어섰다.

정말이지 장관인걸. 호재는 뭐가 그리 신이 났는지 연신 감탄사를 뱉어냈다. 마치 무슨 꽃 같아, 정말. 셋은 비닐하우스 안의 풍경에 넋이 나갈 정도였다. 길이 십여 미터, 둘레 오십 센티미터쯤 돼 보이는 참나무 고목들이 줄지어 누워 있었고, 나무 몸통 곳곳에 버섯이 피어 있었다. 비닐하우스 안은 참나무 고목 향기로 질식할 것만 같았다. 그것은 꼭 버섯에서 나는 향기 같았다. 대단한 놈들이지. 보기 전에는 모른다구. 어디선가 쉰내가 심하게 나던 대머리 아저씨가 나타나서 불쑥 말을 꺼냈다. 그러게요, 생각보다 멋진데요. 호재는 흥분이 가라앉지 않는지 쭈그려앉아 막 올라오기 시작한 어린 버섯을 유심히 들여다보았다. 하루만 있어보라구, 저놈들이 무서워질 테니까. 대머리 아저씨가 졸린 듯 눈을 비비며 말했다. 피피는 멀찍이 서서 별 관심을 보이지 않았다. 피피는 호재를 따라나서기는 했지만 영 마음이 편치 않았다. 내가 말했던가? 버섯을 따내고 여섯 시간 후면 그 자리에 새 버섯이 다시 돋아나. 대머리 아저씨가 민들민들한 정수리를 긁으며 말했다. 너희들이 할 일은 그거야. 하루에 네 번 버섯을 따는 일. 틈틈이 시간 날 때마다 자두는 게 좋을 거야. 뭐 일에 적응되기 시작하면 이런 충고도 필요 없겠지만 말야. 셋은 놀라운 진실을 안 것처럼 눈을 동그랗게 뜨고 대머리 아저씨를 쳐다보았다. 하루에 네 번? P가 영문을 모르겠다는 듯이 되물었다. 뭐 간단해. 하루가 여섯 시간이라고 생각하면 편하다구. 버섯이 나무에 붙어 사는 생이 우리에게 하루라고 생각하면 간단한 일이지 뭐. 이제 두 시간 후면 버섯을 딸 시간이니 좀 쉬는 게 좋을 거야. P와 피피는 호재의 눈치를 살폈지만 호재는 호기심 가득한 얼굴로 막 돋아나는 버섯들을 보며 빙긋이 웃음 지었다.

버섯농장에 가는 게 아니었어. 거기에서부터 어긋나기 시작한 거라구. 아니 그전에 벽돌공장에도 가지 말아야 했어. 모두 당신이 선택한 거잖아요. 당신은 핑계와 변명이 너무 많아요. 그건 당신도 마찬가지야. P가 피피의 말을 잘랐다. 난 적어도 나 자신을 책임지려고 노력해요. 그래서 이곳에서 그를 기다리는 거라구요. 당신과는 달라요. 나도 내 사랑에는 책임질 줄 아는 사람이야. 피피가 뭔가 생각났다는 듯 간판 스위치를 내렸다. 손님은 일주일째 한 사람도 없었다. 당신이 사랑했던 여자들을 떠올려봐요. 언제나 당신은, 아니 당신을 가장한 인물은 사랑의 피해자로 나오잖아요. 모두 변명뿐이잖아요. 그건 단지 소설일 뿐이야. 내 얘기가 아니라구. P가 길게 한숨을 내쉬었다. 거짓말하지 말아요. 사랑한 이유도, 헤어진 이유도 언제나 여자 때문이었다고 주절주절, 그중에는 누구인지 짐작되는 몇몇도 있었다구요. 당신이 나에 대해서 뭘 안다고 그래. P가 낮은 목소리로 힘주어 말했다. 그것 때문에 제게 전화하기 시작한 거 아니었어요? 기억나지 않는 것을 말해주는 것, 그게 내가 할 일이었잖아요. P는 한동안 아무 말이 없었다. 뭐예요, 또 홍시라도 먹고 있어요? 아니, 쓸 소설의 뭘 좀 생각하고 있었어.

벽돌공장 사람들이 비닐하우스집을 버리고 십여 미터 높이의 망루로 올라가서 살기 시작한 지 이틀 만에 비닐하우스촌에 원인 모를 큰불이 났다. 소방차가 불이 난 지 십 분 만에 출동했으나 어이없게도 물이 없는 소방차가 불을 끄러 온 아이로니컬한 상황이 빚어졌다. 탱크차가 물을 가득 싣고 왔을 땐 이미 비닐하우스 스무 채가 완전히 전소된 뒤였다. 마을 사람들이 소방관들과 시비가 붙은 것은 당연한 일이었으나 너무 잘 타는 것들로만 집을 지은 무허가 건물도 문제였기 때문에 더 이상의 책임은 따지지 않기로 합의를 보았다. 소방관도 벽돌공장 사람들도 비닐하우스에 불을 낸 사람들을 알고 있었기 때문이었다. 불이 나기 며칠 전 벽돌공장 주변에 심상치 않은 분위기가 감지됐다. 물론 이상한 낌새를 가장 먼저 눈치챈 사람은 야간경계위원장 P였다. 이틀 전 한밤중 벽돌공장 근처에 버스 한 대가 정차했는데, 그 차에서 내린 사람들의 모양새가 심상치 않았다. 그리고 큰불이 난 것이다. 위기를 직감한 선배의 판단으로 미리 준비해두었던 망루로 마을 사람 모두가 피신한 것은 현명한 대처였다.

야간경계가 강조되었지만 실제 경비는 더욱 허술해졌다. 모두가 큰불에 겁을 잔뜩 집어먹었기 때문이었다. 대신 불이 난 이후로 하루에도 몇 번씩 대피훈련을 하곤 했다. 사이렌이 울리면 사람들은 망루로 올라가서 입구를 막는 연습을 했다. 단 벽돌공장 사람들만이 망루에 피신할 수 있었다. P를 비롯한 조국의 청년학도들은 사이렌이 울리면 벽돌공장을 빠져나와 망원경으로 사태를 관망하는 연습을 했다. 학생들이 다치기라도 하면 상황이 복잡해진다는 둥 생존이 걸린 문제에 학생들이 끼어들면 안 된다는 둥 이러저러한 이유에서였다. 불시에 사이렌이 울리면 벽돌공장 안 사람들은 애어른 할 거 없이 모두 망루로 기어올라갔고, 학생들은 하던 일을 멈추고 부지런히 뛰어 언덕배기 위로 올라갔다.

망루는 남자 방과 여자 방 두 개로 나뉘어 있었다. 베니어합판으로 만든 벽은 있으나마나 했지만 서로 용변을 보는 데 쑥스러움이라도 없애볼 요량으로 가른 것이었다. 양쪽 방 귀퉁이에는 양철통으로 만든 요강이 놓여 있어서, 그곳에 용변을 봐야만 했다. 각 방에 한 개씩 두 개의 LPG 가스통도 있었고, 빈 소주병 박스가 열 개, 소주병이 도합 이백 개, 시너와 석유 다섯 통, 그리고 각종 식량 등이 십여 명이 생활하기에 넓지 않은 망루의 한쪽 벽을 차지하고 있었다. 그리고 가장 무서운 똥폭탄이 망루벽 난간에 모아지고 있었다. 낮에 망루에서는 똥폭탄 만들기에 여념이 없었다. 망루 밑에서 생활하던 학생들도 용변을 보러 망루로 올라가야 했다. 몰래 화장실에서 용변을 보다 걸리면 벌금까지 물어야 됐다. 사람들은 모아진 양철통의 똥오줌을 국자로 떠서 비닐봉지에 담아 폭탄을 만들었다. 칸막이도 없는 곳에서 용변을 보는 것이 여간 쑥스러운 것이 아니어서 P는 참고 참았다가 밤에 순찰을 돌 때 아무 데서나 해결을 보았다. 똥폭탄을 만드는 사람들 모두 꼭 결전의 날을 기다리는 용사처럼 비장하기 이를 데 없었다.

이제 겨우 첫 문단을 쓰기 시작했어. P가 평소보다 늦게 전화를 걸어왔다. 그들이 이상한 버섯마을로 흘러들어간 것은 95년 가을쯤이었다. 첫 문장이야. 결국 그 얘기를 쓸 참이군요. 잔인해요. 아니야, 생각해보면 별로 그렇지도 않아. 병원에는 지금도 다니는 거야? 무슨 말이에요? 한동안 병원에 다녔었잖아. 그런 일 없어요…… 피피도 P도 한동안 말이 없었다. 밥이라도 잘 챙겨먹어. 오늘은 일찍 전화를 끊어야 할 것 같군. 일을 해야 할 것 같아. 피피는 깜깜한 창밖만 멍하니 바라보았다. 변함없는 암흑만이 피피의 솔숲펜션을 감쌌다. 밤이었지만 자욱한 물안개가 슬슬 피어오르기 시작했다.

버섯 재배 첫날, 호재는 활기가 넘쳤지만 둘은 벌써 그곳을 내려갈 생각으로 골똘해졌다. 여섯 명의 외국인 노동자들은 아무 표정이 없었다. 새로 들어온 그들을 보고 웃거나 말을 거는 사람도 없었다. 종이 울리면 숙소에서 천천히 나와 아무 말 없이 버섯을 땄다. 신이 난 것은 오직 호재뿐이었다. 열 명이서 세 개의 비닐하우스를 돌며 버섯을 모조리 따는 데 두 시간 정도가 걸렸고, 박스에 담고 나르고 차에 싣는 일까지 합치면 세 시간이 걸렸다. 버섯 시간으로 하루의 반이 지나는 시간이었다. 그들은 버섯 하루에 한 끼씩, 그러니까 네 끼를 먹었다. 할 일을 마치면 외국인 노동자들은 부리나케 밥을 먹고 잠자리에 들었다. 서로 농담을 주고받거나 말을 하는 경우도 거의 없었다.

피피와 P는 완전히 녹다운되어 외국인 노동자와 같은 표정이 되었다. 호재는 잠도 자지 않고 자라나는 버섯을 관찰하느라 정신이 없었다. 한잠도 안 자고 계속 그럴 거야? 피피가 걱정돼서 물었지만 호재는 가만히 앉아서 버섯만 쳐다보았다.

가장 견디기 힘들어하는 사람은 P였다. P는 하루가 지나자 투덜대기 시작했다. 처음에는 외국인 노동자가 당하는 처우와 착취에 대해서 투덜거리기 시작하더니 급기야 외국인 노동자 옆에 바짝 붙어 그들을 선동하기 시작했다. 그러나 반응들은 신통치 않았다. P가 하는 말을 귀담아듣거나 대꾸를 하는 사람은 없었다. 하루가 여섯 시간인 곳에서 P가 하는 말은 정말이지 아무 짝에도 쓸데없는 말이었다. P도 곧 지쳐서 그들과 같은 무표정으로 버섯 따는 일에만 몰두했다. 시간의 허비는 바로 부족한 잠으로 이어지는 것을 그도 곧 알게 되었기 때문이었다. 일 분이라도 더 자는 것이 그들에게는 가장 중요한 일이었다.

호재는 달랐다. 언제 누웠다가 일어나는지 모르게 언제나 깨어 있었다. 피피도 호재 옆을 지켰으나 그 표정은 호재와 달랐다. 여자의 몸으로는 감당하기 힘든 작업량이었지만 어떻게든 버텨보려고 노력하는 중이었다. 당신이 좀 말려봐요. 뭘? 그는 전혀 잠을 자지 않는다구요. 그럴 시간 있으면 조금이라도 더 자둬. 그러다 졸리면 말겠지. 잠도 버섯과 같이 자는 것 같아요. 자는지 아닌지는 모르지만 비닐하우스에서 나오질 않는다구요.

호재도 다른 사람들과 마찬가지로 말이 없었다. 자라난 버섯을 따고 그 자리에서 새 버섯이 나오는 것을 관찰하느라 호재도 바쁘기는 매한가지였기 때문이었다. 피피의 등쌀에 떠밀려 P가 호재가 있는 비닐하우스로 들어갔다. 뭐 하냐? 삼십 분이 지나면 눈꼽만한 버섯이 나오기 시작해. 난 내려갈래. 도저히 버티기 힘들다. 왜? 호재가 고개를 돌려 P를 빤히 쳐다보았다. 왜긴, 잠 때문이지. 잠을 쪼개서 잔다는 게 이렇게 고통스러운 일인 줄은 미처 몰랐다. 아 그거. 버섯의 하루에 맞추면 편해져. 그게 되냐? 호재는 대답없이 고개를 돌렸다. 정말로 편안해 보이는 눈치였다. 너 점점 미치는구나.

피피와 P는 버섯을 쳐다보는 것만으로도 고통스러워졌다. 그곳에서 시간은 정말이지 무의미한 것이었다. 과거도 미래도 없는 현재뿐이었다. 어쩜 그것은 정지돼 있는 한순간과 같았다. 버섯은 정확하게 시간을 맞춰 원래의 모습으로 복구되었고, 사람들은 여섯시간 전에 했던 일을 똑같이 반복했다. 그것은 곧 버섯과 같은 생이었다.

말할 것도 없이 버섯마을에서는 사생활이나 관심 같은 것을 간직하는 것이 힘들었다. 호재는 가끔 작업에서 이탈했다. 그가 없어졌다는 것을 눈치채는 사람은 피피와 P뿐이었다. 대머리 작업반장은 일이 시작되면 비닐하우스로 들어와 스윽 둘러보곤 했지만 호재가 없어졌다는 것을 한번도 알아차리지 못했다. 그가 좀 이상해요. 이상한 게 당연하지. 나도 이상해. 그런 게 아니라 좀 다르다구요. 피피가 P에게 다가와 말했지만 P는 건성으로 흘려넘겼다. 난한 달만 채우고 이곳을 내려갈 거야. 내려가면 한 달 동안 잠만 잘 거라구. 그런데 며칠이나 지난 거지, 이곳에 온 지? 그러지 말고 그를 좀 찾아봐요.

피피는 간판 불을 끄고 전화를 기다렸다. 이틀 동안이나 P에게서 전화가 오지 않았다. 피피는 아무 일도 할 수 없었다. 지난밤도 뜬눈으로 전화기 옆에 붙어 밤을 보냈다. 오래전 북알프스에서 다쳤던 곳이 욱신거리는 것이 곧 생리가 시작될 것만 같았다. 피피는 수화기를 들었다가 도로 내려놓았다. P의 전화번호가 생각나지 않았다.

언덕 위에서 망원경으로 지켜보는 벽돌공장의 사태는 정말이지 아수라장이었다. 사람들이 망루에서의 생활에 지쳐 모든 것을 포기하고 싶어졌을 때 철거전문 용역회사 사람들이 벽돌공장에 들이닥쳤다. 그들이 철거 계획을 하루만 더 늦춰줬더라면 망루 위 사람들은 자발적으로 내려왔을지도 모를 일이었다. 망루에서 생활한 지 겨우 열흘이었다.

비상사이렌이 울리자 사람들은 일사불란하게 평소 훈련했던 대로 움직였다. P와 선배를 비롯한 십여 명의 학생들은 조를 나누어 벽돌공장을 빠져나왔고, 망루 위 주민들은 출입구를 봉쇄했다. 철거용역들은 망루를 둘러싸고 그들이 자발적으로 내려오기를 기다렸다. 철거용역들의 험악한 말에 겁을 집어먹고 망루 위 사람들은 우왕좌왕했다. 망루 위 사람들이 자진 철거를 거부하자 바로 진압이 시작되었다. 망루 위 사람들이 망루를 기어오르는 철거용역들에게 똥폭탄 세례를 퍼부었다. 처음에 그것이 무엇인지 알지 못했던 철거용역들은 흥분하기 시작했다. 수백 개의 똥폭탄이 투척되어 망루 주변은 금세 역겨운 냄새로 진동했다. 똥물을 뒤집어쓰고도 철거용역들은 포기하지 않았다. 절단기를 들고 문을 부수기에 여념이 없었다.

망루에서는 이차 공격으로 화염병을 던지기 시작했다. 똥물을 뒤집어쓴 사람들이 화염병을 피하느라 우왕좌왕 정신이 없었다. 준비한 대로 잘 진행되고 있군. 망원경으로 사태를 관망하던 선배가 자랑스럽게 말을 내뱉었다. P는 망루의 상황이 궁금해서 망원경을 재촉했지만 선배는 망원경에서 눈을 떼지 않았다. 그래서요? 이기고 있어요? 이기긴 힘들지, 결국 총알은 떨어지게 돼 있으니까. 선배가 렌즈에서 눈을 떼지 않은 채 무덤덤하게 말했다. 뭐예요? 그럼, 마을 사람들은 어째요? 경찰이 도착하면 내려오라고 지시해두었어. 이런, 큰일났군. 선배가 다급하게 소리쳤고 P는 선배에게 바짝 붙어섰다. 용역 한 사람의 몸에 불이 붙었어.

철거용역들은 망루 위 사람들보다 더 흥분하기 시작했다. 화염병 투척으로 잠시 주춤했던 용역들은 불붙은 동료를 보고 적극적으로 망루에 달라붙기 시작했다. 망루 위 사람들은 이제 망루를 기어오르는 사람들에게 화염병을 던지기 시작했다. 이런, 저러면 안 되는데. 왜요, 무슨 일인데요? 저러다가 망루에 불이 옮겨붙겠어. 철거용역들은 사다리를 가져와 망루를 오르기 시작했고, 출입구를 부수는 데 사력을 다했다. 위기를 느낀 망루 위 사람들은 난간에 준비해두었던 LPG 가스통의 밸브를 열었다. 사다리를 오르던 철거용역들이 흠칫 겁을 집어먹고 우뚝 멈춰 섰다. 안 돼! 망원경을 들여다보던 선배가 소리쳤고 동시에 망루에서 큰 폭발이 일어났다. 얼른 가서 소방차 불러. 네? 전화기가 없는데. 빨리 뛰어가서 전화하고 와. 선배가 다급하게 얘기했고 P는 전속력으로 달리기 시작했다. 근처 소방서에서는 시큰둥하게 전화를 받았지만 P가 다급하게 설명하자 상황의 위급함을 알아차렸다. P가 언덕에 도착할 때쯤 신속하게 출동한 소방차가 도착하는 모습이 보였다. 큰불로 번지고 있어. 다치는 사람이 없어야 될 텐데. 줘봐요. P가 선배에게서 망원경을 뺏어들었다. 렌즈에 눈을 붙이자마자 휙 망루에서 뛰어내리는 시커먼 그림자 하나가 눈에 들어왔다.

P의 전화는 뚝 끊겨버렸다. 아무리 기다려도 P에게서 전화는 걸려오지 않았다. 피피는 안절부절 전화기만 만지작거리며 펜션 주변을 서성거렸다. 이기적인 자식. 피피는 입술을 깨물며 말을 뱉었다. 간만에 찾아온 손님도 받지 않았다. P의 전화번호를 알 만한 몇몇이 생각나기도 했지만 불쑥 전화 걸 용기가 나지 않았다. 무작정 그의 전화를 기다리는 수밖에 없었다.

셋은 버섯마을에서 한 달도 채우지 못하고 쫓겨났다. 쫓아내지 않았더라도 누군가는 미쳐서 산을 내려왔을지도 모를 일이었다. 호재는 아예 버섯 따는 일 같은 것은 하지 않기 시작했다. 작업반장이 그것을 눈감아줄 리 없었다. 아무도 그에게 붙어서 버섯마을에 더 있게 해달라고 부탁하지 않았다. 약속했던 임금을 다 주지 않았지만 불평하는 사람도 없었다. 어서 이곳에서 벗어나고 싶은 마음뿐이었다. 피피와 P는 그런 마음이 통해서 당연한 일처럼 받아들였지만, 오히려 덤덤히 짐을 싸는 호재가 이상하게 보였다. 호재는 누구보다도 이곳을 좋아하고 신비하게 생각했었기 때문에 둘은 짐을 싸고 있는 그를 의아스럽게 바라보았다.

작업을 하지 않는 호재를 찾아낸 곳은 언제나 똑같았다. 호재는 참나무 고목 사이에 눈을 감고 반듯이 누워 있었다. 처음에는 밀린 잠을 자느라 그런가보다 했지만, P가 잠자는 줄 알고 흔들어 깨운 다음부터 그가 자는 게 아니라는 것을 알게 되었다. 빨리 일어나. 반장이 찾는다구. 호재는 꼼짝도 하지 않았다. P는 더욱 심하게 호재를 흔들었다. 너 땜에 다 망쳤잖아. 호재가 벌떡 일어나 P에게 고함을 쳤다. 놀란 P는 뒤로 엉덩방아를 찧었다. 아, 미친 새끼, 깜짝 놀랐잖아. 호재는 P를 쏘아보더니 말없이 다시 누워버렸다.

산에서 내려온 뒤에도 호재는 나아지지 않았다. 셋은 산에서 내려와 호재의 고향이었던 호수마을로 들어갔다. 수몰주민이었던 부모님은 펜션업자들에게 전 재산을 내어주고 펜션 한 채를 받았는데, 그것이 무용지물이라는 것을 알았을 때는 역시나 모든 상황이 종료된 이후였다. 아버지는 화를 못 이겨 시름시름 앓다가 소리없이 돌아가셨고, 어머니도 병을 얻어 병원에 입원하게 되었다. 마침 갈 곳 없던 셋은 그렇게 솔숲펜션에 들어가 살게 되었다. 피피와 P는 잠을 자느라 정신이 없었지만 호재는 여전히 버섯의 생을 살고 있었다. 물론 호재도 가만히 누워 있긴 했다. 하지만 잠을 자는 것이 아니었다.

버섯이 자라기에 여긴 너무 습해. 버섯은 온도와 습도가 맞지 않으면 자라지 않는다구. 호재가 벌떡 일어나더니 화를 내기 시작했다. 피피와 P는 어안이 벙벙해서 멍하니 호재를 바라보았다.

왜 이제야 전화하는 거예요? 일하느라 그랬어. 클라이맥스를 쓰고 있었거든. 당신처럼 이기적인 사람은 처음 봤고 앞으로도 볼일 없을 거예요. 피피가 또박또박 끊어 말했다. 내 전화를 기다렸어? 당신 때문에 혼란스러워졌다구요. 아무것도 책임지지 않는 당신 때문에 말이에요. 내가 책임질 일은 없어. 그건 누구의 탓도 아니라구. 당신 기억의 문제일 뿐이야. 과거의 기억을 잃어버린 것은 내가 아니라 당신이잖아. 이제 호재를 잊으라구. 죽은 호재가 돌아오지 않을 거라는 건 당신도 잘 알잖아. 무슨 소리예요. 호재는 죽지 않았어요. 당신도 보고 나도 봤잖아. 죽은 호재 말이야.

벽돌공장 철거싸움은 한 아줌마의 죽음으로 끝을 맺었다. 벽돌공장 사람들은 영안실을 점거하고 시신을 지켰다. 많은 학생들이 철거싸움을 하다 망루에서 떨어져 죽은 아줌마의 소식을 듣고 모여들었다. 학생들은 흥분해서 들끓었다. 당장 벽돌공장터에 들어설 시공사를 끝장이라도 내려는 듯 열렬히 구호를 외쳤다. 그러나 그것도 열흘이 넘어가자 시들해졌다. 학생들을 자극할 것을 우려해 시공사에서는 관망만 하고 있었고 학생들도 하나둘 학교로 돌아갔다. 이만하면 성공적으로 이긴 거야. 우리가 할 일은 여기까지라구. 뿔뿔이 흩어지는 마을 사람들을 보며 시무룩해 있는 P를 선배가 위로했다. 극적으로 불붙은 망루에서 구출된 동네 주민들은 보상금 합의서에 너도 나도 지장을 찍었다. 시공사에서 일찍 마을을 떠난 다른 사람들보다 몇 배 많은 보상금을 내밀었던 것이다. 아직 합의를 보지 못한 유가족들만 쓸쓸히 영안실에 남았다. 학생들이 거의 빠져나가고 처음부터 벽돌공장에서 함께했던 소수의 학생들만이 열정적으로 시신을 지켰다. 우리가 싸운 건 보상금 때문이 아니었잖아요. 마을 사람들도 돈을 원한 게 아니고. 그렇지, 물론. 살던 곳에서 살 수 있게 해달라는 것이 목적이었지. 그렇게만 되면 좋지만, 그러나 그건 불가능해. 우리가 할 일은 마을 사람들이 원하는 것을 지지하고 서포트만 해주면 되는 거라구. 그들의 삶이 우리의 삶이 될 순 없거든. 우리도 마찬가지고. 우린 이미 학삐리야, 인텔리계급으로 살아가야 하는 운명이라구. 너도 가서 좀 쉬다가 나와. 목욕도 하고. 선배는 P의 등을 떠밀었다.

P가 영안실로 이틀 만에 돌아왔을 땐 이미 장례를 치른 뒤였다. 유가족들도 시공사와 합의를 보고 도시를 떠났다고 했다. P를 이끌었던 선배도 그 뒤로는 보지 못했다.

잠수부가 호수에서 건져올리는 호재를 분명 당신도 봤잖아. 무슨 소리야, 그게. 피피는 흐느끼며 수화기에 대고 소리쳤다. 충격을 받은 건 알지만 이건 아니라구. 병원에 가야 해, 당신. P가 낮은 목소리로 진지하게 말했지만 피피는 이미 아무 말도 들을 수 없었다.

호재를 호수에서 건져올린 건 이틀이 지나서였다. 다행히 목격자가 있었다. 한 남자가 절뚝이며 물속으로 들어가는 것을 보았어요. 낚시 금지구역에서 낚시를 한 것이 문제가 될까봐 목격자는 더 듬더듬 경찰에게 말했다. 잠수부는 개인적으로 부르셔야 됩니다. 경찰이 서류에 뭔가를 적으며 사무적으로 말했다. 다행히 셋이 버섯마을에서 벌어온 적은 돈이 있었다.

물에 들어간 잠수부가 금방 호재의 시신을 건져올릴 것이란 기대는 낭패로 돌아갔다. 꼬박 하루가 지나도 호수에서는 아무것도 올라오지 않았다. 잠수부에게 약속했던 수고비가 점점 올라갔다. 모여든 마을 사람들에게서 몸값을 올리려 일부러 시체를 숨겨놓고 건져올리지 않는다는 말까지 나왔다. 그러면 당신들이 물속에 들어가서 찾으면 되겠네. 잠수부는 짐을 쌌다. 한번 그런 일이 있을 때마다 몸값은 배로 올랐다. 호재 동생 우영이 앞장서서 잠수부를 독려했다. 호재보다 두 살 어린 우영은 울지도 않았다. 오열하며 실신까지 하는 피피를 우영이 어른스럽게 다독였다.

이틀째 밤, 잠수부는 웅크리고 있는 호재를 건져올렸다. 반바지에 러닝셔츠 차림이었다. 저게 뭐야? 피피가 흐느끼며 달려가더니 그대로 쓰러졌다. 호재의 맨살에는 알이 굵은 다슬기가 잔뜩 붙어 있었다. 흡사 그것은 그의 몸에서 자라난 버섯 같아 보였다.

어쨌든 호재는 죽었다구. 당신이 유해를 그 호수 주변에 뿌렸잖아. 거짓말, 소설 쓰지 마. 하나도 재미없어. 피피는 발악하며 흐느꼈다.

솔숲펜션에서 살기 시작한 후 얼마 되지 않아서 호재가 P에게 물었다. 너 혹시 피피하고 잤냐? P가 한동안 말없이 묘하게 웃음만 흘렸다. 왜, 피피가 그러든? P도 호재 옆에 따라 누웠다. 자꾸 웃음이 나오려는 것을 가까스로 참았다.

후에 P는 혹 자기의 애매모호한 대답 때문에 호재가 죽은 게 아닌가 해서 남몰래 자책하기도 했었다.

벌써 이게 몇 번째니, 잊을 만하면. 기억을 지운 것은 내가 아니라 당신이야. 시도 때도 없이 전화해서는 기억을 왜곡시켜주길, 아니야, 어쨌든 내일 우영하고 내려갈게. 내일 보자. P는 조용히 전화를 끊었다. 피피는 흐느끼며 안개가 자욱한 호수를 바라보았다. 피피는 아무것도 기억나지 않았다. 쏟아지는 눈물을 훔치지 않고 내버려두었다.

호수에 낀 안개는 더욱 뿌예졌다.

二十歲

천 명 관

1964년 경기도 용인에서 태어났다. 2003년 『문학동네』 신인상에 단편 「프랭크와 나」가 당선되며 등단. 장편소설 『고래』로 2004년 제10회 문학동네소설상을 수상했다. 소설집 『유쾌한 하녀 마리사』와 장편소설 『고령화 가족』이 있다.

작가를 말한다

그는 언제나 이런저런 핑계로 소설로부터 도망가려 했다. 처음엔 "생판 써본 적도 없는데 이 나이에 갑자기 웬 소설이냐"며 자신없는 소리를 하더니 막상 등단을 하고 나니까, "아무리 계산을 해봐도 먹고살 방법이 안 나온다"며 도망을 다녔다. 문학을 대상으로 계산을 했다고 하면 화를 낼 사람도 있겠지만 어쨌든, 당선 통보를 받았을 때 그가 보인 반응은, "큰일났다, 가뜩이나 복잡한 인생이 더 꼬이게 생겼다"였다. 그리고 장편소설을 내고 난 뒤엔, "아무래도 더 늦기 전에 영화를 만들어야겠다"며 또 달아나고 싶어했다.

실제로 그는 등단한 이후에도, 장편이 출간된 이후에도, 시나리오를 쓰느라 시간을 탕진하더니 또 언젠간 드라마 대본을 쓴다며 한 세월을 보냈고 드라마 제작이 지지부진해지자 다시 영화를 하겠다며 시나리오를 쓰고 있었다. 그리고 올봄엔 갑자기 연극을 만들겠다며 한 달 만에 희곡을 한 편 써서 나에게 내밀었다. 그럴 때마다 나는 이런저런 말로 그를 책상 앞에 붙잡아 앉히려고 애쓰곤 했다.

도대체 그는 왜 한사코 소설로부터 도망치려고 하는 걸가? 어쩌면 그가 한 일 가운데 가장 결과도 좋았고 가능성도 높아 보이는 일이었는데도 말이다. 한마디로 '말 더럽게 안 듣는 선수'임에는 틀림없는 것 같다. 천명제(동생)

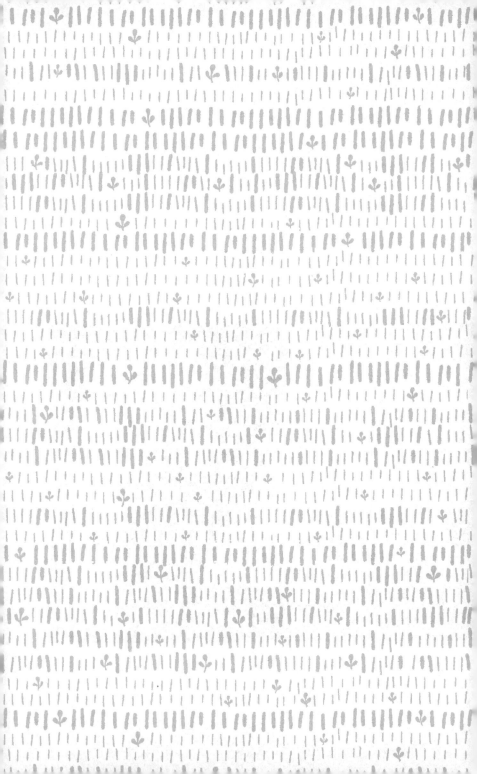

그해 이른 봄, 나는 아침 아홉시만 되면 어김없이 자전거를 타고 집에서 나와 전철역 앞에 있는 음악다방으로 갔다. 그것은 손님이 없는 시간을 이용해 디제이박스 안에서 음악을 듣기 위해서였는데 이는 그 다방의 디제이이자 주인(이라고 알고 있었지만 진짜 주인은 따로 있다는 소문도 있었다)이었던 디제이 형의 배려로 가능한 일이었다. 대신 디제이박스 안의 청소와 음반 정리는 내 몫이었다. 디제이박스는 다방 입구 왼쪽 맞은편 한가운데 자리잡고 있었는데, 앞쪽 유리에는 그룹 키스의 로고가 유치하게 반짝거렸고 수만 장의 엘피판이 한쪽 벽면을 가득 채우고 있었다.

　나는 앨범 재킷에 쓰인 문구를 꼼꼼히 읽어보며 헤드폰을 끼고 내가 듣고 싶은 음악을 마음껏 들었다. 오전에는 다방에 손님이 거의 없었기 때문에 내가 무슨 음악을 듣건 신경쓰는 사람이 아무도 없었다. 아무것도 가진 것 없는 스무 살의 나에겐 그것이 분명 대단한 호사였을 것이다.

이제 와 돌이켜보면, 오! 그 시간들은 어찌나 감미로웠던지! 오랜 시간이 흘러 그 도시로부터 멀리 떨어진 곳에 있을 때에도 우연히 어디선가 레드 제플린이나 닥터 훅, 플리트우드 맥 등 당시에 들었던 음악이 흘러나오면 나의 머릿속엔 어김없이 그 다방의 쓸쓸하고 텅 빈 아침 풍경이 불현듯 떠오르곤 했다.

디제이 형은 파마한 머리를 어깨 위로 길게 늘어뜨리고 다녔는데 절대로 빗질을 하는 일이 없었다. 그 형이 추구한 헤어스타일로 말하자면, '난 헤어스타일 따위에는 신경쓰지 않아. 머리야 그냥 지들이 알아서 흘러내리는 대로 놔두면 되는 거 아냐?' 스타일이었으므로 절대로 빗질을 한 흔적이 남거나 뭔가 인공적인 손질을 가한 표시가 나면 안 되었기 때문이었다. 머리에 손을 대는 유일한 순간은 머리를 감은 후 볼펜으로 머릿결을 따라 몇 번 훑어내릴 때뿐이었는데, 최대 열 번을 넘지 않는 그 동작은 종교의식처럼 대단히 엄숙하고 신중하게 이루어졌다. 그는 자신이 레드 제플린의 기타리스트였던 지미 페이지를 닮았다고 생각했으며, 우리도 대충 그렇게 인정해주고 있었다.

여기서 '우리'란 고등학교를 졸업했지만 성적이 어정쩡하거나 집안 형편이 어정쩡해 대학은 근처에도 못 가고, 어정뜬 나이 때문에 군대에도 못 가고 취직도 못한 채, 그저 다방에 죽치고 앉아 어정쩡한 음악을 들으며 시간을 죽이던 바로 그 다방의 어정쩡한 '죽돌이'들을 가리킨다. 물론, 나를 포함해서 말이다. 그러니까 우리는 그냥 단체로 어정쩡한 어정뱅이들인 셈이었는데 돈도 없고 여자도 없고 소속도 없다보니 오후가 되면 하나둘씩 다방의 구석자리에 모여들어 여종업원의 끈질긴 눈총에도 커피 한잔 안 시켜먹는 두꺼운 낯짝을 과시하며 '한참 듣다보면 어느샌가 말한 상대를 죽여버리고 싶어지는 농담'이나 주고받으며 시간을 죽이다, 다방에 손님이 늘어나면 들어올 때처럼 다시 아무런 흔적도 없이 슬그머니 사라지는 도시의 유령 같은 존재였다. 그랬다. 1982년의 우리는 그렇게 의미 없이 스무 살을 지나보내고 있었다.

디제이박스 안에는 기타가 하나 걸려 있었다. 그것은 디제이 형이 가장 아끼는 보물 1호였는데, 헤드 부분이 F자 모양으로 멋진 곡선을 이루고, 바디 아래쪽에 '펜더(Fender)'라는 글씨가 박혀 있는 전자기타였다. 그는 디제이박스 안에서 틈만 나면 기타를 꺼내 깨끗한 수건으로 정성 들여 닦곤 했다. 그리고 어떤 기타리스트가 펜더를 사용하고 또 어떤 기타리스트가 깁슨을 사용하는지 소상히 알고 있었으며, 깁슨과 펜더의 소리가 어떤 차이가 있는지 직접 판을 틀어주며 우리에게 비교해주기도 했다. 예컨대, 지미 헨드릭스나 제프 벡 같은 록 아티스트들은 주로 펜더를 사용하고 씨씨알이나 비비킹 같은 정통 블루스 아티스트들은 깁슨을 사용하는데, 펜더는 감각적이고 모던한 느낌을 주는 데 비해 깁슨은 따뜻하고 고

전적인 분위기를 낸다는 식이었다. 그는 또한 깁슨이 가격도 더 비싸고 소리도 훌륭하지만 자신은 펜더를 선호한다며, 그것은 순전히 취향의 문제일 뿐 우열을 가릴 문제가 아니라고도 했다.

그때 디제이 형의 입에서 흘러나온 '취향'이란 단어가 어찌나 우아하고 향기롭게 느껴졌던지! 우리는 모두 비싼 중국음식점에서 차려낸, 듣도 보도 못한 청요리 앞에 교련복을 입고 나란히 앉아 있는 기분이었다.

취향을 갖는다는 건 얼마나 멋진 일인가! 그것은 여러 보기 가운데 반드시 하나의 정답만을 골라야 하는 사지선다의 세계와는 차원이 다른 세계였다. 그것은 틀릴 것을 두려워하지 않아도 되는 공평하고 무사(無私)한 세계였으며, 믿기에 따라선 내가 찍은 게 다 정답이 될 수도 있는 너그럽고 당당한 세계였다. 우리는 디제이 형을 바라보며 역시 '강호는 넓고 고수는 많구나', 하는 깊은 깨달음과 함께, 그에 대한 존경의 염이 지나쳐 당장 그 앞에 무릎을 꿇고 제발 우리를 제자로 삼아달라고 간청하고 싶을 정도였다.

어쨌든, 우리 가운데 두 명기의 차이를 구분해낼 만큼 악기에 대한 이해가 깊은 사람은 단 한 명도 없었지만 그날 이후 우리의 취향은 모두 자연스럽게 펜더 쪽으로 결정되었다. 그다음부터 음악이 나올 때마다 우리는 제법 진지한 얼굴로, '이거 깁슨이지?' '아냐, 펜더야' 하는 따위의 시비를 자주 벌였고 그때마다 디제이 형이 나타나 결론을 내려주었다. 그리고 어떤 때는, '이건 깁슨도 아니고 펜더도 아니고 야마하야'라고 해서 우리 모두를 무색하게 만들기도 했다.

한 가지 유감스러운 점은 우리 가운데 누구도 디제이 형이 기타 치는 모습을 본 사람이 없다는 것이었다. 소문에 의하면, 디제이 형은 젊은 시절엔 이름만 대면 누구나 알 만한 그룹에서 연주를 했는데 과거에 어떤 불미스러운 일로 인해서 손을 못 쓰게 되어 지금은 연주를 안한다고 했다. 그 불미스러운 일이란, 역시 또 알려지지 않은 어떤 불미스러운 일로 인해 디제이 형이 라이거파에게 끌려가 집단 린치를 당한 끝에 그들이 디제이 형의 손을 책상 위에 올려놓고 망치로 손가락 관절을 하나씩 차례로 부수어놓았다는 거였다. 이 때문에 손가락을 전혀 못 쓰게 되었는데, 그들이 그렇게 한 이유는 그것이 악기를 다루는 사람에게 가장 적절한 페널티라고 생각했기 때문이었다. 진원지는 명확치 않았지만, 그 얘기를 처음 들었을 때 나는 손가락이 망치에 짓이겨지는 끔찍한 장면을 상상하며 몸서리를 쳤다.

당시 라이거파는 그 동네에서 가장 악명이 높은 일종의 깡패조직이었고 우리 사이에선 언제나 그들에 관한 소문이 무성했다. 예컨대, 우리가 죽치던 다방의 바로 옆 당구장에 얼마 전 라이거파 조직원 세 명이 손도끼를 들고 들어가, 그 동네에서 두번째로 악명 높은 조직인 역전파 조직원 십여 명을 작살냈다는 얘기 따위가 그런 거였다. 우리는 다시 한번 라이거파의 잔인함과 무자비함에 치를 떨며, 다른 조직도 아니고 하필이면 그 무서운 라이거파와 악연을 맺은 디제이 형의 불운함에 대해 안타까워했다.

디제이 형의 인생에서 그것은 분명 가장 커다란 불행이었을 것이다. 만일 그 형이 기타를 제대로 연주할 수만 있었다면, 그래서 그 멋진 머리를 휘날리며 무대에 설 수만 있었다면! 우리는 그 형이 조용필을 능가하는 대한민국 최고의 뮤지션이 됐을 거라 믿어 의심치 않았으며, 개나 소나 다 칠 수 있는 그깟 기타 하나 못 친다는 이유로, 그런 사소하고 하찮은 이유로, 이미 완벽한 준비를 갖춘 한 청년이 뮤지션이 될 수 없다는 현실에 분개하기도 했다.

그 다방에는 키가 크고 눈이 살짝 튀어나와 약간 놀란 듯한 표정을 하고 있는 여자 종업원이 한 명 있었다. 우리는 그녀에게 '개구리'라는 별명을 붙여주었는데, 내가 아침에 다방 문을 열고 들어가면 그녀는 대개 테이블을 닦거나 바닥을 쓸고 있었다. 그러다 청소가 끝나고 나면 창가에 턱을 고이고 앉아 발을 까딱이며 내가 틀어주는 음악을 듣거나 거울 앞에 서서 화장을 고치거나 했다. 가끔은 내가 앉아 있는 디제이박스를 향해 큰 소리로, "이거 무슨 노래야?"라고 물어오기도 하고, 제목을 가르쳐주면 고개를 몇 번 까딱이며, "노래, 좋은데"라고 말하곤 했다. 그녀는 기분이 내키는 대로 나에게 커피를 한 잔 주기도 하고 안 주기도 했다. 이따금씩 손님이 놓고 간 담배라며 반쯤 남은 담뱃갑을 내밀기도 했다.

어느 날 개구리가 디제이박스의 문을 열고 불쑥 고개를 디밀었다.

─자전거 타고 왔지?

―응.

―그럼, 심부름 좀 해줄래?

―뭔데?

그녀는 나보다 서너 살 위였지만 나는 언젠가부터 그녀에게 반말을 하고 있었다.

―깜빡 잊고 집에다가 약을 놓고 왔는데 좀 갖다줘. 내가 쌍화차 한잔 근사하게 타줄게.

당시 다방에선 계란 노른자와 땅콩가루 등을 띄운 쌍화차가 제일 비싼 메뉴였지만, 나는 한약 냄새가 나는 쌍화차는 별로였다.

―쌍화차는 됐고 담배나 한 갑 사줘.

―알았어, 빨리 갔다 와. 그리고 다른 덴 뒤지면 안 돼.

그녀는 음악을 신청하는 메모지에다 약도를 그려주며 열쇠를 건네주었다. 그리고 주인이 혹시 누구냐고 물어보면 아는 동생이라고 대답하라는 당부도 덧붙였다. 나는 그녀가 그려준 약도대로 자전거를 타고 그녀의 집으로 갔다.

개구리는 다방에서 자전거를 타고 십 분쯤 되는 거리에 있는 철길 옆에 살고 있었다. 그녀의 방은 대문을 열고 들어가면 바로 왼쪽에 있는 문간방이었다. 내가 문을 열려고 하자, 뚱뚱한 주인여자가 안에서 나오며 누구냐고 물었다. 아직 쌀쌀한 날씨임에도 그녀는 러닝셔츠 하나만 달랑 입고 있어 그 위로 크고 검은 젖꼭지가 툭 튀어나와 있었다. 나는 개구리가 시킨 대로, 그냥 아는 동생인데 심부름을 온 거라고 대답했다. 주인여자는 이렇다 저렇다 말도 없이 문을 닫고 들어가버렸다. 나는 잠시 쭈뼛대다 방으로 들어섰다. 좁고 옹색한 방이었지만 내 방과는 비교도 할 수 없을 만큼 깔끔하고 뭔지 모를 좋은 냄새가 났다.

개구리가 얘기한 약봉지는 커다란 트렁크 위에 놓여 있었다. 밝은 쑥색의 트렁크 위엔 화장품들이 나란히 놓여 있고, 그 앞에 거울이 있는 것으로 보아 아마도 트렁크를 화장대 대용으로 쓰는 듯싶었다. 약봉지는 찾았지만 빨리 나가고 싶지 않았다. 자전거를 타고 올 때만 해도 별 생각이 없었지만, 난생처음 여자가 혼자 사는 방에 들어온 터라 뭔가 야릇한 흥분에 가슴이 두근거려 그곳에 좀 더 머무르고 싶었던 것이다. 방 안을 이리저리 둘러보던 나는 구석에 있는 비키니 옷장을 열어보았다. 다른 덴 뒤지지 말라던 그녀의 당부가 생각났지만, 스무 살의 호기심 앞에서 그것은 아무 의미가 없었다.

옷걸이엔 이미 본 적이 있는 외출복들이 나란히 걸려 있었고 옷장 바닥엔 갖가지 색깔의 속옷들이 차곡차곡 개어져 있었다. 나는 맨 위에 놓여 있는 팬티를 집어들었다. 가슴에선 쿵쾅거리는 소리가 들리는 듯했고 손은 수전증 환자처럼 마구 떨렸다. 작은 꽃무늬가 있는 하얀 팬티는 너무 작고 예뻐서 하루 종일 들여다봐도 싫증이 날 것 같지 않았다. 속옷들을 이것저것 뒤적거리며 나는 영원히 그 방에서 머물고 싶었다. 그리고 브래지어의 딱딱한 컵을 만져보며 그녀의 젖꼭지도 주인여자의 그것처럼 그렇게 크고 검을지 궁금했다.

 그런 게 사랑이었을까? 그날 이후, 개구리를 바라보는 나의 눈에 커다란 변화가 생겼다. 디제이박스 안에서 음악을 들으면서도 틈틈이 개구리가 밖에서 무얼 하고 있는지 훔쳐보았으며 일상적인 대화에도 늘 긴장해서 적절한 대답을 찾아내지 못했다. 그러다 보니 나도 모르게 약간 퉁명스럽게 대꾸를 할 때가 많았는데, 그럴 때면 개구리는 이상하다는 듯 나를 빤히 쳐다보곤 했다. 그러다 아무 말 없이 그녀가 좋아하는 노래를 틀어주면, 예컨대 올리비아 뉴튼 존의 「블루 아이즈 크라잉 인 더 레인」 같은, 그녀는 조용히 음악을 듣다 간주가 나올 때쯤 디제이박스 안을 향해 가지런한 이를 드러내 보이며 피식 웃곤 했다. 나는 그 미소가 참 예쁘다는 생각이 들었다. 그리고 그 미소가 자꾸만 보고 싶어 그녀가 좋아하는 노래를 좀더 자주 틀어주게 되었다.
 그게 내가 할 수 있는 전부였다. 다방 종업원인 그녀가 왠지 나와는 다른 부류의 여자란 생각이 들었던데다 나보다 나이가 서너 살 많았으니, 그녀가 내 사랑의 대상이라는 느낌은 조금도 들지 않았던 때문이었다. 나 또한 돈 한푼 없이 빌빌대다 결국 군대에나 갈 수밖에 없는 처지이다보니 그녀의 입장에서도 마찬가지였을 것이다. 그러니까 우리는 서로 아무것도 할 게 없는 셈이었다.

 그러다 한동안 다방에 나가지 못하게 되는 일이 생겼다. 친구들네 명과 함께 연립주택을 짓는 공사판에 가서 막일을 하게 된 때문이었다. 다들 이미 졸업까지 한 마당에 집에다 손을 벌리기도 뭣한 처지여서 우리는 모두 돈에 쪼들렸다. 그러던 차에 우연히 공사판에 다니는 한 친구를 만났는데, 공사판 십장이 일당 얼마를 쳐줄 터이니 친구들을 데려오라고 했다는 거였다. 아무 벌이도 없어 늘 거지처럼 푼돈에 걸근대던 우리에겐 꽤나 솔깃한 제안이어서, 친구들과 나는 당장 의기투합해 바로 다음날부터 공사판에 나가기 시작했다.

일은 새벽 일곱시에 시작해서 저녁 일곱시에 끝났다. 우리는 아무 기술이 없는 노가다였기 때문에 비계를 오르내리며 질통에 자갈과 모래를 져나르거나 모래를 채에 쳐서 콘크리트와 섞기도 하고, 목수를 졸졸 따라다니며 그들이 지시하는 대로 자재를 가져다주거나 거푸집 만드는 걸 거들기도 했다. 철근과 벽돌을 나르는 일은 그중에서도 제일 고된 일이었다. 생전 일을 안해본 터라 당장 어깨가 부서지는 것 같았고, 저녁이 되면 바닥에 주저앉고 싶을 만큼 지쳤다. 하지만 친구들과 몰려다니는 재미와 하루하루 일당이 쌓여가는 맛에 일주일이 후딱 지나갔다.

애초에 일주일만 나가려던 계획은 날짜가 점점 더 늘어나, 보름쯤 지났을 때는 결국 친구들 가운데 나 혼자만 남게 되었다. 그동안 얼굴은 새카맣게 타고 운동화엔 구멍이 났다. 바지는 거친 벽돌에 쓸려 날깃날깃해졌다. 하지만 일을 하면서 온몸의 찌든 때가 벗겨지는 듯한 기분을 맛보기도 했고, 일이 끝난 뒤 어쩌다 십장이 사주는 '돼지껍데기에 소주 한잔'의 맛도 알게 되었다. 무엇보다 난생처음 몸을 놀려 내 손으로 돈을 벌었다는 뿌듯함이 있었다.

공사장 옆 언덕엔 어느새 개나리가 흐드러지게 피었다. 참을 먹고 담배를 한 대 피울 때마다 나는 개나리가 핀 언덕을 바라보았다. 혹독한 노동의 끝에 보아서일까? 늘 보아오던 개나리였지만 그해의 개나리는 유난히 샛노랗게 물들어 눈이 시렸다.

일을 하는 동안 머릿속엔 온갖 복잡한 상념들이 떠다녔다. 암울하기만 한 집안 형편과 음악에 대한 열망, 군대에 갈 때까지 어떻게 버틸 것인가 하는 걱정과 어쩌면 평생 이렇게 노가다를 하며 살게 될지도 모른다는 우울한 예감 등…… 질통을 지고 비계를 오르내릴 때마다 주리를 틀어대는 것처럼 허벅지가 아팠지만 생각은 멈추지 않았다. 마치 몸과 마음이 따로 노는 것처럼 생각이 제멋대로 날아다녔다. 그러다 언젠가부터 습관처럼 개구리가 생각났다. 그녀의 큰 눈을 생각했고, 가지런한 이가 드러나는 미소를 생각했고, 그녀가 좋아하던 노래를 생각하다 마지막엔 언제나 꽃무늬가 있는 그녀의 하얀 팬티를 생각했다. 그때야 비로소 스무 살의 나는 난생처음으로 구체적인 열망의 대상이 생겼다는 것을 깨달았다. 그러는 동안 공사장 옆의 개나리가 조금씩 지고 연녹색의 나뭇잎이 돋아나고 있었다.

공사판에 나간 지 두어 달쯤 되어가던 어느 날, 나는 자전거를 몰고 개구리의 집 쪽으로 갔다. 일이 끝난 뒤, 인부들과 함께 포장마차에 들러 붕장어에 소주 한잔을 하고 헤어진 뒤였다. 원체 술을 못 먹는 체질에 소주가 몇 잔 들어가니 머리가 어질어질하고 숨이 가빴다. 하지만 얼굴에 와 닿는 봄밤의 나른한 공기가 기분 좋았다. 나는 아무 생각 없이 시내를 가로질러 그녀의 집 쪽으로 자전거를 몰았다. 어차피 그녀가 다방에서 일할 시간이라 집에는 없을 테지만 그래도 무작정 한번 가보고 싶었다.

그런데 개구리의 집 앞에 도착해보니 어찌 된 일인지 방에 불이 켜져 있었다. 나는 반가운 마음에 가슴이 쿵쾅거렸다. 자전거를 타고 그 집 앞을 실없이 서너 번 왔다갔다한 끝에 결국 용기를 내어 그녀의 방 창문을 두드렸다. 잠시 후, 창문이 열리며 놀란 개구리 같은 그녀의 얼굴이 나타났다. 그리고 곧 상대가 나라는 것을 알아보고는 대뜸 소리를 질렀다.

—야!

그녀의 목소리엔 반가움이 잔뜩 담겨 있었다. 시큰둥하게 나오면 어쩌나 걱정했던 나는 적이 안심이 되었다.

—여기서 뭐 해?

—그냥, 지나가다 불이 켜져 있기에……

나는 자전거 안장에 걸터앉아 담배를 피워물었다.

—너, 공사장 나간다며?

—누가 그래?

—네 친구들이 그러더라. 그러고 보니 새카맣게 탔네.

그녀는 싱글거리며 가로등 아래에 서 있는 나의 얼굴을 이리저리 살펴보았다.

—근데 힘도 없어 보이는데 무슨 노가다야? 어디 받아주는 데가 있어?

—씨, 까불고 있어.

—어쭈, 조그만 게 누나한테 말버릇하고는……

그러고는 개구리는 피식 웃었다. 다방에서 볼 때는 서로 시큰둥했는데 막상 밖에서 보니 갑자기 가까워진 느낌이었다. 그녀도 평소의 차분한 모습과는 다르게 약간 들뜬 것 같았다. 뱃속에선 뭔가 자꾸 뜨거운 게 치미는데 뭘 어떻게 해야 할지 알 수 없어 담배를 한 대 더 피워물었다. 그러다 그녀가 뭔가 재밌는 게 생각났다는 듯 웃으며 말했다.

—야, 너 내 심부름 하나 할래?

—싫어. 내가 무슨 심부름꾼이야?

—그러지 말고 역 앞에 있는 포장마차에 가서 닭꼬치 좀 사와라. 그리고 오다가 요 앞 가게에서 소주도 한 병 사오고. 잠깐만, 내가 돈 줄게.

내가 대답도 하기 전에 그녀는 지갑을 가져오기 위해 창문에서 사라졌다.

—놔둬, 나도 돈 있어.

나는 창문 안에 대고 소리친 후 자전거를 역전 쪽으로 몰았다.

—야! 그러지 말고 이거 갖고 가!

뒤에서 그녀가 부르는 소리가 들렸지만 나는 못 들은 척 힘껏 페달을 밟았다.

잠시 후, 우리는 소주와 닭꼬치를 사이에 두고 그녀의 방에 마주 앉아 있었다. 개구리는 맛있다는 소리를 연발하며 닭꼬치를 삽시간에 세 개나 먹어치웠다. 그리고 마치 물을 들이켜듯 중간중간 소주도 마셨다. 게다가 한 손엔 담배도 들고 있어 어딘가 정신없고 위태로워 보였지만, 그녀는 잘도 먹고 피우고 마셨다. 다방에서 볼 때와는 완전히 다른 분위기였다. 밝고 쾌활한데다 먹성도 좋고 성격도 약간 남자 같은 데가 있는 것 같았다.

—뭐 해? 넌 안 먹어?

—난 먹고 왔어.

—뭐 먹었는데?

—아나고회.

—아나고? 너 아나고가 왜 아나고인지 알아?

—몰라. 아나고니까 아나고지.

—바보. 아직 모르는구나. 아나고를 먹으면 안하고는 못 배긴대. 그래서 아나고야.

그녀는 혼자 까르르 웃었다.

나는 그녀가 한 말을 한참 뒤에야 겨우 알아듣고 어색한 웃음을 지었다. 그날 밤, 나는 자전거를 타고 역전에 한번 더 다녀와야 했다. 닭꼬치와 소주 두 병을 더 사와 둘이 나눠 마셨던 것이다. 그리고 술이 약한 나는 방에 딸린 좁은 부엌 바닥에 머리를 박고 여러 번 토했으며 그녀가 나의 등을 두들겨줬고 그다음은 잘 기억나지 않는다. 그녀가 자고 가라고 했던 것 같기도 하고 내가 자고 가겠다고 떼를 썼던 것 같기도 하다.

다음날 아침, 눈을 떴을 때 개구리는 보이지 않았다. 나는 술이 덜 깨 머리가 아프고 어리둥절한 상태에서 자전거를 타고 다방으로 갔다. 그녀는 청소를 하고 있다 나를 보고 피식 웃었다. 내가 좋아하는 바로 그 웃음이었다. 나는 슬그머니 디제이박스 안으로 들어가 음악을 틀었다. 음악을 들으며 그날 일이 끝난 뒤에 임금을 받기로 했다는 생각이 떠올랐다.

잠시 후, 개구리가 디제이박스 문을 열고 말했다.

—나와서 토스트 먹어.

밖으로 나가니 개구리가 계란을 두르고 구운 토스트를 접시에 담아 커피와 함께 내왔다. 나는 묵묵히 앉아 꾸역꾸역 토스트를 먹었다.

—진짜 많이 탔다. 완전 필리핀 사람 같아.

개구리는 나를 이리저리 살펴보며 괜히 피식피식 웃었다. 그러다 내가 토스트를 다 먹자 접시를 들고 일어서다가 갑자기 내 머리를 꽝 쥐어박았다. 그러고는 주방으로 들어가며 말했다.

—근데 니들, 개구리가 뭐니, 개구리가! 여자한테…… 나쁜 자식들.

그날 오후에 나는 공사장으로 갔다. 십장은 왜 일을 안 나왔냐며 그런 식으로 일하다간 평생 노가다 신세 못 면한다고 일장 훈계를 했다. 나는 갑자기 일이 생겨서 지방에 내려가야 할 것 같다고 거짓말을 했다. 그러자 그는 그동안 일한 돈을 내주었는데, 계산보다 적은 액수였다. 내가 왜 액수가 다르냐고 따졌더니 그는 이런저런 핑계를 댔다. 아직 일이 서툰데다 공사대금이 밀려 있고 또 밥값도 원래는 따로 계산을 해야 하는데 어쩌고 하며 말이 많아지자 나는 인사도 안하고 그냥 자전거를 타고 돌아왔다. 속으로 막 울화가 치밀었지만 개구리와 있었던 간밤의 일 때문에 한 시간쯤 뒤엔 까맣게 잊어먹고 말았다.

그날 저녁, 나는 개구리에게 뭔가 선물을 하고 싶어서 전철역 지하상가에 갔다. 하지만 그때까지도 여자에 대해서 아는 바가 전혀 없었으니 뭘 선물해야 좋을지 짐작도 할 수 없었다. 그러다 조명기구를 파는 가게 앞에 멈춰 섰다. 그녀의 초라한 방에 스탠드를 놓으면 분위기가 훨씬 근사해질 것 같다는 생각이 들었다. 천으로 만든 갓이 달린 작은 스탠드가 마음에 들었는데 생각보다 가격이 비쌌다.

나는 밖에서 다방으로 전화를 걸어 개구리에게 집 앞에서 기다리고 있으니 다른 데 가지 말고 곧장 집으로 들어오라고 했다. 그녀는 잠시 망설이더니 알았다고 했다.

그날 밤, 우리는 개구리의 방에서 스탠드 하나만 켜놓고 맥주를 마셨다.

―여기하고는 너무 안 어울린다.

개구리가 스탠드의 불빛을 바라보며 말했다. 전날과는 달리 목소리가 착 가라앉아 있었다. 은은한 불빛에 비친 그녀의 얼굴이 어딘가 쓸쓸해 보였다. 나 또한 너무 생경스런 불빛에 할 말이 없어 가만히 바라보고만 있었다. 스탠드 불빛에 비친 세계는 왠지 우리가 들어서서는 안 되는 영역처럼 어색하고 낯설었다. 그러다 어느 순간, 그녀가 분위기를 바꾸듯 고개를 들고 짐짓 밝은 목소리로 말했다.

―그래도 켜놓으니까 좋다. 고마워.

그녀는 나의 뺨에 키스를 해주었다. 순간, 나는 그녀를 와락 껴안았다. 뜨거운 뺨이 얼굴에 맞닿았다. 부드러운 목에선 좋은 냄새가 났고 머리카락이 얼굴을 간질였다.

다음날부터 나는 아예 개구리의 집에서 눌러 지냈다. 낮에는 방에서 빈둥대며 만화책을 빌려다 읽거나 옹색한 부엌에서 혼자 부스럭거리며 라면을 끓여 먹고 개구리가 돌아오면 함께 밥을 해먹거나 손을 잡고 기찻길 옆 도로를 따라 산책을 하기도 했다. 친구도 만나지 않았고 외출도 거의 하지 않았다. 마치 누에처럼 조용히 그녀의 방에서 웅크리고 지냈다. 집 뒤가 바로 기찻길이라 언제나 덜그럭거리며 기차 지나가는 소리가 시끄러웠고 방구들이 흔들렸지만 곧 익숙해져서 나중엔 아무렇지도 않았다.

　그녀는 자신의 가족이나 친구, 혹은 과거의 이력에 대해 말하는 법이 없었다. 나 또한 구태여 캐묻지를 않아 그녀의 고향이 대전 어디께라는 것 말고는 아는 게 없었다. 반면에 그녀는 나에 대해서 많은 걸 알고 싶어했다.

　—나중에 뭐 할 거야?

　—군대 가야지.

　—군대 갔다 와선?

　—그거야 나도 모르지.

　—대학 갈 생각 없어?

　—대학? 나 공부 못해.

　—잘하게 생겼는데……

　—나 졸업할 때 성적이 몇 등인지 알아?

　—몇 등인데?

　—오십팔 명 중에 오십팔등.

　—에이, 거짓말.

　—진짜야. 그런 애들 있잖아. 똑똑하게 생겼는데 나중에 시험 쳐 보면 반에서 바닥인 애들. 내가 바로 그런 케이스야.

　—웃겨, 진짜. 뭐, 하고 싶은 건 없어?

　—음악.

　—그럼 하면 되잖아.

　—근데 난 재능이 없어.

—그걸 본인이 어떻게 알아?

—내 친구랑 같이 기타를 배우기 시작했는데 개가 나보다 훨씬 빨리 늘었어. 그래서 난 나에게 재능이 없다는 걸 깨달았지.

—잘났어, 진짜. 그럼 진짜로 뭘 할 건데?

—글쎄 모른다니까.

당시 나는 고등학교를 갓 졸업한 스무 살 나이였는데도 이미 수십 년을 굴러다닌 자동차처럼 덜그럭거리고 있었다. 털이 다 빠진 늙은 개처럼 아무런 의욕도 없었고 알 수 없는 무력감에 뱃속이 늘 횅한 기분이었다. 그러니 내 미래에 대해 뭘 말할 수 있었겠는가? 앞날에 대한 계획은 고사하고 나 자신이 뭘 하고 싶은지도 알지 못했으니. 당시 내 솔직한 심정은 그저 빨리 군대나 갔으면 하는 것이었다.

그것은 개구리와의 관계에서도 마찬가지였다. 우리는 서로 미래에 대한 이야기를 하지 않았다. 약속한 바는 없었지만 장래에 대한 얘기는 어느샌가 우리 사이의 금기가 되어버려, 그 말을 내뱉는 순간 위태롭게 이어가던 우리의 관계는 곧 끝날 것 같았다. 아무런 약속도 없이 시한부 연애를 하는 연인들처럼 우리는 담담하게 봄날을 지나보내고 있었다.

그러던 어느 날이었다. 밤늦게 시내에서 빈둥거리다 전화도 없이 다방에 들렀다. 혹시 개구리가 혼자 있으면 다방 문을 닫고 함께 들어올 작정이었다. 그런데 다방 문을 여는 순간 안에서 귀를 찢을 듯한 소음이 들려왔다. 무슨 소린가 싶어 귀를 기울여보니 디제이박스 안에서 나는 기타 소리였다. 입구에서 힐끗 쳐다보니 디제이 형이 앰프에 선을 연결해서 기타를 치고 있었다. 그는 어깨끈까지 멘 채 자리에서 일어나 그 멋진 머리를 흔들어대며 연주에 몰입해 있었다. 팽팽한 가죽바지 위로 기타를 길게 늘어뜨리고, 피크를 쥔 손은 지판 위를 마구 달리고 있었다.

순간, 나는 긴장했다. 디제이 형이 기타를 치다니! 손가락 관절이 다 부서져 무공을 폐했다는 그 전설의 무림고수가 드디어 칼을 뺐구나, 싶어 나는 조용히 소리에 귀를 기울였다. 생판 처음 듣는 곡이었는데 척 듣기에도 뭔가 예사롭지 않았다. 이게 도대체 무슨 곡인가 싶어 쫑긋 귀를 세워보았지만 갈수록 뭔가 이상했다. 한참 듣다보니 스피커에서 흘러나오는 음은 아무런 의미가 없었다. 코드도 맞지 않았고 스케일도 엉망이었다. 그냥 마구잡이로 뜯어대는 소음에 불과했던 것이다. 디제이 형은 한껏 기분을 내느라 내가 온 것조차 모르고 있었다.

나는 조용히 문을 닫고 다방을 나왔다. 약간 어이없기도 하고 우습기도 했다. 뮤지션에게 필요한 모든 포즈를 갖추었으나 정작 갖춰야 할 연주 실력은 너무나 형편없었던 디제이 형의 비애를 생각하면 마음이 아프기도 했지만 다른 한편 그 화려한 구라와 포즈에 속았다는 생각에 배신감이 들기도 했다.

그동안 나는 공사판에서 번 돈을 조금씩 까먹으며 개구리의 방에 계속 웅크리고 있었다. 가끔 다방에 나가 음악을 듣기도 하고 디제이 형을 만나 음악에 대한 이야기를 나누기도 했지만 이제 더이상 그의 구라에는 흥미가 없었다. 그것은 우연히 확인하게 된 그의 실체 때문이기도 했지만 무엇보다도 음악에 대한 열정이 식어버린 탓이 컸다.

당시 스무 살치고 록 밴드를 꿈꾸어보지 않은 젊은이가 있었을까? 내 주변엔 없었던 것 같다. 나 또한 그중의 하나였지만 내가 가진 재능은 너무나 평범했으며 음악을 해서 성공을 한다는 건 나에게는 너무 먼 꿈이었다. 그리고 언제부턴가 귀에 헤드폰을 끼고 아무 의미 없는 소리에 한껏 취해 있는 내 모습이 한없이 무력하고 한심하게 느껴지기도 했다. 그래서 종국엔 음악을 듣는 것조차 심드렁해졌는데, 지금도 음악을 잘 안 듣는 이유가 그 때문이다.

사실, 스무 살 나이엔 아무것도 절실한 게 없다. 그것은 젊음이라는 빛나는 재산이 있기 때문이 아니라 아직 욕망이 구체화된 나이가 아니기 때문일 것이다. 젊음은 그저 무지와 암흑의 카오스에 갇혀 있는 어설픈 가능태일 뿐, 특별한 의미는 없다. 당시 내게 필요한 건 심심함을 달래줄 만화책과 담뱃값, 그리고 아무 데고 내키는 대로 쏘다닐 수 있는 자전거…… 그 외에 또 뭐가 있었을까? 그때 누군가 좋은 책을 추천해주는 사람이 옆에 있었더라면 내 인생이 좀더 나아졌을까? 하지만 초등학교부터 고등학교를 졸업할 때까지 만난 수많은 스승들 가운데 그런 스승은 아무도 없었던 것 같다. 그들이 가르쳐준 거라곤 그저 '대학 못 가면 사람 노릇 못한다'는 무시무시한 명제뿐이었다. 그 말이 완전히 틀린 건 아니었지만.

—너, 개구리 따먹었다며?

친구 중의 한 명이 물었다. 여러 명이 모인 술자리였다.

—누가 그래?

나는 애써 태연한 척하며 반문했다.

—다 아는데 뭘 그래, 새끼야.

도시가 좁다보니 아마도 누군가 개구리와 함께 걸어가는 걸 목격했던 것 같다. 당시 우리에게 여자란 그저 성적 농담과 비하의 대상일 뿐이었다. 게다가 무지하고 거칠어서 상대의 기분을 헤아리지도, 관계의 소중함 같은 걸 생각지도 못하는 나이였다. 나 또한 별반 다를 바 없어, 우리가 다 알고 있는 다방 종업원과 사귀고 있다는 사실이 친구들에게 왠지 부끄럽게 느껴졌다. 게다가 그 자리에서 실은 내가 개구리를 사랑하고 있다느니 하는 따위의 말을 한다는 건 당시 정서상 있을 수도 없는 일이었다.

—야, 그래서 어땠냐? 얘기 좀 해봐.

내가 입을 다물고 있자 친구들이 계속 추궁했다.

—뭐가 어때, 새끼야. 니들도 형님처럼 한번 닦아보면 다 알게 된단다.

나는 짐짓 위악적으로 굴었다.

―와! 이 새끼, 얘기하는 거 봐. 완전 가오 나온다. 응?

친구들은 질투와 호기심에 나를 계속 몰아붙였다. 나는 심사가 불편했다. 감추고 싶은 소중한 무언가가 유린당하는 것 같은 기분도 들었다. 친구들의 무지와 뻔뻔함도 보기 싫었다. 그래서 먼저 자리에서 일어서려는데 한 녀석이 또 한마디 했다.

―야, 개구리 맛있었냐?

순간, 나는 녀석을 향해 주먹을 날렸다.

―씨발놈이! 그만 하라니까.

녀석은 뒤로 넘어졌고 친구들이 뜯어말렸다. 녀석의 입술에서 피가 흘렀다. 누군가 나를 밖으로 데리고 나갔다. 친구들에게 속내가 들킨 것 같아 얼굴이 화끈 달아올랐다.

그날 밤, 개구리가 돌아와 나를 보더니 깜짝 놀란 표정을 지었다.

―손 왜 그래? 싸웠어?

자전거를 타고 돌아올 때부터 느낌이 안 좋더니 집에 오기 무섭게 주먹에 난 조그만 상처가 부어오르기 시작했다. 아마도 녀석의 이빨에 찢긴 것 같았다. 나는 개구리에게 별일 아니라고 말한 뒤 병원에 가보라는 권유를 뿌리치고 그냥 잠자리에 들었다. 하지만 손이 욱신거리고 아파서 중간에 잠이 깨 부엌에 나가 찬물을 대야에 받아 한참 손을 담그고 있어야 했다.

다음날 아침에 일어났을 때 상태는 더 심각해져 있었다. 팔목까지 퉁퉁 부어오른데다 상처가 곪은 듯 통증도 더 심했다. 개구리는 같이 병원에 가보자고 했지만 나는 혼자 가겠다고 고집을 부렸다. 의사는 세균에 감염이 됐는데 소독도 안하고 수돗물에 손을 담가 상황이 더 악화됐다며 나를 질책했다. 결국 상처를 소독하고 손을 붕대로 감아야 했다. 주사도 맞고 약도 한 봉지 타 왔다.

그날 저녁 친구들이 찾아왔다. 어제 내 주먹에 맞은 녀석은 입술만 약간 부었을 뿐 멀쩡해 보였다. 우리는 서로 쑥스러운 듯 마주 보며 피식 웃었다. 친구들은 이빨 좀 닦고 다니라며 녀석을 놀렸다. 친구들과 몰려서 전철역 쪽으로 걸어가다 한적한 곳에서 쓰러져 있는 취객을 만났다. 한 친구가 부축을 해주는 척하고 취객의 지갑에서 돈을 꺼냈다. '아리랑치기'라고 하는 것이었는데, 아이들이 가끔 써먹는 수법이었다. 우리는 그 돈으로 다시 술을 마셨다. 이번엔 아무도 개구리에 대한 이야기를 꺼내지 않았다.

우리에게 이별은 처음부터 예정되어 있었을 것이다. 손의 부기가 거의 빠져가던 어느 날, 개구리가 머리에 수건을 두르고 얼굴에 로션을 바르다 문득 생각난 듯 말했다.

―여기, 방 내놨어.

은행 여직원처럼 사무적이고 담담한 목소리였다.

―그럼, 다방은?

―다른 데 알아보고 있어.

나는 약간 멍한 기분이었다. 왜 진작 귀띔을 안해줬을까, 서운한 기분도 들었다.

—우리, 원래 한곳에 오래 안 있어. 여긴 예정보다 오래 있었던
거야.

서운한 내 기분을 알아챈 듯 개구리가 뒤돌아보며 달래는 듯한
투로 말했지만 그 말 속엔 아무런 여지도 남기지 않겠다는 단호함
도 담겨 있었다. 아무 할 말이 없었다. 그냥 올 것이 왔구나 하는
심정이었다.

—그럼 어디로 갈 건데?

—문산 쪽에 아는 사람이 있어서 그쪽으로 갈 것 같아.

—문산?

—응.

그때까지 나는 문산에 한번도 가본 적이 없었다. 그리고 아무것
도 아는 게 없었다. 그저 그곳이 북쪽에 있다는 것 말고는. 그때,
스무 살의 내가 무엇을 할 수 있었을까? 그 옛날 누군가는 남아(男
兒) 이십(二十)에 나라를 평정하지 못하면 뭐가 어찌 된다고 했는
데……

그날 밤, 개구리는 한 가지 비밀을 털어놓았다.

—나, 한 가지 숨긴 게 있어.

—뭔데?

내가 옆으로 돌아누우며 물었다.

—사실 나, 너랑 동갑이야.

나는 뒤통수를 한 대 얻어맞은 기분에 멍한 표정으로 한동안 그

녀를 쳐다보기만 했다. 언젠가 나이를 물었을 때 그녀는 나보다 세 살이 많다고 대답했던 것이다.

—그럼 나한테 거짓말을 한 거네.

—원래 우리, 나이 많이 속여. 근데 너한텐 언젠가 말해주고 싶었어.

그때의 기분은 이십 년이 넘게 흐른 지금도 뭐라고 설명할 자신이 없다. 다만 어둠 속에서 그녀의 얼굴을 쳐다보는 동안 자꾸 눈물이 나려고 했던 것 같다.

이사가 확정되자 개구리는 서둘러 짐을 쌌다. 사실 짐이랄 것도 없어서 옷가지를 소포로 부치고 나니 달랑 트렁크 하나만 남아 있었다. 나는 개구리와 헤어지는 것도 헤어지는 거였지만 당장 가 있을 데가 없어 걱정이었다. 개구리가 한번은 농담처럼 문산에 따라올 생각이 없냐고 묻기도 했지만, 그건 한번도 생각지 못한 일이라 그냥 웃기만 했다.

그즈음 지방대학에 간 한 친구와 연락이 닿았다. 학교 다닐 때 친한 녀석이었는데 천안에 있는 어느 대학에 다니며 학교 앞에서 자취를 하고 있었다. 그는 학교생활에 적응도 안 되고 같이 놀 만한 애들도 없어 심심하다며 나에게 놀러 오라고 했다. 무작정 그 도시를 떠나고 싶었던 나에겐 잘된 일이었다.

문제는 돈이 한 푼도 없다는 거였다. 공사판에 다니며 번 돈은 이미 다 써버리고 없었다. 물론 그냥 차비만 마련해 가서 자취방에 눌러 있어도 아무런 문제가 없겠지만 텅 빈 주머니로 내려가고 싶진 않았다. 다시 노가다를 해볼까 하는 생각도 해보았지만 전에 일하던 데는 가고 싶지 않았고, 처음에 공사판 십장을 소개시켜줬던 친구는 성남에 있는 제과공장에 취직해서 다니고 있어 달리 알아볼 데도 없었다. 개구리와 헤어지기 며칠 전, 이리 뒤척 저리 뒤척 잠을 못 이루던 나의 머릿속에 불현듯 엉뚱한 생각이 하나 떠올랐다.

개구리가 떠나는 날, 나는 아침 일찍 다방에 들렀다. 다방에는 다른 여종업원 혼자밖에 없었다. 개구리는 오후에 기차를 타고 떠날 예정이라 그날은 근무를 안하고 집에서 이것저것 정리를 한 뒤, 다방에 들렀다 기차를 탈 계획이었다. 나는 여종업원과 대충 눈인사를 주고받은 뒤 디제이박스 안에 들어가 음악을 틀었다. 하지만 엉뚱한 데 신경을 쓰느라 스피커에서 흘러나오는 노래가 귀에 들어오지 않았다. 나는 여종업원이 주방으로 들어가기를 바라며 홀쪽을 연신 힐끔대며 살펴보고 있었다. 그러다 드디어 그녀가 주방으로 들어가고 홀이 텅 비자, 나는 재빨리 자리에서 일어나 벽에 걸려 있는 펜더기타를 집어들었다. 심장이 터질 것처럼 뛰었고 기타를 케이스에 넣는 손이 마구 떨렸다.

디제이박스에서 기타를 들고 나왔을 때에도 여전히 홀에는 아무도 없었다. 나는 밖으로 나와 건물 계단을 통해 아래층으로 내려갔다. 그리고 전철역을 향해 뛰었다. 모자를 눌러쓰고 있었지만 행여

누군가 아는 사람이라도 만날까 싶어 고개를 푹 숙인 채, 나는 종
각역까지 가는 표를 끊은 뒤 개찰구를 통과했다. 그리고 무작정 처
음 오는 전철에 올라탔다.

당시 펜더기타는 대학 입학금보다 더 비싼 가격이었다. 나는 그
기타를 낙원상가에 가지고 가서 팔 작정이었다. 핑계이긴 하지만,
당시 나에겐 절실하게 돈이 필요했다. 게다가 코드도 모르는 디제
이 형에겐 펜더기타 같은 명기가 어울리지 않는다는 생각이 들었고,
그에게 느낀 일종의 배신감이 더해지기도 했을 것이다. 어쨌든 평
소에 나에게 잘해준 디제이 형에겐 대단히 미안한 일이었다.
　종각역에서 내려 기타를 메고 낙원상가를 향해 걸어가다보니 지
나가는 사람들이 나를 힐끔거리며 쳐다보는데, 그 와중에도 갑자
기 내가 뮤지션이라도 된 듯 기분이 근사했다. 나는 전에 디제이
형을 따라 몇 번 와본 상가를 천천히 구경하며 '중고취급'이라고
씌어 있는 한 가게로 들어갔다. 내가 가져간 펜더기타를 주인이 살
펴보는 동안 나는 가게 안을 빼곡히 채우고 있는 악기들을 구경했
다. 옆에선 한 무리의 사내들이 뭔가 전문적인 용어를 써가며 악기
에 대한 얘기를 나누고 있었다. 하나같이 디제이 형처럼 머리를 기
른데다 가죽바지를 입고 있어, 한눈에도 뭔가 한가락씩 하는 뮤지
션이라는 걸 알 수 있었다. 나는 그들을 선망의 눈길로 힐끔거리며
주인의 대답을 기다리고 있었다.
　—이만 원 쳐줄게.

한참 물건을 살펴보던 가게 주인이 말했다.

나는 어이가 없어 멍한 표정으로 주인을 바라보았다. 펜더기타면 중고가격도 새것과 별반 다르지 않고 심지어는 중고가 더 비싼 것도 있는데 그것이 바로 명기의 특징이라고 했던 디제이 형의 말이 생각났기 때문이었다.

―아니, 이거 펜던데……

나는 뭔가 심상치 않은 기분에 말끝을 흐렸다.

―펜더 맞아. 짜가 펜더.

주인은 옆에 머리를 기른 청년과 서로 마주 보고 웃으며 대답했다.

―이게 짜가라고요?

―응, 살 때 얼마 주고 샀는데?

―산 게 아니고 그냥 선물받은 건데…… 여기 헤드 부분이 에프 자로 휘어졌잖아요. 그리고 여기 로고도 있는데……

그러자 옆에 서 있던 긴 머리의 사내들이 일제히 웃음을 터뜨렸다.

―야, 너 이 위에 걸려 있는 기타 한번 봐.

주인이 가리키는 곳을 보니 수십 대의 전자기타가 걸려 있었는데, 바디에 모두 펜더 로고가 박혀 있었다.

―저거 다 펜더거든. 근데 한 대에 오만 원씩이야. 다 짜가라는 얘기지.

나는 어안이 벙벙했다. 세상에, 저렇게 많은 펜더가 다 짜가라니!

―어떡할래? 못 믿겠으면 다른 데 갖고 가보든가……

─그냥 이만 원 주세요.

얼굴이 시뻘게진 나는 그저 그 긴 머리의 사내들 앞에서 빨리 사라지고 싶은 심정뿐이었다.

돈을 받아가지고 나오는 내 기분은 한없이 참담했다. 이만 원밖에 안 될 줄 알았으면 애초에 훔치지 말걸 그랬다는 후회와, 그게 진짜 펜더였으면 디제이박스 안에 그렇게 허술하게 보관할 리도 없었을 거라는 뒤늦은 깨달음과, 결국 디제이 형한테 또 한번 속았다는 배신감 등이 뒤섞인, 매우 복잡한 심정이었다.

나는 낙원상가 안에서 다방으로 전화를 걸었다. 개구리는 짐 정리를 끝내고 다방에 나와 있었다. 그녀는 네시쯤 전철역에 나가 기차를 탈 생각이라고 했다. 다행히 기타가 없어진 건 아무도 모르는 것 같았다. 나는 일이 있어서 서울에 잠깐 나와 있는데 나중에 전철역으로 나가겠다고 했다.

전화를 끊고 나와 인사동 입구에 있는 분식점에 들러 쫄면을 한 그릇 사먹었다. 시계를 보니 아직 시간이 많이 남아 있었다. 나는 개구리를 만난 뒤 기차를 타고 곧바로 천안으로 내려갈 생각이었다. 그녀와 좀더 시간을 보냈으면 하는 마음도 있었지만 기타 사건 때문에 마음이 켕겨 다방 근처에는 가고 싶지 않았다. 나는 하릴없이 종로통을 빈둥대다 재개봉관에서 영화를 한 편 봤다.「그리스」라는 뮤지컬 영화였는데, 심경이 복잡해서 그런지 눈에 잘 들어오지 않았다. 주머니엔 돈도 몇 푼 없었고, 개구리와는 막 헤어질 참이었고, 다방에는 더 이상 갈 수도 없었고, 모든 게 뒤죽박죽이었다. 영화를 보는 동안 온갖 생각들이 머릿속에 떠다녔지만 나중엔 그냥 될 대로 되라는 식의 자포자기 상태가 되어 중간에 깜빡 잠이 들기도 했다.

영화를 보고 나왔을 때, 뭔가 주변의 분위기가 심상치 않았다. 거리로 나가보니 엄청난 인파가 종로통을 가득 메우고 있었다. 데모를 하는 대학생들이었다. 그들은 스크럼을 짜고 구호를 외치며 인도를 따라 광화문 쪽으로 뛰어가고 있었다. 상가들은 대개 문을 닫아걸었고 멀리 광화문 쪽에선 최루탄 가스가 올라오고 있었다. 당시에 나는 그들이 왜 데모를 하는지도 몰랐다. 아무도 그 이유를 가르쳐주지 않았기 때문이었다. 그만큼 내가 서 있던 자리가 세상의 중심으로부터 멀리 떨어진 곳이었다는 의미였을 것이다. 어쨌든 나로선 처음으로 시위 현장을 직접 목격한 순간이었다. 나는 엄청난 숫자의 젊음이 뿜어내는 거대한 힘 앞에 압도당하는 기분이었다. 그들은 모두 흥분해 있었고 얼굴은 땀과 열기로 번들거리고 있었다.

나는 길 한쪽에 비켜서서 시위대가 지나가기를 기다리고 있었다. 그들은 모두 얼마 전까지 나와 함께 교복을 입고 고등학교에 다니던 젊은이들이었다. 그들은 집단이었고 나는 혼자였다. 그리고 한쪽은 이미 늙어서 덜거덕거리는데 다른 한쪽은 뚜렷한 목표와 이상을 향해 달려가고 있는 것 같았다. 그들은 이 세계를 변화시키려고 거리로 나왔는데 나는 훔친 기타를 팔기 위해 거리로 나온 것이다.

한 무리가 지나가고 다시 한 무리가 들소 떼처럼 밀려왔다. 나는 그 틈에 인도 건너편으로 가기 위해 뛰어나갔다. 순간, 맨 앞에서 스크럼을 짜고 달려오던 남학생들 중의 한 명이 눈을 부라리며 나를 향해 외쳤다.

―씨발, 빨리 안 비켜!

나는 기세에 눌려 주춤거리며 뒤로 물러서다 큰 덩치의 남학생과 어깨를 부딪쳐 닫아놓은 상가 철문에 부딪치며 뒤로 나동그라지고 말았다. 다친 덴 없었지만 기분이 아주 더러웠다.

그때 나는 당시의 그 '더러운 기분'이 그토록 오랫동안, 그리고 그토록 집요하게 내 뒤를 따라다니게 될 거라고는 미처 생각지 못했다. 언제나 무리를 그리워하며 떠돌았지만 한번도 온전히 무리에 속하지 못했던 내 유랑과 방외(方外)의 운명이 그때부터 시작되었다면 지나친 과장일까? 그래서 부족의 구성원에게 의당 필요한 기율과 위계, 명예심과 연대의식을 배울 기회를 얻지 못한 채 언제나 어정쩡한 포즈로 사파(私派)와 이교(異敎)의 문 앞을 기웃대며 보낸 시간들이 결국 내 인생의 이력이 되었다면 그 또한 지나친 자의식일까? 하여간 종각역에서 전철을 타고 내려오는 동안 머릿속에선 아주 많은 생각들이 떠다녔다. 창밖으론 봄날이 지나가고 있었고, 전철 문에 기대어 창밖 풍경을 바라보던 나는 문득 심한 외로움을 느꼈다.

개구리는 트렁크를 바닥에 내려둔 채 플랫폼에 서 있었다. 나는
천천히 그녀를 향해 다가갔다. 그녀는 왜 늦었냐고 묻지도 않고 그
냥 희미한 미소를 지어 보였다. 그 미소가 한없이 쓸쓸해 보여 나
는 그녀를 꽉 안아주고 싶었다.

　─한번 놀러 와.

　그녀가 말했다.

　나는 말없이 고개를 끄덕였다. 다시는 만날 수 없을 거라는 걸
우리는 둘 다 알고 있었다. 나는 말없이 그녀의 트렁크를 내려다보
았다. 짙은 쑥색의 트렁크를 바라보다 문득 그녀가 저 무거운 트렁
크를 끌고 얼마나 많은 곳을 돌아다녔을까, 그리고 앞으로 얼마나
많은 곳을 떠돌아다녀야 하는 걸까, 하는 생각이 들었다. 또한 나
와 동갑이지만 그녀가 나보다도 훨씬 무거운 짐을 지고 있다는 생
각에 마음이 한없이 착잡했다. 트렁크 위에는 내가 사준 스탠드가
얌전히 놓여 있었다.

　─저것도 소포로 부치지 그랬어?

　내가 말했다.

　─깨질까봐.

　그녀가 피식 웃었다.

　멀리 노을이 지고 있었다. 죄악과 배신, 그리고 작별의 하루가
지나가고 있었다. 이때 기차가 들어오는 소리가 들렸다. 내가 타고

갈 기차였다.

—먼저 가.

그녀가 말했다.

—아냐, 가는 거 보고 갈게.

—싫어. 먼저 가.

그녀가 단호하게 말했다.

그녀는 북쪽으로, 나는 남쪽으로 가는 길이었다. 우리는 아마도 다시는 만날 수 없을 터였다. 기차가 멈춰 서자 그녀는 손을 내밀었다. 나는 손을 마주 잡았다. 그녀의 손은 가냘프고 차가웠다. 어느새 그녀의 얼굴이 빨개지고 눈엔 눈물이 그렁그렁 맺혔다. 어깨도 떨고 있었다. 나도 눈물이 날 것 같아 이를 악물었다.

—잘 가.

나는 돌아서서 기차를 향해 뛰어갔다.

승강대에 오르자마자 기차는 곧 출발하기 시작했다. 기차가 움직이는 순간, 울컥 목이 메었다. 나는 승강대에서 머리를 내밀고 그녀를 쳐다보았다. 그녀는 언제나 그렇게 서 있을 것처럼 나를 향해 말없이 서 있었다. 우리의 초라한 방을 밝혀주었던 스탠드도 여전히 그녀의 트렁크 위에 얌전히 놓여 있었다. 나는 그 스탠드가 언제까지고 그녀의 방을 따뜻하게 비춰주길 바랐다. 기차역이 멀어지며 그녀의 모습이 시야에서 점점 사라지고 있었다. 그 순간 나는 가장 슬프고 아름다웠던, 하지만 다시는 돌아갈 수 없는 내 인생의 어느 한 지점과 영원히 작별하고 있음을 깨달았다.

맘

윤이형

1976년 서울에서 태어났다. 2005년 중앙신인문학상에 단편 「검은 불가사리」가 당선되며 등단. 소설집 『셋을 위한 왈츠』가 있다.

작가를 말한다

여하튼 그녀의 소설들은 거의 그런 식의 공정을 거쳐서 나온 것이다. 아주 소설을 다 죽어가면서 쓰는데 소설 자체가 어떻게 생생한지 이해가 안 가서 정강이뼈를 차이는 기분이지만, 이 부조화를 이해하자면 세상에서 제일 뻔한 산모와 신생아의 비유를 드는 수밖에 없다. 산고가 싫어서 그렇게 소설 쓰기에 치를 떠는 것일 테고 낳아놓은 건 말짱하고 예쁜 아기인 것이다. 박상(소설가)

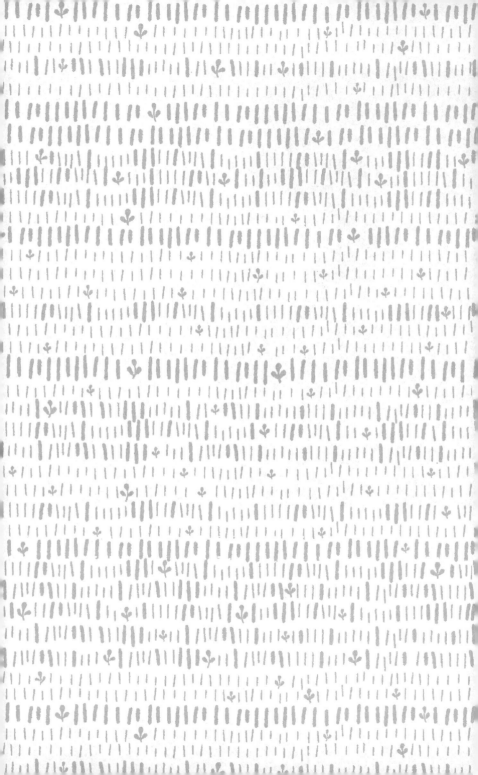

DAY 38

엄마는 블랙커피를 좋아했다. 초등학교 일학년이던 여덟 살 때 소현이 커피 맛을 알아버린 건 그래서였다. 토요일인지 일요일인지는 기억나지 않지만 정오 무렵이었다. 소현이 방바닥에 엎드려 TV로 마쓰모토 레이지의 「은하철도 999」를 보고 있는데 엄마가 커피 두 잔을 타가지고 왔다. 자글자글한 꽃무늬가 들어간 커피 잔이 방바닥에 놓였다. 소현의 커피는 철이가 가끔 쓰는 챙 넓은 모자처럼 연한 갈색이었고 엄마의 커피는 메텔의 코트처럼 새까맸다. 어른의 세계를 상징하는 그런 유혹을 앞에 두고 소현에겐 망설일 여유가 별로 없었다. 처음 마셔보는 커피 맛은 달착지근하면서도 시고 쌉쌀했다. 소현이 커피 잔을 붙잡고 꼴깍꼴깍 소리를 내자

엄마는 얼레, 애 좀 봐, 잘 마시네, 하며 빙그레 웃었다. 어이없어
하면서도 뭔가 뿌듯하다는 투였다. 선생님도 반 아이들도 몰랐지
만 소현은 그후로 카페인에 중독되고 말았다. 아직 학교에서 단체
로 마시는 흰우유에도 정을 붙이기 전이었다.

엄마는 크림도 설탕도 넣지 않은 까맣고 뜨거운 커피를 물처럼
벌컥벌컥 마시는 걸 좋아했다. 그곳이 백화점 십층 식당가에 딸린
커피숍이든, 길가에 세워진 프랜차이즈 커피 스탠드든 식사를 끝
내고 딸과 함께 블랙커피 한잔을 마시는 것을 엄마는 일종의 엄숙
하고도 자부심 넘치는 의식으로 생각하는 듯했다. 종업원이 커피
와 함께 포장지에 싼 각설탕과 크림을 넣은 작은 금속 그릇을 쟁반
에 받쳐들고 오면, 엄마는 언제나 좀 심하다 싶게 큰 소리로 저는
안 넣으니 그냥 가져가세요, 하고 말해서 소현을 무안하게 만들곤
했다. 넣지 않을 거면 그냥 조용히 받아서 테이블 위에 두면 되잖아,
하고 말하고 싶었지만 소현은 그러지 못했다. 엄마의 의식을 방해
하고 싶지 않아서였다. 메텔이 왜 늘 그 모자를 쓰고 있는지는 알
수 없지만 철이 또한 더우니까 모자를 벗어요, 라고 굳이 말하지는
않았으니까.

"미안해요, 도움이 못 돼서."

노인이 찻잔을 내려놓으며 단호하면서도 정중한 어조로 말하는
바람에 소현은 멍한 상태에서 깨어나 엉겁결에 자세를 바로 했다.
노인은 엄마와는 달리 아주 천천히 차를 마시는 사람이었다.

"그래도…… 뭐든 조금이라도 말씀해주시면 안 될까요. 장모님

이 사라지시고 벌써 한 달이 넘었는데, 경찰도 아무 도움이 안 되고, 저희 상황도 지금 절박합니다. 도움을 얻을 만한 곳이라곤 어르신 밖에 없어서요."

소현을 대신해 남편이 얼른 입을 열었다. 종종 감정이 격해져 일을 그르치긴 해도 남편은 사람을 직접 앞에 두고 상대할 때만큼은 행동력이 뛰어난 성격이었다. 소현은 그런 남편이 있어 다행이라는 생각을 했다. 특히 지금처럼 어떻게 반응해야 좋을지 알 수 없는 이야기를 들을 때는. 엄마가 돌아오지 않는 게 다른 시간, 다른 공간으로 빨려들었기 때문이라니.

"그 연구소에서 우리한테 최면을 걸어놨어요. 최면 알죠? 맨 처음에 시작할 때 어떤 이상한 방에서 침대에 누워 기계 같은 거에 들어갔다 나왔는데 아무래도 그게 일종의 최면이었던 모양이라. MRI 찍을 때랑 비슷한 기계였는데. 지금 이런 얘기까지는 할 수 있어요. 내가 시간여행을 하고 왔다고. 그것도 한두 번도 아니고 수십 번은 했다고. 하지만 언제 어디를 갔다 왔고 거기서 뭘 보고 뭘 했다고 말하려고 하면……"

갑자기 따각따각 소리가 났다. 덜덜 떨리는 노인의 손 때문에 찻잔과 찻잔받침과 티스푼이 한꺼번에 흔들리고 있었다. 노인이 테이블 밑으로 두 손을 집어넣고 꽉 맞잡았다. 페이즐리 무늬가 들어간 흰색 양복 재킷 밑에 다홍색 티셔츠를 받쳐입은 노인의 얼굴이 순식간에 티셔츠와 비슷한 색깔로 물들었다. 노인이 재킷 안주머니에서 손수건을 꺼내 빨개진 얼굴을 닦았다. 연기일지도 모른다, 소현은 그렇게 생각했다. 하지만 대체 누구를, 무엇을 위해 이런 연기를 한단 말인가? 돈 때문에? 머릿속이 새하얘졌다. 논리적인 생각이라고 할 만한 것은 하나도 떠오르지 않았다.

반쯤 남은 노인의 홍차가 식은 것을 본 남편이 종업원을 불러 주문을 했다. 노인이 겨우 고개를 끄덕였다.

"생각해보면 머리를 참 잘 쓴 거예요. 노인들이 이런 얘기 하면 누가 믿어주겠어. 정신이 나갔다고, 바로 치매라고 하지 않겠어요? 그러니까 비밀이 새어나갈 우려가 없는 거야. 그 연구소에 가서 무슨 주사를 맞고 나서 그 방 안에서만 얘기를 할 수 있게 돼 있었어요. 아마 최면을 일시적으로 푸는 주사였던 모양이라. 주사 맞고 세 시간이 지나야 나가게 해줬는데 그후엔 다시 누구한테 얘기를 하려고 해도 할 수가 없더라고. 숨이 꽉 막히고 심장에 통증이 오는 게……"

잠시 무언가를 생각하는 눈빛이던 남편이 입을 열었다.

"글로 쓰는 건 안 되겠습니까?"

"글?"

"예. 그러니까 저희가 질문을 하면, 여기다 '예' 혹은 '아니오'라고만 써주시면 되지 않을까요. 말로 하는 것도 아니고요, 그 정도는."

연애 시절과 결혼 후를 통틀어 남편이 그렇게 영특해 보이긴 처음이어서 소현은 순간적으로 감탄했다. 소현은 테이블 앞으로 바짝 다가앉았다. 남편이 노인에게 냅킨과 펜 한 자루를 내밀었다.

노인이 주저하는 얼굴로 펜을 받아들었다. 소현은 입 안이 타들어가는 것 같았다.

"정말로 시간여행을 하셨다면, 언제 어디로 가셨습니까? 지금부터 십 년 전보다 오래된 과거인가요?"

남편과 소현의 눈이 노인의 손에 집중되었다. 하지만 다시 노인의 손가락이 부들부들 떨리기 시작했다. 얼굴이 붉어진 노인은 숨을 고르며 어떻게든 대답해보려고 했다. 고개를 끄덕이는 방법, 손이나 발로 신호를 보내는 방법, 눈을 깜빡이는 방법도 시도해봤다. 하지만 틀렸다. 되지가 않았다. 질문에 대한 대답은 어떤 식으로든 바깥으로 표출되기 전에 뇌에서 인식하게 되어 있었다. 노인의 말을 믿어본다면, 대답을 떠올리는 순간 그가 '최면'이라고 한 그것, 그들(이라지만 대체 누구란 말인가)이 뇌에 심어둔 어떤 코드가 즉각 반응을 가져오는 모양이었다. 더 이상 추궁하다가는 노인이 위험한 상태에 빠질 것 같아 소현과 남편은 할 수 없이 죄송하다고, 대답하지 않아도 된다고 했다.

"미안합니다."

노인이 또 사과했다. 이쪽에서야말로 미안해질 지경이었다. 사실 소현은 그만큼 젊은 사람들에게 권위를 세우려 들지 않고 예의를 지켜 말하는 노인과 얼굴을 맞대고 대화해본 적이 없었다. 노인은 식사를 대접한 한정식집에서부터 정중했고, 말을 놓으라고 소현이 몇 번이나 권유한 다음에야 존댓말 사이에 반말을 드문드문 섞었다. 쌍화차나 유자차 같은 걸 선호할 것 같아 일부러 고풍스러

운 분위기가 나는 찻집으로 모시려고 했는데 굳이 소현의 집 근처
에 있는 신세대풍 카페가 좋다고 한 것도 작지만 충격이었고, 홍차
에 각설탕을 두 개 넣고 맛을 보더니 굳이 종업원을 불러 설탕 한
개를 더 요구한 것도 의외였다. 대하기 어려우면서 어쩐지 안쓰럽
기도 한, 연민인지 거부감인지 모를 감정이 막연히 스치긴 했지만
소현은 노인들의 세계에 대한 지식이 전무했다. 이 사람들은 평소
에 어떻게 살까. 어떤 생각을 하고 어떤 식으로 하루를 보낼까. 그
건 소현의 엄마가 속한 세계이기도 했다.

대화는 띄엄띄엄 이어졌다. 일단 진정하고 나서 노인은 다시 입
을 열었다. 차로 천천히 목을 축여가며, 그래도 자신이 아는 만큼
은 모두 이야기해주려고 노력했다. 노인이 시간여행을 했다는 곳
이 어디든, 거기가 아니라 '이 세계'에 속한 이야기는 할 수 있는
모양이었다. 노인은 일산에 있는 노인종합복지관에서 엄마와 같
은 컴퓨터 수업을 들었고, 학기가 끝날 무렵 복지관 복도 게시판에
붙어 있던 묘한 아르바이트 광고지를 보았다. '국가의 과학 발전
을 위해 설립된 연구기관' '간단한 부업' '여행을 좋아하는 분 환영'
같은 말이 씌어 있었다고 노인은 기억했다. 소현의 엄마가 그 광
고지에 많은 관심을 보이기에 노인은 같이 신청해보지 않겠느냐고
말을 걸었다. 신청은 복지관 삼층에서 받았는데, 일을 원하는 사람
이 꽤 많아 마지막 날에는 최종 신청자가 천 명을 넘었다. 신청자
리스트에 매겨진 일련번호를 노인이 보았다. 하지만 백 명을 조금
넘는 사람들만이 일차 심사를 통과했고, 그 가운데 노인과 소현의

엄마도 있었다. 두 사람은 같은 날 이차 심사를 받았고 그날 서로 얘기도 나눴다고 했다.

소현은 질투를 느꼈다. 그가 엄마를, 어쩌면 소현 자신보다 잘 알고 있다는 생각이 들어서였다. 친하셨나봐요, 하고 물었더니 "재미있는 분이셨지요, 심지가 굳고, 씩씩하고, 뭐든 낙천적으로 생각하려고 하고, 가끔 우울해하긴 했지만" 하는 말이 되돌아왔다. 노인의 얼굴에 쑥스러움인지 흐뭇함인지, 그도 아니면 안타까움인지 모를 무언가가 잠깐 번졌다 사그라들었다.

우울이라는 단어가 목에 걸려 소현은 입을 열 수가 없었다. 소현은 동화를 읽은 아이에게 묻듯 노인에게 묻고 싶었다. 다른 질문을 떠올렸다. 아마도 대답을 들을 수는 없겠지만. 거기 가셨을 때, 마음에 드셨어요? 혹시 돌아오고 싶지 않다는 생각이 드시기도 했나요.

DAY 40

노인은 사기꾼임이 분명했다. 말년의 손 코너리 뺨치게 설득력 있는 연기였어. 애초에 소현이 모 블로그포털에 올린 '사람을 찾습니다'라는 글을 보고 엄마 되는 분을 알고 있다고 연락을 해온 것부터가 이상했다. 예순일곱 노인이 인터넷을 그토록 자유자재로 다루다니 말이 안 되지 않는가.

하지만 엄마도 인터넷은 했다. 복지관에서 컴퓨터반과 인터넷반을 수료한 엄마는 블로그까지 개설했고, 남편의 블로그에도 가끔 방문 흔적을 남겼다. 물론 엄마의 블로그는 포스팅이라곤 아무것도 없이 텅 비어 있었지만.

그렇구나, 노인들도 인터넷은 할 수 있구나.

소현은 엄마의 일산 아파트 방 안에 우두커니 앉아 있었다. 엄마와 함께 살던 때는 어떻게든 이 방을 나가는 게 소원이었다. 방을 채운 모든 것이 붉은 담쟁이덩굴처럼 몸을 옭아매고 숨통을 막는 기분이었고, 서울의 학교에서 집으로 돌아오는 길은 마치 열여섯 시간짜리 장거리 비행처럼 느껴졌다. 소현은 대학을 졸업하고 취업한 해에 서울에 자취방을 얻어 독립했다. 회사가 멀어져 더 이상 일산에서는 다닐 수 없다는 게 이유였지만, 그건 사실 핑계였다.

노인이 꺼내 보였던 주민등록증은 가짜였는지도 모른다. 그날 적잖이 얼이 빠지긴 했지만 집 주소와 주민등록번호를 받아적어놓아야겠다는 생각 같은 건 대체 왜 못했을까. 소현이 노인에 대해 아는 것이라곤 그의 이름과 전화번호뿐이었다. 납치일 가능성은 없겠지만—소현은 납치범의 심리에 대해 아는 게 별로 없었지만 일흔 다 돼가는 사람을 납치하는 건 자식들 집에 재산이 있는지 없는지부터 확인한 후에 하는 일이라는 사실 정도는 알았다—만에 하나 엄마를 납치한 사람들이 그 노인을 내세운 거라면, 이런 식으로 아무 압력도 넣지 않으면서 직접 접촉해올 리는 없었다. 직접적으로 돈을 요구하거나 협박을 가했을 것이다.

TV라도 켤까 생각했지만 머릿속이 정리되지 않았다. 남편은 아무 도움이 안 되는 걸 알면서도 복지관에서 다시 한번 관계자를 다그쳐보겠다며 소현을 집에 놔두고 나갔다. 남편에게는 며칠에 한 번씩 들르라고 하고, 소현은 보름 전부터 엄마의 방에서 먹고 자기 시작했다. 해야 할 일들, 당장 막아야 할 원고들이 쌓여 있어 노트북을 들고 오긴 했지만 손에 잡히지가 않았다. 이유는 알 수 없지만 이 집을 떠났다간 어딘가에 있는 엄마에게 좋지 않은 일이 생기고, 엄마가 영영 돌아오지 못할 것 같다는 근거 없는 예감이 뱃속에서 버섯처럼 자라났다. 하루에 두 번 아침저녁으로 경찰과 연락을 주고받았고 전단지도 만들어 붙여봤지만 실종신고를 낸 이후 진전이라고 할 만한 것은 없었다. 무엇보다 그렇게 아무런 전조도 없이 공기 속으로 증발하듯 사라져버리는 노인들이 한둘이 아니라고 했다. 친하던 친구분 없습니까? 친척 댁은요? 치매가 아닌 다음에야 이유가 있어 어딘가 가 계실 가능성이 큰데 혹시 그럴 만한 곳이 없는지 생각 좀 해보시고요. 형사는 티를 내지 않으려고 노력했지만 하루가 지날수록 짜증스러워하는 눈치였다.

외동딸로 태어난 엄마는 친척이 전무했다. 소현에겐 외삼촌도 외숙모도 외사촌도 없었다. 하지만 여자친구라면 많았어, 소현은 생각했다. 함께 있을 때도 엄마는 늘 여기저기서 전화를 받았고 몇몇 친구들의 이름을 입에 올리며 혼잣말을 늘어놓기도 했지만, 소현의 기억 속에는 그 이름들은 물론이고 그분들이 어떤 일을 하시는 분들인지, 언제 엄마를 만나 무엇을 했고 어디를 다녀왔는지 같은 정보는 거의 남아 있지 않았다. 소현은 그저, 엄마가 무료하지 않게 사람들도 만나고 여기저기 다니는 걸 싫어하지 않아 다행이라고만 여겼다.

복잡한 절차를 거쳐 확인한 엄마의 휴대폰 통화기록 속 번호들로 한번씩 전화를 걸어보면서 소현은 누구신지 잘 몰라 죄송하다는 말로 매번 말문을 열어야 했다. 서울 분이 여섯, 지방 분이 여덟, 미국에 계신 분도 한 분 있었다. 친구분들은 하나같이 자기 일처럼 놀라며 걱정해주었지만, 최근 석 달 사이에 엄마를 만났다는 분은 아무도 없었다. 친구분들이 하는 말은 하나같았다. 얘, 너희 엄마 그럴 사람 아니다. 네가 여기 있는데 널 두고 어딜 가니.

"여보세요? 소현이니? 미영이 아줌마야."

"……네."

"그래, 아직도 소식 없고?"

"……네. 별일 없으셨죠?"

노인의 얘기를 할까 하다 그만두었다. 정신적으로 무너져버린 게 아닐까 하는 걱정은 듣고 싶지 않았다. 엄마가 다녔던 출판사의 까마득한 후배이자 버스로 십 분 걸리는 옆동네에 사는 미영이 아줌마는 엄마와 가장 절친한 친구였다. 엄마가 사라지기 직전이라고 생각되는 지난달 초까지는 이틀에 한 번꼴로 통화를 했다고 했다. 미영이 아줌마는 회사에서 팀장이었고, 나이가 오십에 가까운데도 여전히 일더미에 시달리고 있어 엄마를 직접 만난 건 오래전 일이었다.

"나야 별일 없지. 네가 걱정이다. 밥 잘 챙겨먹어. 괜찮아, 엄마 돌아오실 거야. 참, 뒤늦게 생각난 게 있는데. 엄마가 한참 전에 지나가는 말로, 복지관에서 요즘 무슨 일을 하고 계셔서 정신없는데 재미있다고 하신 적이 있어. 무슨 일인지는 말씀을 안하시고."

"……그러셨어요?"

"응, 언제부터 언제까지 하신 건지는 모르겠다. 나도 갑자기 회사 일이 바빠져서 신경 못 썼고. 딱 그 말만 하셨는데 이제야 기억 났네."

"……"

"엄마가, 너 결혼하면서 좀 기분이 묘하신 모양이더라고. 마음 든든해하시면서도, 그전까지는 자기가 돌봤는데 갑자기 할 일을 잃었다고 생각하니 마음이 많이 허탈하신 것 같았어. 왜, 나이 드신 분들이 자식만 보고 살다가 자식 결혼하면 갑자기 없던 병도 생긴다잖아. 그게 다 갑자기 긴장이 풀려서 그러는 거거든. 너희 엄마도 그러실까봐 내가 복지관에라도 열심히 나가시라고 말씀드렸던 건데. 열심히 다니신다고 해서 나도 마음을 놨던 거고. 이렇게 될 거라곤 상상도 못했어. 어떡하니."

"……"

"아유, 내가 지금 무슨 얘기를 하고 있지. 애, 너무 걱정 말고, 또 연락하자. 내가 다시 전화할게."

"……네."

잘 구운 빵 같은 가을 냄새가 햇빛과 함께 먼지 쌓인 방 안으로 밀려들어왔다. 주인이 없어진 엄마의 집은 한 달 만에 돼지우리 꼴로 변해버렸다. 뱀 허물 모양으로 벗어놓은 청바지며 설거지를 하지 않고 식탁에 그대로 둔 그릇들이 눈에 밟혔지만 손댈 기력이 남아 있지 않았다. 소현은 어릴 때부터 혼돈을 몰고 다니는 성격이었고 엄마는 그런 소현의 뒤를 따라다니며 그것을 열심히 질서로 되돌려놓았다. 하지만, 엄마는 원래 그렇게 깔끔한 성격이었을까, 어지르기 좋아하는 딸 때문에 그렇게 된 게 아니라?

DAY 42

"나야. 밥은 먹었어?"

"응."

거짓말을 했다. 마감은 했어? 하고 물었다. 남편도 거짓말을 하려나.

"오늘 아침에 간신히 써서 보냈어. 전에 말한 검사 친구 있잖아. 그 친구랑 얘기 좀 해봤는데, 그런 기관이 존재했다는 증거가 있어야 하는데 지금 그게 없어. 아무리 뒤져봐도 흔적이 나오지가 않는대. 없대. 진짜로 국가에서 세운 기관이었든, 유령회사였든, 종교 집단이었든 이미 존재 자체를 싹 지워버린 것 같아."

"증거가 없다니? 할아버지 할머니들 증언이 있잖아. 그건 증거 아니야?"

"이미 수소문해볼 데는 다 해봤잖아. 아무도 입을 열려고 하지 않았고. 오늘도 몇 군데 다시 걸어봤는데 자식들이 받더니 오히려 경찰에 신고하겠다고 펄펄 뛰더라. 확실하진 않지만 뭔가 단단히 겁을 준 것 같아. 그 할아버지만 좀 특별한 케이스였던 것 같고."

문득 노인이 엄마를 마음에 두고 있었을지도 모른다는 생각이 스쳤다. 그렇게 호남형으로 생긴 남자는 엄마 스타일이 아닌데, 하고 생각하니 눈물이 왈칵 터질 것 같았다. 엄마는 쌍꺼풀이 또렷하고, 체격이 좀 왜소하고, 자의식이 강하고, 그러면서도 귀여운 데가 있는 남자를 좋아했다.

"엄마 통장에 찍혀 있던 그건?"

미간에 몰린 뜨거운 기운을 간신히 누르면서 소현은 한 손으로 엄마의 통장을 펼쳤다. '노인미래연구소'라는 이름으로 모두 오십만 원씩 여섯 번 입금되어 있었다. 마지막 입금 날짜는 엄마의 전화가 꺼진 채 연결되지 않기 시작한 날부터 보름 전이었다. 엄마는 그다음 날 삼백만 원을 소현의 통장으로 입금했고, 전화를 걸어 그 사실을 알렸다. 그때 뭔가 이상하다는 걸 알아챘어야 했다. 엄마가 대체 어디서 돈이 생겼는지 의심해봤어야 했다. 하지만 그러지 않았다. 늘 그렇듯 미안한 마음이 짜증으로 발전했고, 이유 없이 화만 내다 전화를 끊어버렸다. 그게 마지막 통화였다.

"무통장 입금이래. 은행 쪽도 알아보고 있는데 힘들 것 같기도 하고."

온몸에 힘이 빠졌다. 제대로 된 곳이 아니라는 뜻 같았다. 피라미드 판매였을까? 피라미드에서는 이런 식으로 선입금을 넣어주고 사람들 피를 빨아먹는 건가? 알 수 없었다. 전화를 끊은 소현은 멍하니 통장을 들여다보았다.

엄마의 통장에서 돈이 들어오고 나간 흔적을 눈으로 보는 일도 처음이었다. 엄마는 그 반대였다. 소현의 통장을 빼앗아가다시피 가져가 하루에 한 번씩 잔액을 확인하고 통장 정리를 했다. 회사에서 월급은 꼬박꼬박 들어오는지, 소현이 회사를 그만두고 글을 쓰기 시작한 후로는 원고료를 제대로 받았는지, 생활비가 모자라지는 않는지 강박증에 걸린 사람처럼 체크하는 게 버릇이었다. 소현이 엄마에게 오백만 원을 송금하면 엄마는 며칠 후에 사백만 원을 돌려보냈다. 소현이 화를 내면 엄마도 화를 냈다.

엄마의 통장에는 잔고가 이백만 원 정도 남아 있었다. 의심이 가는 다른 기록은 없었고 다만 몹시 아껴서 조금씩 썼다는 게 눈에 보였다. 엄마는 십만 원을 찾았다가 오만 원을 다시 집어넣기도 했고 어째선지 밤 아홉시에 ATM기로 이만팔천 원을 입금하기도 했다. 소현의 결혼 비용으로 목돈을 지출한 후로는 더 심했다. 소현이 입금한 흔적은 오래전에 끊겨 있었다. 남편과 결혼을 하고, 둘이 합쳐 고정수입 영 원인 전업작가 부부가 되고 나서는 벌써 몇 달째 생활비를 제대로 보내지 못하고 있던 참이었다. 엄마는 딸이 걱정돼 아르바이트라도 해보려고 했던 모양이었다.

원고 하나를 억지로 마감해 보내고 소현은 한숨을 내쉬었다. 자판을 정신나간 듯 두드리니 마감은 맞춰졌다. 소현이 마감을 하는 게 아니라 마감이 소현을 부팅했다 껐다 하는 기분이었다. 소현은 전송한 원고를 다시 보고 싶지 않았다. 엉망이면 엉망인 대로, 괜찮으면 괜찮은 대로. 마음에 들지 않기로는 두번째 이유가 더했다.

―국가에서 취업도 안 되고 경제력도 없는 노인들을 불러모아서 재교육을 시켜준다고 해서 갔지. 검사를 수도 없이 했는데, 나도 병원을 탐탁지 않게 여기는 사람이고, 나중엔 너무 피곤해서 그냥 관둘까 싶더라고. 하지만 노인네들 사이에서 도는 소문을 듣고 보니 사람 마음이, 포기할 수가 없었어요. 우리가 보통 구할 수 있는 일들에 비하면 보수가 엄청나게 높다는 거였지. 검사라고 해서 뭐 특별한 건 아니었어요. 뭐냐, 그 종합건강검진 받는 거랑 비슷했지. 몇 가지 설문지 풀고, 눈 검사하고, 입 벌려서 이가 제대로인지 검사하고, 엑스레이 촬영하고, 무릎 두드려보고, 그런 거였어.

노인은 그렇게 말했다. 엄마의 키는 백오십에서 백오십오 센티미터 사이, 엄마의 몸무게는 사십오 킬로그램에서 오십오 킬로그램 사이였다. 소현은 정확한 수치를 짚어낼 수가 없었다. 엄마는 1940년생이니 올해로 예순아홉 살이었지만, 곱슬이 반쯤 섞인 소현의 머리카락과는 닮은 데가 전혀 없이 고집스럽게 쭉 뻗은 직모를 귀 밑에서 찰랑거리게 단발로 자르고, 정기적으로 칠흑같이 새

까만 색깔로 염색해서 결코 육십대로는 보이지 않았다. 게다가 얼굴의 부드러운 인상을 깡그리 제거해버리는 커다란 검은색 뿔테안경까지 쓰고 있었다. 지하철이나 버스에서 자리 양보를 받지도 못했지만, 아무리 짐이 무거워도 서서 가는 것을 엄마는 오히려 자랑스럽게 여겼다. 엄마는 흰머리에, 연약해 보이는 것에, 노인 취급받는 일에 본능에 가까운 공포심을 품고 있었다.

하지만 엄마는 약했다. 지병인 뇌질환으로 두 번 쓰러진 병력이 있었고, 그 뇌질환 때문에 오른팔과 오른다리를 제대로 쓰지 못했다. 오랫동안 치료를 해서 웬만한 일은 다 할 만큼 나아지긴 했지만 여전히 오른손이 자꾸만 차가워져 수시로 주물러야 했다. 오른쪽 눈도 제대로 보이지 않았는데, 얼마 전에는 녹내장까지 와서 치료를 받았다. 육류와 지방질을 먹을 수 없어서 소현은 엄마와 외식을 할 때 생선초밥이나 야채 요리를 메뉴로 고르곤 했다. 소현은 엄마의 팔을 붙잡고 거리를 걸을 때마다 속에 든 오징어가 빠져나간 튀김옷처럼 가볍다고 생각했다.

엄마는 이 주일에 한 번씩 동네 병원에 가서 검사를 받고 약을 타왔다. 소현은 엄마와 함께 그 병원에 가본 일이 한번도 없었다. 엄마는 자기 앞가림을 늘 혼자 알아서 하는 사람이었고, 어디가 아파도 바보스러울 만큼 입을 다무는 사람이었다. 몇 달 전에는 소현의 신혼집에 가을 이불을 갖다주고 나와 집 앞 계단을 내려가다가 헐거워진 난간이 흔들리는 바람에 엉덩방아를 찧고 말았다. 소현은 그때 친구를 만나러 밖에 나가 있었다. 다행히 크게 다친 건 아니었지만 엄마의 후유증은 오래갔다. 남편이 이 사실을 알면서도 말해주지 않다가 한참 후에야 얘기해준 일 때문에 소현은 결혼하고 나서 처음으로 눈물을 쏟을 때까지 남편과 싸웠다가 어렵게 마음을 풀었다. 엄마는 밥을 먹고 나서 삼십 분 후에 늘 알약 서너 알을 복용했다. 무슨 약이었을까. 물으려다 한번 타이밍을 놓친 뒤로 소현은 결국 믿지 못했다. 병원에는 갔다 왔어? 하고 물으면 엄마는 늘 응, 아무 이상 없단다, 그냥 약만 쭉 먹으면 된대, 하고 대답했다. 어디가 아픈 게 아니라 그냥 이 나이 되면 몸 전체가 말을 안 듣는 거야. 몸이라는 연장을 쓸 만큼 써서 이제 신통치 않은 것뿐이니까, 애! 신경쓸 필요 없어.

　―몸에 이상이 온다고는 안합니다. 아무 이상 없이 사람 몸을 다른 시간대로 옮기는 방법을 발견해냈다고 하데요. 무슨 원리인지는 나도 알 길이 없지. 과학자라니까 그냥 믿었지. 아직까지 내 몸에 별다른 문제는 없어요. 왜 그 실험이 통째로 실패했다는 건지는 몰라. 하지만 누가 죽거나 하진 않았을 거라. 설마.

　문득 뜨거운 것이 치밀어 소현은 휴대폰 폴더를 열었다. 노인의 번호를 눌렀지만 통화 연결이 되지 않았다. 문제가 없다니, 할아버지도 지금 몸이 이상하시잖아요. 얘기를 하려고 하면 발작이 오는데 그게 문제가 없는 건가요. 우리 엄마는 할아버지의 몇 배쯤 몸이 좋지 않다고요.

　―선천적으로 방향감각이 좀 떨어지는 사람들이 있어요. 생각해보니 나도 그렇고 어머니 되시는 분도 그런 사람이었던 것 같아.

마지막 심사까지 통과해서 최종 합격이 되고 나니까 그 과학자라는 사람들이 물어. 평소에 길을 잘 잃으시죠? 자녀분 집 찾아갈 때도 가끔 헷갈리시죠? 좀 놀라서 맞다고 했더니 이러더라고. 왜, 아무도 모르게 실종되는 노인분들이 많잖아요. 연구에 연구를 거듭한 결과 그분들이 치매에 걸렸다거나 한 게 아니라 실은 잠재적 능력자라는 걸 알아냈어요. 자기도 모르게 능력을 발현하는 바람에 다른 시공간대로 미끄러져들어가서, 길을 잃어버리고 돌아올 방법을 못 찾은 거예요. 방법만 제대로 배우면 마음대로 왔다갔다할 수 있는 겁니다…… 그 과학자, 말 한번 똑부러지게 잘하는 아가씨였는데 두툼한 책 한 권을 내밀면서 읽어보라고 하는 거야. 보통 책은 아니었고 좀 희한한 책이었지. 크기는 백과사전만하고 꽤나 무거웠는데, 한 팔백 페이지쯤 되려나. 처음부터 끝까지 백지였어. 뭘 읽어요, 텅 비었는데? 하고 물었더니 백지로 보이지만 그 속에 글자가 있대. 내가 잠재적…… 능력자인데 그런 사람들만 읽을 수 있는 글자가 써 있다는 거였어. 처음엔 기가 막혔지. 하지만 계속 들여다보니까 책장이 조금 반짝반짝하는 것이, 뭐가 있기도 하고 없기도 한 것 같아. 광…… 뭐라더라, 하여튼 뭔가로 글자를 인쇄했는데, 나 같은 능력자가 그 글자들로 이루어진 길을 인식하면 다른 데로 이동할 수 있다고 했어요. 뇌에서 무슨 반응이 일어나서 몸 전체 분자가 어떻게 된다고 했던가. 하여튼 훈련을 하면 된다는 거야. 지금 여기 말고 다른 시간, 다른 장소가 길의 형태로 보일 거래. 그래서 한 일주일 복지관에 나가서 그걸 붙잡고 읽었는데……

정말로 보이는 거야, 그게……

　그날 노인은 거기까지밖에 말하지 못했다. 그가 또 발작을 일으키려 해서 남편이 자리에서 일어나 부축해야 했다. 소현은 알 수 없는 화가 치밀어올라, 그러고 있는 노인에게 따져 물었다. 그래서, 읽으셨어요? 노인이 붉어진 얼굴로 겨우 대답했다. ……읽었어.

　택시에 태워 보낼 때 보니 노인의 얼굴엔 핏기가 없었다. 그는 택시 뒷좌석에 몸을 기댄 채 조심스럽게 말했다. 너무 걱정 말라고, 꼭 오실 거야.

　그러고 보니 엄마가 늘 들고 다니던 검은 천으로 된 가방이 꽤 묵직하던 기억이 났다. 백화점 식품매장에서 엄마와 쇼핑을 할 때면 소현은 습관적으로 엄마의 손에서 짐을 빼앗아 들었다. 그 검은 가방만 빼놓고. 엄마는 소현이 아무리 채근해도 그 가방만은 놓으려 하지 않았다.

　소현은 부엌 식탁에 앉아 머리를 감싸쥐었다. 거기 그 책이 들어 있었던 걸까?

　하지만 엄마는 시력이 나빠진 뒤로는 책 같은 건 읽지 않았다. 소현이 알기로는 그랬다. 보통 책도 읽기 힘들 텐데 그런 특수한 글자들을 인식한다고?

DAY 47

엄마는 책이 아니라 소현을 읽고 있었다. 전화로 소현의 기분과 상태를 읽었고, 남편의 블로그에서 딸이 어떻게 지내고 있는지를 읽었으며, 딸이 써낸 첫번째 소설집을 꼼꼼히 읽었고, 관련된 기사라면 모조리 스크랩해 줄을 쳐가며 읽고 벽에 붙여가며 읽었다. 엄마의 아파트에서 소현과 관련되지 않은 물건을 찾는 일은 힘이 들었다.

엄마는 본래 요리에는 소질이 없었다. 하지만 소현의 도시락을 싸기 위해 요리책을 사다 읽었다. 고등학교 일학년이 된 소현이 좋아하던 푸른 눈의 아이돌 가수가 누군지 앨범 속지에서 읽었고, 그 가수가 내한하던 날에는 담임선생님에게 전화를 걸어 집에 일이 있으니 자율학습을 빼달라고 거짓말을 해서 소현을 공항에 보내주기도 했다. 엄마는 소현이 끼고 있는 반지에서 딸이 남자친구와 잘 사귀고 있는지 헤어졌는지를 읽었고, 가끔 남자친구 이름들을 헛갈려 말하고는 크게 웃음을 터뜨리기도 했다.

끝이 없을 지경이었다.

DAY 50

행어에서 하나하나 내려 세어본 결과 엄마에게는 상의가 스물여

섯 벌 있었다. 점퍼, 재킷, 라운드넥 티셔츠, 단추 달린 셔츠, 카디
건, 사파리, 윈드브레이커, 겨울용 코트를 포함한 숫자였다. 블라
우스는 한 장도 없었다. 색깔은 검은색이 열네 벌로 가장 많았고
카키색 계열이 여섯 벌, 데님 소재의 푸른색이 세 벌, 흰색이 한 벌,
그리고 어두운 녹색과 자주색이 각각 한 벌씩이었다. 사이즈는 모
두 100 아니면 105로 몸에 달라붙는 스타일은 하나도 없었다. 엄
마에게는 하의가 여섯 벌 있었다. 검은색 진이 둘, 갈색 면바지가
하나, 카키색 카고바지가 하나, 그리고 친구 아들딸의 결혼식이나
친구의 장례식에 참석할 때만 입던 검은색과 갈색 스커트가 각각
한 벌씩이었다. 엄마의 허리 사이즈는 27과 28인치 사이인 듯했다.
체격이 작고 마른 엄마는 어둡고 탁한 색을 선호했고, 남자 사이즈
의 옷을 사서 소매를 척척 접어올려 입는 걸 좋아했다. 이런 게 멋
있지 않니? 하고 소현에게 동의를 구하곤 했다. 정년퇴직을 한 후
로 엄마는 웬만해선 옷을 사려 들지 않았다. 고등학교를 졸업한 후
로 소현은 옷 문제에 한해선 엄마를 설득하려는 노력을 포기했다.
왜 그렇게 거무죽죽한 색만 찾느냐고, 밝은색을 입으면 얼굴이 훨
씬 생기 있어 보일 거라고 가게 종업원이 하는 말은 단칼에 딱 잘
랐다. 어휴, 이 나이 돼서 그런 거 입으면 뭐 해요. 그래서 엄마는
우중충한 스물여섯 벌의 상의와 여섯 벌의 하의로 사계절을 났다.
　신발장에는 편해 보이는 검은색 운동화가 두 켤레, 모카신 스타
일의 갈색 구두가 한 켤레, 여름용 샌들이 한 켤레 있었다. 그게 다
였다. 엄마의 발 사이즈는 230밀리미터였다. 엄마가 마지막으로

집을 나갈 때 무엇을 걸치고, 신고 갔는지는 알 수 없었다. 날씨가 점점 추워지고 있었다.

소현은 안방으로 가 서랍장을 열었다. 거기 들어 있던 것들을 죄다 꺼내 이리저리 대보고 둘러본 다음에야 알게 되었다. 엄마의 가슴 사이즈는 75A였다. 엄마의 서랍장에는 언제 마지막으로 입었는지 알 수 없는, 깨끗한 하늘색 브래지어가 한 장 들어 있었다. 그것만은 밝은색이었다.

열쇠로 문을 열고 들어온 남편이 방 한가운데 앉은 소현을 보고 물었다.

"이게 다 뭐야?"

DAY 53

"우리 이성적으로 생각해보자. 난 일단 장모님이 다른 시공간대로 이동하셨다는 것 자체가 말이 안 된다고 생각해. 시간여행은 타임머신이 있어야 하는 거 아니야? 전에 네가 말했잖아. 광속을 능가하는 속도로 가속할 만한 에너지가 있든지 웜홀을 만들 수 있어야 시간여행이 가능하다고. 타임머신이 이 세상에 존재했다면 발견되지 않고 넘어갔을 리가 없잖아. 다른 시간대에서 온 사람들도 지금까지 역사에 남아 있지 않을 리가 없고."

"발견되지 않고 묻히는 얘기도 있어. 지금 우리 엄마 얘기가 그렇게 되려고 하고 있지. 아무도 신경써주지 않잖아. 우린 미친 사람 취급당하고 있고. 그리고 어쩌면 광속과는 상관없는 방법이 있을지도 몰라. 그게 지금 막 발명된 걸지도 모르잖아. 어떤 원리인지는 모르겠지만 그 책이란 게 타임워프를 보조해주는 역할을 했다면, 그리고 우리 엄마가 정말 능력자였다면?"

"장모님이 좀 능력 있는 분이라는 건 알지만, 설령 그게 가능해도 사람의 몸은 그런 엄청난 타임워프를 견디지 못할 거야. 부서져버린다고."

……우리 엄마, 생활력이 강해. 어디다 던져놔도 살아남는다고. 소현은 그렇게 말하려다 말았다. 그거랑 이거랑 무슨 상관이란 말인가.

"설마 너 지금 그 할아버지 얘기 믿고 있는 거야? 그 노인네가 한 얘기를?"

"우리 엄마도 노인네야. 그 전에 사람이고."

소현은 벤치에서 일어나 공원 한복판을 향해 걸어가기 시작했다. 남편이 뒤따라오며 팔을 붙잡는 바람에 발을 멈췄다. 둘은 한낮의 햇볕이 따갑게 내리쬐는 공원에 마치 오그라드는 사랑싸움을 하는 이십대 커플처럼 서 있었다. 결혼한 뒤로는 이런 장면을 연출해본 적이 없었던 터라 좀 우습기도 했지만, 웃기에는 마음이 좋지 않았다. 모자를 눌러쓰고 트레이닝복을 입은 아주머니 몇몇이 소현 부부를 지나쳐 달려가며 호기심 가득한 눈길을 던졌다. 엄마는 이곳 호수공원에서 전화를 자주 걸어왔다. 운동하러 나왔어, 좀 걸으려고. 넌 밥 먹었니? 어디 아픈 데는 없고? 소현은 응, 다 괜찮아, 밥 먹었고, 나 지금 일해, 필요한 것 없어, 하는 식으로 대답하곤 했다. 호수공원은 생각보다 넓고 휑한 곳이었다. 엄마는 이 조용한 곳에서 무슨 생각을 하며 걸었을까, 소현은 생각했다.

"지금 장모님이 사람 아니라는 얘기가 아니잖아. 네가 너무 비이성적인 쪽으로 기우는 것 같아서 그래. 정신줄도 완전히 놓은 것 같고. 기운을 차려야 장모님을 찾더라도 찾을 거 아니야."

소현보다 일곱 배쯤 피가 뜨거운 남편이 이성을 이렇게 강조하다니 어울리지 않았다. 다급한 상황에 처할 때만 튀어나오는 반대쪽 인격이었다. 사실 속이 터지게 생긴 건 남편 쪽이라는 사실을 소현은 잘 알았다. 오죽하면 저렇게 혼자서 뛰어다닐까. 엄마는 남편을 아꼈다. 사위처럼, 아들처럼, 그리고 집에 놀러 온 딸의 친구처럼 진심으로 예뻐했다. 엄마는 남편을 아끼면서 미묘하게 소현을 밀어내기 시작했다. 눈에 보일 정도였다. 심지어 안부전화도 소현이 아니라 남편에게만 걸기 시작했다. 정을 떼려는 것이었을까. 남편은 그런 걸 신경쓰는 소현을 유치하다고 했다.

"국가에서 그런 기관을 세웠다…… 여기 한국에서, 타임워프 능력자를 각성시켜서 다른 시간대로 여행을 보냈다고? 하긴 지금 이 나라 꼴을 보면 일어날 수 없는 일은 별로 없는 동네가 되긴 했지. 그런데 그런 일을 할 이유가 대체 뭐가 있을까? 역사를 바꾸려는 거라면 모르겠지만, 네가 전에 그랬잖아. 시간여행자가 아무리 삽질을 해도 역사는 결코 바뀌지 않는다고."

"역사를 바꿀 수는 없어도 거기서 데이터를 가지고 돌아올 수는 있지. 꼭 필요한데 유실돼서 현재는 없는 정보라든지. 어쩌면 그냥 시간여행이 성공할 수 있는지, 이런 식으로 하면 되는 건지 하는 첫번째 실험일 수도 있잖아. 베타 테스트처럼."

"그런 얘기 좋아하는 애가 어떻게 나보다 몰라. 데이터를 가지고 이쪽으로 돌아오는 순간 그 공간에서는 그게 사라지는 거잖아. 에너지보존법칙에 어긋난다고."

방법이 있을지도 모른다고 소현은 생각했다.

"오빠."

"응?"

"만약 다른 시공간대로 마음대로 갈 수 있다면 오빠는 어디로 가겠어? 특별히 가고 싶은 곳이라도 있어?"

"가고 싶은 곳에 마음대로 갈 수 있다고?"

"그 할아버지가 그랬잖아. 글자들 속에서 길을 읽었다고. 정해진 시간, 정해진 장소로 사람을 보내는 게 아니라, 능력자들이 평소에 원하던 지점으로 가게 되어 있었던 거 아닐까?"

DAY 58

그건 어려운 문제였다. 남편도 소현도 쉽게 대답을 찾을 수 없었다. 엄마의 대답을 찾기는 더욱 어려웠다. 엄마의 친구분 몇몇과 다시 통화를 하고, 경찰서에 다녀오고, 블로그에 글도 몇 번 더 올렸지만 소식은 여전히 들려오지 않았다. 소현은 대답이 없다면 만들어 넣기라도 하고 싶었다. 엄마가 갈 만한 곳, 머무를 만한 시간대를 짐작이라도 할 수 있다면 마음이 좀 편해질 것 같았다. 어쩌면 더 위험한 생각인지도 몰랐지만.

소현은 가방에서 다이어리를 꺼내 펼치고 펜뚜껑을 열었다. 연초에 사두고 게으름 때문에 닷새도 채 쓰지 않은 빨간색 가죽 표지의 다이어리였다.

"모차르트."

맨 처음으로 소현의 머리에 떠오른 건 그 이름이었다.

"모차르트라니, 16세기 유럽?"

"18세기야. 1756년부터 1791년까지."

"머네."

"멀지."

"좀 너무 먼데. 언어 번역기라든지, 그런 건 어떻게 하고? 그 할아버지 횡설수설로 짐작해보면 그런 건 없었던 것 같은데. 18세기 유럽 언어를 장모님이 알아들으신다고? 화폐가 다른 건 어쩌고?"

"엄마, 모차르트 부인이 되고 싶다고 했었거든."

엄마가 밀로시 포르만의 영화 「아마데우스」를 몇 번이나 봤는지 소현은 알지 못했다. 분명한 건 소현 자신이 그 비디오를 백 번도 넘게 봤으니 엄마가 본 횟수는 그보다 많으면 많았지 결코 적지는 않으리라는 사실이었다. '주말의 명화'가 아니면 '명화극장'에서 녹화한 그 영화를 엄마는 틈만 나면 틀어놓았다. 보통 사람처럼 살리에리에 어느 정도 공감은 했지만 엄마는 역시 톰 헐스가 연기한 모차르트를 심하게 편애하는 쪽이었다. 노력을 조금도 하지 않아도 드러나는 그 천재적인 재능, 장난기와 위악, 술과 여자와 퀭한 두 눈과 온갖 망나니짓, 아하하하하 하고 숨넘어가게 웃는 웃음, 그리고 음악. 아, 이 곡 너무 근사하지 않니. 저것 봐라, 너무 귀엽지 않니. 엄마는 종종 그렇게 말했다. 저런 남자가 어쩌면 저렇게 바보 칠푼이 같은 부인을 만났을까. 나 같으면 두들겨패서라도 술이랑 아편을 끊게 하고 작곡을 하게 했을 텐데. 저런 천재가 건강하게 오래 살았으면 세상의 음악이 얼마나 더 발전했겠어.

소현은 모차르트의 부인이던 콘스탄체의 잘 알려지지 않은 생애를 다룬 책을 읽은 적이 있었기에 그녀가 사실은 그렇게 바보 칠푼이가 아니었다는 사실을 알았지만 아무 말도 하지 않았다. 모차르트는 엄마의 이상형이었고, 아이돌이었으며, 엄마의 삶 속에 깊숙이 뿌리를 내린 상징이었다. 엄마는 그런 천재를 동경했고 사랑했다. 소현은 이십 년도 넘은 옛날 일을 기억했다. 모차르트는 안방에 누워 비디오를 들여다보는 엄마의 몸을 가득 적시고도 남아 방바닥으로 줄줄 흘러내리더니, 소현의 몸 쪽으로 밀려왔다. 그날부터 소현의 이상형 역시 폐병으로 요절한 18세기의 음악가로 굳어지고 말았다. 소현은 음악에는 문외한이었고 바흐나 베토벤이나 말러도 전혀 알지 못했지만, 모차르트의 소나타들만큼은 서른셋이 된 지금까지 거의 틀리지 않고 흥얼거릴 수 있었다. 그가 천재인지 아닌지, 인간의 형상을 한 음악인지 혹은 뮤즈의 불운한 사생아인지 하는 건 중요하지 않았다. 소현에게 그는 엄마가 선택한 사람, 그리고 엄마가 오래된 과일처럼 말라비틀어지지 않게 해준 사람이었다.

먼지는 쌓였지만 비디오는 아직 늘어지지 않고 그대로 있었다. 소현과 남편은 결국 TV 앞에 나란히 앉아 「아마데우스」를 다시 보기 시작했다. 가슴이 훤히 드러난 드레스를 입은 콘스탄체의 모습을 보다가 소현은 물었다.

"무슨 생각 해?"

"장모님이 저런 드레스 입으신 걸 상상했어."

신기하게도, 웃음이 나왔다. 엄마의 빈약한 몸매로는 절대 답이 나오지 않는 옷이었다. 하지만 무거운 책이 든 검은 가방을 들고 어두운색 옷을 입은 채 이리저리 걸어다니는 엄마보다는 그쪽을 상상하는 게 좋았다.

DAY 60

방 한구석에서 엄마의 앨범을 발견했다. 소현은 머리를 한 대 맞은 기분이었다. 소현이 어릴 적 쓰던 책장과 벽 사이 틈에 콕 처박혀 있어 찾기 어렵긴 했지만, 왜 진작 이걸 찾을 생각을 못했는지 알 수 없었다. 앨범을 한 장 한 장 넘겨보다가 소현은 기이한 기분이 되고 말았다. 손으로 만지면 휘발되어 사라질 것만 같은 세피아 톤 사진들이 여럿 나왔다. 요즘의 디지털사진과는 닮은 데가 전혀 없이 깊고 멀어서 귀기가 서린 것처럼 보이기까지 하는 수십 년 된 필름사진들. 어린 시절의 엄마는 꼭 사내애처럼 바가지머리를 하고 있었다. 어릴 때부터 새까맣게 짙은 눈썹이 심상치 않았다. 남자애라고 놀림도 많이 받았을 것 같았다. 이목구비가 곱고 여성스러웠던 외할머니는 엄마와 전혀 닮지 않았다. 외할머니는 어째선지 사진마다 한복을 입고 춤을 추고 있었다. 무용을 꿈꾸신 건가?

소현은 천천히 기억을 더듬어봤다. 엄마는 1940년에 중국 어딘가에서 태어났고, 어찌어찌 한반도로 내려와서 여섯 살 되던 해에 해방을, 열한 살 되던 해에 6·25를 맞았다. 등에 짐을 메고 머리에 이고 손에 들고 말로만 듣던 그 피난이라는 걸 갔다고 했다. 피난중이었는지, 그 이후였는지는 모르지만 엄마는 외할머니와 함께 산길을 가다가 호랑이를 만난 적도 있다고 했다. 그러니까, 동물원에 있는 진짜 호랑이 말이다. 불빛 한 조각 인기척 하나 없는 밤길을 걷는데, 외할머니가 갑자기 "쉿!" 하며 엄마를 붙잡고 엎드려 풀숲 속으로 숨었다. 엄마는 영문을 모른 채 입을 가리고 오들오들 떨었는데, 한참 후에 외할머니가 몸을 일으키더니 말했다고 했다. 번쩍번쩍한 불빛 두 개가 저 앞에서 이쪽을 보고 있더라, 필시 호랑이야 그건.

그뒤로 엄마는 우리나라 이곳저곳을 떠돈 것 같았다. 고등학교는 목포에서 나왔고 대학은 서울로 왔다. 하지만 마음의 고향은 어째선지 또 전주라고 한 것 같기도 했다. 전주에서도 살았던 걸까? 소현은 머릿속에 대한민국전도를 펴놓고 엄마의 연고지로 짐작되는 곳에 하나씩 점을 찍었다. 하지만 도무지 연결이 되지 않았다. 오차원 우주를 상상하는 쪽이 차라리 쉬웠다. 중국에서 태어난 엄마, 억지로 창씨개명을 해야 했던 엄마, '때려잡자 공산당!'이라는 표어를 배경으로 초등학교 졸업사진을 찍은 엄마, 해방과 6·25를 몸으로 겪은 엄마, 외할머니와 함께 호랑이를 만난 엄마, 목포에서 공부를 열심히 해 장학금을 받아내고 그걸로 어렵사리 등록금을 내던 엄마, 서울로 올라온 엄마, 톰 헐스 버전의 모차르트가 이상형인 엄마, 남편의 블로그에 들어오던 엄마, 멀티플렉스로 혼자 영화를 보러 다니던 엄마, 농담따먹기를 하던 엄마, 그리고 사라져버린 엄마, 이게 전부 같은 사람이라고?

머리가 어질어질해 앨범을 덮으려다 소현은 멈칫했다. 동그란 뿔테안경을 쓴, 키가 크고 훤칠한 남자의 사진이 눈에 띄었다. 외할아버지였다.

외할아버지는 지식인(이 또한 어떤 지식인이었는지 소현은 몰랐다)이었는데, 무슨 이유에선지 억울하게 '빨갱이'로 몰린 뒤 누군가에게 끌려간 것 같다고 했다. 너무 어린 나이에 외할아버지와 생이별한 일이 엄마에게는 작지 않은 트라우마가 된 것 같았다. 엄마는 소현 앞에서는 결코 눈물을 보이지 않는 사람이었지만, 친구분들께 전해듣기로는 몇 번인가, 아버지 생각이 난다며 속상해하기도 한 것 같았다.

─어느 날 아침, 평소와 다름없이 출근길에 나서던 아버지가 집 앞에서 손을 흔들며 갔다 올게, 하고 인사하는데, 이상하게 마음이 좋지 않은 거야. 왜 그랬는지는 모르지만 아버지 가지 마세요, 하고 소리치며 울고 싶어서, 왜 그럴까 왜 그럴까, 말도 못하고 이상하게만 생각했는데, 그게 마지막이더라. 아버지는 돌아오지 않았어.

남편에게 전화를 걸어 그게 언제쯤이었을지 물었지만, 나름대로 역사에는 일가견이 있다는 남편도 정확한 연대를 바로 떠올리지는 못했다.

소현은 다이어리에 '외할아버지'라고 적었다.

DAY 68

"장모님이 젊은 시절에 출판사에 다니셨다고 했지?"

남편이 앨범을 넘겨보며 물었다. 이제 둘은 편안함에 가까운 어조로 엄마에 관한 추측들을 이것저것 주고받았다. 소현은 그 사실이 가슴 아팠지만, 달리 어떻게 할 방법도 없었다.

"응. 잡지사에도 다녔고. 나랑 비슷해."

"기자?"

"응. 기자도 했고, 출판사에서는 나처럼 편집 일이 아니라 디자인 일을 했고. 엄마가 뭘 꾸미고 매만지는 데 일가견이 있었나봐.

그림은 아니고 레이아웃 같은 거. 엄마가 사온 접시들 봤잖아. 저렇게도 예쁜 걸 좋아해. 엄마가 만든 책들이 꽤 됐는데 지금 집에는 하나도 없어. 이 집으로 이사오면서 전부 버렸어."

"그럼 양장점 일은 언제 하신 거야?"

"그 중간 어디쯤엔가 하셨을걸. 마지막 출판사 들어가기 전인가. 엄마가 바느질을 좀 잘했어. 못할 것처럼 생기셔가지고. 내가 어릴 때는 재봉틀로 내 옷을 손수 만들어줬고."

"근데 너는 왜 그 모양이냐? 양장점은 잠깐 하시다가 그만두셨다고 했지?"

"응, 아무래도 내가 있으니까, 키워야 하니까, 몸이 안 좋아 힘들어도 꾸준히 직장에도 나가고 옷도 만들고 이것저것 다 해보려고 애를 쓰긴 했는데 잘되지 않았나봐."

소현의 식구는 이층집에 살다가 단칸방으로 이사했다. 그때 집안 분위기가 어땠는지는 기억나지 않았다. 새로 이사한 단칸방에서 연탄가스가 새어나와 온 식구가 차례로 병원에 실려간 기억은 어렴풋이 났다. 소현은 문득 어지러웠다. 자신의 기억조차 이토록 남의 얘기 같은데 다른 사람의 기억을 어떻게 더듬는단 말인가.

"어릴 때는?"

"책 읽는 거 좋아하고, 글 쓰는 거 좋아했을걸."

"장모님이랑 너랑 상당히 비슷하네."

"뭐가?"

"그렇잖아, 인생역정이. 기자에 출판사에 문학소녀에. 장모님이 모든 면에서 너보다 훌륭하셨던 거 빼고는 판박이잖아."

"난 문학소녀 아니었어. 왕년에 책 읽는 거 안 좋아한 여자애가 어디 있어. 그리고, 그래, 난 엄마만큼 공부도 못했어. 얼굴도 다르게 생겼잖아."

"다르긴. 쏙 빼닮았구먼."

적어도 감성에 한해서라면, 남편의 마지막 말은 틀리지 않았다. 이십대 때까지만 해도 소현은 몰래 일기장에 쓰곤 했다. 엄마, 미안해, 하지만 난 엄마처럼은 살지 않을 거야. 누군가가 넌 엄마를 꼭 닮았다고 하면 견딜 수 없이 두려워지곤 했다. 엄마처럼 외로움이 가득한 삶을 되풀이하고 싶지는 않았다. 엄마는 매 순간 최선을 다해 삶에 부딪쳤는데, 소현이 보기에 삶은 엄마의 기쁨들을 차례로 빼앗아가기만 할 뿐 아무 보상도 해주지 않는 듯했다. 엄마는 입버릇처럼, 네가 없었으면 나는 벌써 한참 전에 죽었다, 하고 말하긴 했지만 과연 내가 보상이 될까? 이런 내가? 소현은 확신을 가질 수가 없었다.

하지만 시간이 갈수록, 나이가 들수록 소현에겐 소현 자신의 의지와 아무 상관 없이 엄마가 깃들기 시작하는 것 같았다. 변화는 몸에서 먼저 찾아왔다. 걸음걸이가 비슷해졌고 몸놀림이 비슷해졌다. 물건을 쥘 때의 느릿한 손놀림이 비슷해졌고 허리에서 엉덩이로 내려가는 둥그스름한 곡선이 비슷해졌다. 소현이 콘택트렌즈보다 즐겨 끼는 안경도 엄마의 것과 거의 흡사한 뿔테였다.

"외할아버님 계실 때 말고, 장모님이 돌아가고 싶어하실 만한 시기가 또 있을까?"

"글쎄…… 아마 나를 낳고 얼마 되지 않았을 때?"

소현은 자기 입에서 그런 대답이 자연스럽게 나왔다는 사실에
깜짝 놀랐다. 소현은 아직, 아니 앞으로도 당분간은 아이를 가질
생각은 없었다. 아이를 낳아 키우기에 이 세상은 너무 척박하고 황
폐한 곳이었다.

소현은 제 아이의 첫울음을 듣는 어머니의 심정을 알지 못했고,
직접 경험하기 전까지는 앞으로도 알 수 없을 거라고 믿었다. 하지
만 적어도 짐작은 할 수 있게 됐다. 이십대 때는 할 수 없던 짐작이
었다. 엄마의 세계 또한 아무것도 보장되지 않는 황량하고 끔찍한
세계였지만, 그 세계로 소현을 밀어내는 순간 엄마의 눈에서 밀려
나왔을 눈물 속에 통증만 있었을 것 같지는 않았다. 그때 엄마에겐
사랑하는 사람이 있었고, 머리를 누일 보금자리가 있었고, 소현이
있었다. 지금 그 사랑하는 사람은 소현에겐 여전히 중요하고도 버
릴 수 없는 아버지로 남아 있었지만 엄밀히 말해 엄마의 세계에서
는 사라졌고, 집은 식구들이 모두 떠나 혼자만의 공간이 되어 있었
으며, 소현은 엄마의 기대와는 다르게 철없고 현실감각 없는 삼십
대가 되어 나이를 먹어가고 있었지만. 그래도 엄마에게는 온전히
기댈 만한 기억 속의 장소가 최소한 하나는 있을 것 같았다. 1976
년 7월 소현이 태어나던 날, 지금은 없어진 마포의 한 산부인과.
자신이라면 분명 그때로 돌아갔을 거라고, 소현은 믿었다.

노인은 예전보다 혈색이 좋아 보였다. 그동안 연락을 받지 못해 미안하다고 그는 또 정중하게 사과했다. 아파트에서 경비 일을 얻었는데, 수상해 보이는 사내가 들어가려 하기에 제지했다가 대판 싸움을 내고 잘렸다고 했다. 알고 보니 그 사내는 아파트에 독거하는 어느 할머니의 아들이었는데, 행색이 하도 불량해 보여 따져 물었더니 대뜸 "우리 집 노인네한테 오랜만에 용돈 좀 받으러 왔는데 댁이 왜 시비냐"는 말이 터져나와 노인은 그만 폭발하고 만 모양이었다. 그 뒤로는 전기요금 청구서 배달 일을 시작했는데, 원체 길치인데다 여러 번 다닌 길도 제대로 외우지 못해 다른 배달원보다 시간이 두 배로 걸리는 바람에 지금까지 정신이 좀 없는 모양이었다. 지난번과 똑같이 입고 나온 헤링본 재킷은 그가 중요한 날에만 입는 옷일 거라고 소현은 짐작했다. 노인이 굳이 일을 계속 찾아다니는 이유는 늦둥이로 낳은 외동딸 때문이었다. 십 년 전에 상처한 노인은 딸이 대학을 다닐 때까지만 해도 반 알코올중독 상태로 건강을 망치며 살았다. 하지만 대학을 졸업한 딸이 삼 년 넘게 취업이 되지 않아 힘들어하며 집에만 처박혀 있는 걸 보고 자신이라도 몸을 바쁘게 놀려야겠다고 마음먹었다. 그래서 노인복지관에 나가기 시작했고, 컴퓨터를 배웠고, 할 일을 자꾸 찾고 만들기 시작했다. 소현의 엄마도 그러다 알게 되었다.

"그래서, 글은 잘 쓰고 있어요?"

노인이 갑작스레 이쪽 안부를 묻는 바람에 소현은 가슴이 뜨끔해졌다.

"아뇨, 일단 엄마가 돌아오셔야 일을 제대로 할 수 있을 것 같아서요."

"어머니가 사라지기 전에는 글이 잘 써졌어요? 혹시, 백지공포증 같은 거 있지 않았어요?"

소현은 영문을 몰라 얼굴이 붉어졌다. 남편도 좀 놀란 기색이었다.

"그걸 어떻게……"

"어머니가 딸 걱정을 많이 하시더라고."

소현은 뭐라고 할 말이 없었다. 엄마에게 징징거린 기억은 없는데, 엄마는 어떻게 알고 있었을까.

"……실은, 옛날부터 써보고 싶은 얘기가 있었는데 아무리 해도 쓸 수가 없었어요. 그 얘기를 쓰지 못하니까 다른 얘기들도 제대로 되지 않았고요."

남편이 그게 뭔데? 하는 당황한 눈으로 쳐다보았다.

"엄마 얘기?"

"네."

"그냥 쓰면 되지 않을까?"

그래서 소현은 지금까지의 이야기를 하기 시작했다. 엄마가 가고 싶어했을 만한 시간과 장소를 열심히 추리해봤지만 채 열 군데도 찾아내지 못했다는 것. 엄마의 앨범을 펴고 눈이 뚫어져라 사진들을 들여다봤지만 엄마의 인생 전체가 처음 보는 변수로만 이루어진 외계수학 방정식처럼 보인다는 것, 점들이 무수히 찍혀 있긴 한데 그것들을 어떻게 연결해야 할지 도무지 알 수 없다는 것, 삼십삼 년 동안 딸로 살아왔지만 엄마에 대해 거의 아무것도 알지 못한다는 것. 소현의 다이어리 속에는 소현이 만들어낸 엄마의 이미지들만 둥둥 떠다녔다.

"저는 엄마에 대해 쓸 수가 없어요. 엄마의 삶을 읽을 수도 이해할 수도 없으니까."

알지 못하면서 쓰고 싶어하는 건 잘못이라는 생각은 소현도 했다. 하지만 자꾸만 궁금했다. 엄마는 소현에게 가장 가까이 있지만 세상에서 가장 궁금한 사람이었다. 엄마의 아침이, 엄마의 새벽 두시가, 엄마가 지나온 갈림길들이, 엄마의 욕망이, 엄마가 지하철을 타고 있을 때 하는 생각들이 궁금했다. 소현은 모순에 빠져 있었다. 신경을 쓰고 대화를 한다고, 엄마의 집에 한번 더 들른다고 그런 것들까지 알 수 있는 것은 아니라는 생각 때문에 소현은 그 어떤 노력도 하지 않았던 것이다.

"소현 양 어머니도 글을 쓰고 싶어하셨어요. 그건 알죠?"

노인은 홍차에 각설탕 세 개를 차례로 넣고 저으면서 차분한 어조로 말을 받았다.

"네, 엄마에게도 분명 글로 하고 싶었던 얘기들이 많았을 텐데. 좀 파란만장하게 사셨거든요."

"그러시려나."

"……?"

"나는 그런 쪽은 전혀 모르는 사람이지만, 만약 나더러 뭘 쓰라고 한다면 난 내가 살아온 인생 얘기는 절대로 쓰고 싶지 않을 것 같거든?"

소현은 이해가 되지 않아 노인의 얼굴을 들여다보았다. 노인은 잠시 입을 다물더니, 차를 한 모금 삼키고 잔을 내려놓은 다음에 말을 이었다.

"그렇게 징글맞고 사연 많은 인생 따위 글로 써서 뭐 좋겠어. 내 인생이지만 내가 돌아보는 것도 이젠 지겨운걸. 그리고 그걸 다른 사람들이 읽는다고? 아이고, 끔찍해. 차라리 딴 걸 쓰고 말지. 골프 얘기나……"

"예?"

"몰랐어요? 어머니가 타이거 우즈 좋아하시는 거. 거의 광팬 수준이던데."

그러고 보니 엄마는 추석이나 설에 소현이 집에 들를 때마다 골프 채널을 보고 있었다. 엄마의 이상형은 언제 또 건장한 흑인 스포츠맨으로 바뀐 것일까.

"하루는 복지관에서 컴퓨터 수업 끝나고 쉬는 시간에 나한테 오시는 거야. 평소에는 별 관심도 없고 말을 걸어도 대꾸도 잘 안 해주고 했는데 웬일로 이러시나 해서 나는 좀 가슴이 설렜지. 어머니가 타이거 우즈 사진을 찾아서 자기 컴퓨터 바탕화면에 깔아달라고 하시는 거예요. 얘기를 들어보니 완전히 이건, 골퍼로가 아니라 남자로 좋아하는 거더구먼. 어찌나 화가 나던지 순간적으로 끊었던 소주 생각이 다 나는 거라. 근데 나도 자존심이 있는 사람이라 표현은 못하겠고, 다른 반 학생들이랑 공용으로 쓰는 컴퓨터에 마음대로 월페이퍼를 깔면 어떻게 하느냐, 교양 있으신 분인 줄 알았는데 실망이다, 그런 식으로 좀 핀잔을 줬지."

"장모님 상처받으셨겠는데."

"상처는. 우리 엄마는 그런 말은 들은 체도 안했을걸."

"응, 들은 체도 안하시더라고. 내 생각은 조금도 해주지 않고 계속 타이거 우즈랑 그 딸 얘기를 하시던데."

"딸?"

맞아, 타이거 우즈 얼마 전에 딸 낳았어, 하고 남편이 끼어들었다.

"응, 그런가보더라고. 그 딸이 나중에 커서 아빠만큼 훌륭한 골퍼가 될까, 아니면 아빠와는 완전히 다른 길을 갈까 궁금하다고 여러 번 그러시는 거야. 그래서 내가 그렇게 궁금하시면 계속 지켜보시면 되잖아요, 했더니 에휴, 내가 앞으로 살면 얼마나 살겠어요, 하시더라고."

소현은 마시던 커피 잔을 내려놓았다. 소현이 급히 일어나면서 툭 치는 바람에 다이어리가 테이블 밑으로 굴러떨어졌다. 화장실에 가서 수도꼭지를 틀었다. 손 씻는 물이 그렇게 차갑게 느껴진 건 처음이었다.

왜 그 생각을 못했을까? 시간여행 이야기에 흔히 등장하는, 현재의 자신이 옛날로 가서 더 젊은 자신을 만난다거나 하는 설정은 어쩐지 완전히 믿어지지 않았다. 그렇게 되면 하나의 세계에 두 명의 자신이 존재하게 되는데, 우주의 균형이 과연 그런 공존을 견뎌내줄까. 그러면 그 사람은 붕괴되어버리지 않을까. 소현은 엄마 때문에 그 이상함을 잠시 잊고 있었다. 엄마가 출근길의 외할아버지를 만나러 가거나 소현이 태어나던 순간을 다시 보러 간다는 건 논리적으로 말이 되지 않았다. 소현이 평소에 생각하던 대로라면 동시에 두 명의 엄마가 존재하는 일을 무언가가 막았을 것이다. 튕겨내는 장치.

게다가, 시간여행 실험을 계획한 게 누구든 이익을 생각하지 않고 그런 일을 할 리는 없었다. 노인들에게 역사를 뒤집으라고 임무를 부여하는 건 무리였다. 그런 게 아닌 다른 이익이라면? 현재의 인류로서는 결코 얻을 수 없는 정보 정도가 아닐까. 알고 싶지만 알 수 없는 것. 소현에게는 과거가 그런 것이지만, 만약 어떤 정치적 목적을 지닌 사람들이라면……

미래.

미래였다. 노인, 미래, 연구소. 쉬운 트릭이었지만 간과했다. 너무 쉬운 트릭이었기 때문일까.

소현은 그제야 이해할 것 같았다. 그들이 왜 노인들만을 시간여행 실험에 이용했는지. 할아버지 할머니들이 정말로 능력자였는지는 알 수 없다. 그 실험이란 것의 정체도 알 수 없다. 하지만 노인들에게 남아 있는 삶은 젊은이들과 비교했을 때 상대적으로 짧다. 삶이 끝난 다음의 미래로 그들을 보내면, 그들 자신의 존재에는 아무런 모순도 불균형도 생기지 않는다. 이 베타 테스트는 일단 실패로 돌아갔다고 했다. 좌표 문제였을 것이다. 할머니 할아버지들이 단번에 적절한 지점으로, 그것도 타인들이 원하는 지점으로 찾아갈 수 있을 리가 없었다. 사람의 욕망은 각기 다르다. 백 명의 노인이 있다면 그들이 상상하는 시공간대의 가짓수는 백이 나올 것이다. 하지만 만약 피실험자들 대다수가 과거가 아니라 미래를 택해 실험이 성공한다고 가정하면, 나이가 많은 사람들을 이용할 때 더 가까운 미래의 정보를 캐낼 가능성이 크다. 그들이 그걸 기억의 형태로 보존해 가져오면 되니까. 소현은 거기까지 생각하고 나서 자신의 발상이 지독하고 잔인하다는 사실을 깨닫고 아찔해졌다. 하지만 이런 일에 있어서는 더 지독하고 잔인하게 생각할 줄 알아야 한다는 생각도 동시에 스쳤다.

소현은 엄마에게서 잠깐 생각을 분리해봤다. 소현 자신은 어떨까? 누군가가 시간여행을 하게 해준다면 돌아가고 싶은 과거가 있나?

없었다. 가끔 옛날 일을 돌아보긴 하지만 그저 낭만적인 방식으로 과거의 좋던 날들을 소환하는 건 소현의 취미가 아니었다. 소현은 과거보다는 미래를 보고 싶었다. 소현 자신이 자꾸만 잘못을 저질러도 그게 부끄럽고 끔찍해 죽지는 않는 것처럼, 인류가 끝없이 어리석은 일을 되풀이하고는 있지만 언젠가는 지금보다 나은 세계를 만들 수 있을 거라고 소현은 믿었다. 회한에 젖어 이미 지나간 과거를 뒤적이는 것도, 사람이라면 가끔 하게 되는 일이었다. 그러나 거기서 배우는 능력이 부족하다는 걸 통감할 때면 까마득히 먼 앞날로 자신을 훌쩍 옮겨다 놓고 숨통을 트고 싶다는 생각이 드는 것도 사람이라고, 소현은 생각했다.

엄마라고 그러지 말라는 법이 있을까?

DAY 80

딸의 소설에는 다음과 같은 문장이 씌어 있었다.

'소현의 엄마는 어디 시내에 쇼핑 나갔다 지하철을 타고 돌아오는 것처럼, 돌아오는 지점으로 집이 아니라 일부러 3호선 지하철 대화역을 골랐다. 그날은 개봉영화 정보가 실리는 무가지가 배포되는 날이기도 했고, 마침 오랜만에 된장찌개를 해먹어야겠다는 생각이 났는데 집에 애호박과 무와 두부가 떨어졌다는 사실도 떠올랐기 때문이었다. 엄마는 돌아오는 지점의 아귀를 제대로 맞추지 못해 생긴 팔십 일간의 오류나, 주위 사람들이 그동안 했을 걱정 같은 건 전혀 모르는 듯했다.'

그래서 소현의 엄마는 그 문장대로 팔십 일 후로 워프 지점을 잡았다. 반짝이는 글자들로 가득한 책장을 넘겨 '2008년' 항목을 찾고, 사람이 없는 시간대의 대화역을 상상하며 글자들을 읽었다. 그러자 길이 보였다. 시간과 공간이 산산조각나면서 자그맣고 눈부신 물방울 무더기로 변해 몸을 휘감으며 회전하기 시작했다.

워프.

정신이 좀 아찔했지만 금세 균형을 잡았다. 내리고 보니 1번 출구 앞이 아니라 승강장이어서, 에휴, 또, 하며 조금 웃었다. 한참 떨어진 곳에 한두 명이 다른 곳을 보고 서 있었을 뿐 승강장 내는 한산했다.

하지만 몸을 추스르고 계단을 올라가려고 막 몸을 돌리는 순간, 경호원처럼 검은 정장을 입은 젊은 남자 여섯 명이 우르르 계단을 내려오는 게 보였다. 순식간에 다가온 그들은 소현의 엄마에게서 가방을 빼앗더니 양팔을 붙들었다. 한 남자가 가방 속에서 묵직한 책을 꺼냈다. 지하철이 들어오고 있다는 신호음이 요란하게 울리며 방송이 나오기 시작했다. 남자가 승강장으로 다가가 막 들어오기 시작한 지하철 바로 앞에 책을 확 던져버렸다. 와그작, 소리와 함께 빛의 파편이 사방으로 튀었다.

열차가 승강장을 완전히 빠져나가자 팔을 붙든 남자가 낮은 목소리로 입을 열었다.

"죄송하지만 더 이상 실험은 없을 겁니다. 아실지도 모르겠지만 모든 계획과 일정이 취소됐습니다. 연구소가 폐쇄됐기 때문에 마지막 건 입금은 해드리지 못하게 됐습니다. 그리고 앞으로 이 일에 대해 입을 여시면 안 됩니다. 기억하시죠? 그렇지 않아도 지금 소현 어머님 때문에 불필요한 일들이 많이 생겼습니다. 따님을 생각하셔야죠."

팔을 붙잡은 남자가 낮은 목소리로 말했다. 소현의 엄마는, 물론 이미 알고 있었지만, 역시 어이가 없어 소리라도 치고 싶은 심정이었다. 아니, 시키는 대로 미래로 가라고 해서 갔고, 가서 보고 들은 걸 얘기하라고 해서 말해줬더니 이제 와서 이 무슨? 물론 오십 년 후의 매체에 실린 그 숫자와 이름들을 잘 기억하지 못한 건 사실이지만, 그건 검사받는 시점에서 이미 서로 합의하고 들어간 사실이었다. 기억나는 것만 편하게 얘기하면 된다면서? 하지만 엄마는 소리를 지르지는 않았다. '엄마는 태연하게, 이제 그런 것 따위 별로 상관 없다는 듯 팔을 훌훌 털고는 발을 옮겼다'라고 소현이 소설에 써놓았기 때문이었다. 팔을 놓아준 남자들이 마지막으로 험상궂은 표정을 한번 지어 보이고는 계단을 터벅터벅 올라가 사라졌다.

딸은 어쩌자고 그런 이야기를 쓴 걸까? 소현의 엄마는 최대한 태연해 보이려고 애쓰며 팔을 훌훌 털면서 생각했다. 처음부터 오십 년 후로 가고 싶어한 건 아니었다. 미래로 가기에 가능하면 현재에서 가장 먼 훗날로 이동하고 싶었다. 이왕이면 사람들이 달로 다 떠나고 인구가 적어져 살기 좋아진 지구라든가, 사진대로라면 보석을 믹서에 신나게 갈아 쏟아놓은 것처럼 생겼을 은하, 그 은하 저편을 향해 정기적으로 발사되는 일반 시민용 우주선 같은 걸 보고 싶었지만 결국 몸이 반복해 착륙하는 곳은 오십 년 후 한국이었다. 상상하는 만큼 가게 된다고 과학자들이 말했으니 그쯤이 소현 엄마 자신의 상상력의 한계였는지도 몰랐다. 오십 년 후에도 지구의 수준은 그렇게 화려한 신세계 가까이에도 가지 못했다.

타이거 우즈의 딸이 골프를 하는 모습을 보지는 못했지만, 타이거 우즈의 딸의 아들이 시작해서 대박을 터뜨리고 전세계적으로 유명해진 패밀리 레스토랑이 있기에 몇 번 찾아가 맛있게 식사를 했다. 미래엔 말로 다할 수 없을 만큼 달콤하고 아기자기한 잔재미들이 많긴 했다. 정신은 좀 사나웠지만 몸이 부서졌다 다시 붙는 일의 반복에서 오는 피로 따위는 가볍게 잊을 만큼 재미있었다. 뇌에 박힌 이 코드인지 뭔지 때문에 그게 어떤 모습인지 누구에게도 설명할 수 없는 게 한이지만…… 그래도 그곳을 떠올리는 것만으로 가슴에 통증이 오고 숨이 막히는 사람도 있다던데, 그저 관자놀이 부근이 이렇게 살짝 따끔거리는 수준인 걸 보면 젊을 때 앓은 병 때문에 몸이 완전히 바뀌어버린 건지도 모르겠다고 소현의 엄마는 생각했다.

오십 년 후의 딸과 사위의 모습도 당연히 궁금했지만, 가슴이 내려앉을 것 같아 결국 다가가진 못했다. 평균수명도 늘어났고, 애가 좀 철이 없어서 그렇지 좋아하는 일도 있으니 분명히 건강하게 잘 살고 있을 거라고 믿기로 했다. 물론 그런 결정을 내리기가 쉽지는 않았다.

대신 멀티미디어 정보관인가 하는 델 가서 딸의 글을 읽었다. 오십 년 후에 종이로 된 책들은 거의 사라졌지만, 이야기 자체는 사라지지 않아서 종이가 아닌 다른 형태로 고스란히 보관되어 있었다. 그런데 제목에 호기심이 생겨 고른 어떤 소설에서 소현이 자신에 대해 아주 엉망진창으로 써놓았기 때문에 소현의 엄마는 얼굴이 뜨거워졌다. 동네 창피하게······ 나름대로 노력은 한 것 같았지만 사실과 다른 얘기들만 잔뜩이었다. 그런데 얘는 왜 내가 팔십일 동안 사라져 있었다고 써가지고 일을 이렇게 꼬아놓은 거지. 원래는 떠난 날로 제대로 돌아오려고 했는데 딸이 그렇게 써놓으니까 팔십 일이 지나 돌아오지 않으면 안 될 것 같았다. 뭔가 좋지 않은 일이 생기리라는 예감이 들었던 것이다.

무가지는 이미 사람들이 다 집어가고 없었다. 소현의 엄마는 지하철역을 나와 천천히 걸었다. 미래에는 된장찌개가 없었고, 생긴건 비슷하지만 맛은 영 바보스러운 대체식품만 있었다. 딸이 쓴 '된장찌개'라는 단어를 봤을 때부터 입맛이 당겼는데 오랫동안 누르고 있던 참이었다. 가게에 들어가다가 잊고 있던 게 떠올랐다. 딸의 글에는 그런 문장도 있었다.

'엄마는 당장 휴대폰을 켜서 소현에게 전화를 했다.'

그래서, 엄마는 당장 휴대폰을 켜서 소현에게 전화를 했다.

"엄마? 진짜 엄마야? 괜찮아? 지금 어디야?"

소현이 울기 시작했다. 엄마는 기가 막혀 말했다.

"집 앞이지 어디야. 얘, 너 지금 우리 집에 있지? 오늘 저녁에 된장찌개 할 건데 먹을래?"

매장(埋葬)

김 사 과

1984년 서울에서 태어났다. 2005년 창비신인소설상에 단편 「영이」가 당선되며 등단. 장편소설 『미나』『풀이 눕는다』가 있다.

작가를 말한다

그녀는 근대에 태어났더라면 근사하게 어울렸을지도 모르겠다는 생각이 든다. 아무래도 모두들 각자의 미끈한 라이프스타일에나 관심이 있는 현대에 이렇게 비장하고 진지하고 정의로운 것은 촌스러운 것이다. 김사과는 현대의 예술이라는 것이 세계에 대한 문제의식을 책임지려고 했던 역할을 집어치우고 자기 치유, 유머, 완성도, '기발함' '발랄함'을 가지고 하는 나른한 놀이 같은 것이 되어버린 것이 못내 마음에 들지 않는다고 했다. 그리고 멋도 하나도 없다고. 지적이고 세련되었고 교육 받은 도시민들이 자기 손 더럽히지 않고 향유하는 문화들이 멋있다고 생각하는 것 같아서 창피하다는 것이다. 촌스럽고 진지한 문제들이 사라지지 않고 뻔히 남아 있는데다가 그 어느 때보다 그 문제들에 대해서 잘 알게 되었는데, 진지함은 진짜 촌스러운 종교나 정치 같은 데로 옮겨가고 갑자기 모두들 유쾌한 척 딴소리만 하고 있는 게 여간 부조리해 보이는 게 아니라고 했다. 남궁선(영화감독)

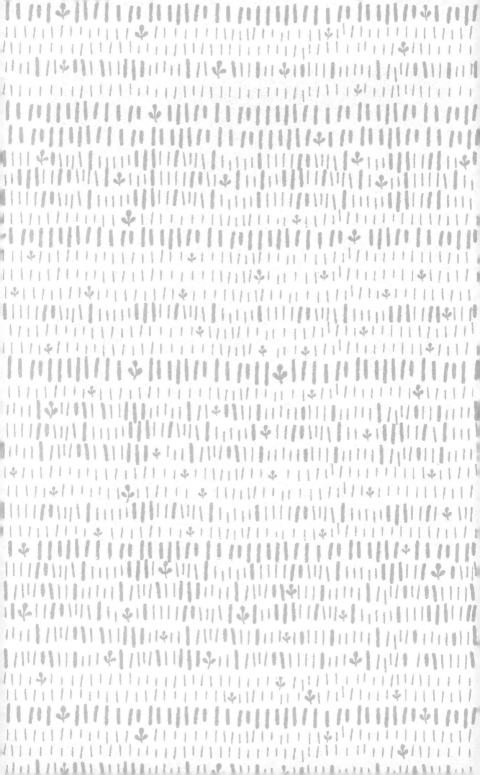

그것은 이렇게 시작한다. 약기운이 돌기 시작할 때 우리는 바스
토우 어딘가 사막 가장자리에 있었다.* 혹은 이렇게 시작한다. 앨
리스는 언니와 함께 강둑에 앉아 아무것도 안하고 있는 것이 매우
지루해지기 시작했다.** 혹은 이렇게 시작된다. 미국식 아침식사를
먹는다. 잘게 썬 양배추와 토마토, 두툼한 고기패티를 흰 빵에 얹
는다. 기름진 것을 먹는다. 탁자 위에 가지런히 놓인 둥근 접시들,
올리브, 베이컨, 피클과 캠벨사의 깡통 수프, 그것들의 다른 이름
은 서울이다. 서울은 카길사의 소고기패티를 넣은 흰 밀가루빵이
며 그것의 다른 이름은 지옥이다. 그것이 지옥인 이유는 영혼이 없

---

* Hunter S. Thompson, *Fear and loathing in Las Vegas*, Happer Perennial, 2005, p. 3.

** 루이스 캐럴, 『신기한 나라의 앨리스』, 남기헌 옮김, 책세상, 2006, 10쪽.

기 때문이다. 도시는 영혼이 없다, 인간에게 영혼이 없듯이, 풍경
은 의미 없이 걸려 있고, 더 이상 하늘은 색의 변화로 시간을 가리
키지 못한다. 계절은 가을을 가리키지만 나는 그것을 볼 수가 없
다. 대신 보이는 것은 펼쳐진 아파트들이다. 그것들은 현대회화처
럼 여기저기에 걸려 있기도 하고 누워 있기도 하고 반쯤 부서져 있
기도 하고 반복되기도 하고 깜빡거리기도 하고 떠오르기도 한다.
흔들린다. 그것은 어쩌면 간판들이다. 나트륨 등과 네온 라이트,
혹은 인쇄된 깃발들이다. 나무들에 걸린, 먼지가 가득한, 흰색 깃
발들은 불빛을 받아 노랗게 흔들리고 그 아래로 차가 달려나간다.
풍경이 나를 상처 입힌다. 상처 받지 않기 위해 나는 재빨리 그것
을 다른 것으로 교환한다. 교환되는 사이 풍경은 좀더 아름답고 또
단순해진다. 펼쳐진 흰 방들처럼, 혹은 음악들처럼. 노래가 두번째
반복된다. 나무들이 다가오고 다시 멀어진다. 깃발들이 펄럭이며
내 머리 위로 조금씩 먼지를 흩뿌린다. 나무들은 병들어 있거나 잘
려 있다. 정류장에는 버스가 한 대 서 있다. 나는 천천히 그것을 지
나친다. 지하철역 건너편으로 백화점이 보인다. 그 커다란 흰 건물
은 이미 닫혀 있다. 다섯번째 똑같은 노래가 흘러나오기 시작하고,
멈춰 선 곳에서 길은 다섯 갈래로 나뉜다. 그 중심에 있는 원형 광
장의 중앙에는 꽃으로 된 탑이 서 있다. 꼭대기부터 차례로 흰색과
붉은색과 노란색의 꽃들로 장식되어 네 개의 조명이 비추는 그 피
라미드형 탑은 거대한 장례식용 화환 혹은 새벽 두시의 맥도날드
의 골든 아치 같아 보인다. 갑자기 꽃들이 조금씩 사라지는 것처럼

느껴진다. 아니 실제로 내가 바라보는 가운데 꽃들이 차츰 사라지기 시작한다. 먼저 흰 꽃들이 한 송이씩 사라진다. 그다음은 노란 꽃들이다. 신호가 바뀌고 몇 대의 차들이 달려간다. 그것들은 꽃의 탑을 빙글빙글 돌아 이쪽으로 혹은 저쪽으로 달려나간다. 지하도의 입구에는 두 사람이 누워 있다. 둘 다 잘 펼쳐놓은 종이박스 위에 누워 있다. 한 명은 머리가 길고 한 명은 모자를 쓰고 있다. 한 명의 플라스틱 바구니에는 삼백 원이 들어 있었고 다른 한 명의 바구니엔 천 원이 들어 있다. 한 명은 다리가 하나 없고 한 명은 맨발이다. 나는 주머니에 손을 넣는다. 머리가 긴 사람이 눈을 뜬 채 나를 올려다보는데 나는 그냥 지나친다. 지하도 한복판에서 천장을 올려본다. 그 위에 꽃의 탑이 있을 거라 난 짐작한다. 그러니까 천장이 무너지면 나는 꽃에 파묻힐 수도 있을 것이다. 지진으로 파괴된 튤립농장을 본 적이 있다. 늦은 밤 뉴스채널에서였다. 사진기자들이 사진을 찍고 있었다. 좁은 화분을 뛰쳐나온 식물들은 어떤 것은 죽고 어떤 것은 어떻게든 살아남을 것이다. 가만히 내버려두면 아름다운 숲이 될지도 모르지만 사람들은 내버려두지 않을 것이다. 열 개가 넘는 출구를 두고 있으며 지하철, 백화점, 대학교, 대형마트와 연결되어 언제나 사람들로 넘치는 지하도는 늦은 밤이라 그런지 졸고 있다. 하지만 여전히 공기는 미지근하고 더러워서 꽉 닫힌 겨울의 고등학교 교실을 떠오르게 한다. 튀긴 닭과 떡볶이, 김밥과 오뎅의 냄새가 조금씩 섞여 있다. 지도를 들여다본다. 열네 개의 출구를 하나씩 확인한다. 튀긴 닭과 떡볶이, 김밥과 오뎅의 냄새가 위 속으로 스며든다. 나는 여전히 지도를 들여다보고 있다. 날카로운 두통이 이마를 파고든다. 잠들지 말아야 한다. 나는 고개를 든다. 무너진 천장에서 쏟아져내리는 흙더미와 붉고 흰 꽃들처럼 뭔가가 머릿속으로 굉장한 소리를 내며 쏟아져내리기 시작한다.

구성주의적 관점에서 봤을 때 서울은 강남구 신사동 사백칠십삼다시 칠번지에 있었다. 해체주의적 관점에서 봤을 때 서울은 용산구 이태원동 오십칠 다시 십이번지에 있었다. 하지만 지정학적 측면에서 봤을 때 서울은 평양에 있었으며, 심리학적 측면에서는 은평구 뉴타운에 있었고, 낭만주의적 측면에서 봤을 때 그것은 롯데월드에 있었다. 그리고 이 모든 것을 종합해볼 때 서울은 뉴욕주 뉴욕시 파크 애비뉴와 렉싱턴 애비뉴 사이에 있는 이스트-식스티세컨드-스트리트에 있었다. 이 모든 것을 고려하여 우리는 서울의 지도를 그려보았다. 완성된 지도는 미국식 아침식사의 모양을 하고 있었다.

37, 42,

똑같은 노래가 서른일곱번째로 흘러나오고, 그게 내 귓속을 가득 채우는 사이 두통은 더 심해진다. 두통이 더 심해지는 사이 노랫소리가 더 커진다. 딛고 있는 땅이 내가 보는 앞에서 방향을 바꾸기 시작한다. 방향을 바꾼 그곳은 내가 한번도 가본 적이 없는 도시다. 그것은 스톡홀름 그리고 평양의 공통점이다. 꽃의 탑은 이제 보이지 않지만 여전히 나는 그것에 대해서 생각하고 있다. 아파트, 지하철, 꽃의 탑, 그리고 보라색으로 변하며 조금씩 사라지는 꽃들에 대해서 나는 생각한다. 보이지 않는 것이 들리고 들리지 않는 것이 보이게 되면 모든 것을 다 믿어버리거나 아무것도 믿지 않게 되어버린다. 미치지 않기 위해서라면 단지 느끼는 것만을 느끼는 편이 낫다. 어떤 소음과 어떤 이미지 그리고 어떤 생각은 무시하는 편이 좋다. 보이지 않는 막대기가 천천히 이마를 꿰뚫는다. 물론 막대기는 없다. 나는 피 흘리지 않는다. 피 흘리는 대신 두통이 좀더 심해진다. 나는 계속 걷는다. 똑같은 노래가 마흔두번째로 흘러나온다.

우리, 나와 y는 지도를 그리고 있었다. 겨울이었고, 거기는 홍대 앞의 한 카페였다. 붉은 탁자 위에는 아프리카의 도시 이름을 한 커피가 놓여 있었다. 길을 하나 그을 때마다 y는 커피를 한 모금 마셨다. 탁자 위 왼편에는 펜들이 가지런히 놓여 있었다. 커다란 스피커에서는 마흔세번째 똑같은 노래가 흘러나오기 시작했다. 날씨는 음산하고, 탁자는 바로 그런 색으로 붉었다. 우리는 침묵했고, 라디오의 토론 프로그램에서는 캘리포니아의 재정 적자에 대해서 이야기하고 있었다. 그것은 미국의 의료보험제도에 대한, 국립공원의 곰들과 새들에 대한 이야기이기도 했다. 그러니까 그것은 미국식 아침식사에 대한 이야기였다. 다시 말해 서울에 대한 이야기였다. y의 팔꿈치에는 커다란 멍이 들어 있었다. 그건 그날의 음산한 날씨와 또 탁자와 같은 색을 띠고 있었다. 다시 말해 그건 살짝 익힌 쇠고기 덩어리같이 붉었다. 하나의 선을 그으면 좁은 골목길이 지도 위에 태어났다. 두 개의 선을 그으면 하이웨이가, 이어서 광장과 빌딩들, 강과 공원이 지도 위에서 천천히 태어나고 있었다. 우리는 지도로만 이루어진 한 권의 책을 만들 생각이었다. 그것은 서울에 대한 책이 될 거야. y가 말했다. 그것은 잡지이자 일종의 여행기가 될 거야. 여행기이자 소설이며 소설이자 인터뷰집이며 인터뷰집이자 일기며 일기이자 사진집이며 사진집이자 시집이며 시집이자 백과사전이 될 거야. 하지만 결국 그것은 책이 아닐 거야. 그러니까 그건 어쩌면 영화일지도 몰라. 혹은 커피일지도 모르지. 혹은 구두일지도 모르고, 혹은 거울일지도 몰라. 그 거울은 우리가 한번도 보지 못했던 어떤 것을 비추게 될 거야. 그건 너무 이상해서 보는 사람들은 모두 눈이 머는 편이 나을 거야.

미국식 아침식사

미국식 아침식사는 파크 애비뉴와 렉싱턴 애비뉴 사이의 이스트-식스티세컨드-스트리트에 놓여 있었다. 거기에는 커피 대신 진저에일이, 오렌지주스 대신 포도맛 쿨에이드가, 스크램블드에그 대신 카길사의 소고기패티가 있었고 따라서 전체적인 인상은 죽은 박물관과 비슷했다. 그 죽은 박물관의 또 다른 이름은 서울시 서남부 제2차 재개발지역이었다. 박물관의 입구에는 붉은 두 개의 깃발이 걸려 있었다. 첫번째 깃발에는 살고 싶다, 두번째 깃발에는 반대한다, 라고 쓰여 있었다. 시야에 들어온 모든 건물들이 천천히 무너져내리고 있었고, 반복해서, 포클레인은 길게 목을 빼고 울부짖었다. 부서진 시멘트 아래 드러난 철골 구조물들은 붉게 녹이 슬어 모두 피를 흘리고 있는 것 같았다. 비명 소리는 텅 빈 건물의 곳곳에서 흘러나왔고, 이따금, 아주 센 바람이 불었다. 나는 부서진 플라스틱 바구니, 물에 젖은 달력, 흙이 묻은 잠옷을 따라 걸었다. 찢어진 플라스틱 저금통, 녹이 슨 에프킬라, 중국산 유아용 장난감들을 따라 걸었다. 열다섯 살인 나는 그곳이 세계의 끝이라고 생각했었다. 다섯 살 때도 그랬다. 스물다섯 살인 나는 이제 끝이 아닌 세계를 어디서도 발견할 수가 없다. 상점은 닫혀 있거나, 부서져 있었다. 곳곳에 둘러쳐진 높은 담장 안으로 커다란 기계들이 움직이고 있었다. 담장에는 래미안, 자이, 힐스테이트라고 쓰여 있었다. 사라진 사람들, 바람, 부서진 건물의 잔해, 비명 소리, 바람, 나는 분명히 아직도 죽은 박물관의 일층 첫번째 전시관의 입구 근처를 헤매고 있는 것이 분명했고 하지만 벌써 길을 잃었다. 그곳은 강북구 재개발지역 같기도 했고 혹은 대치동 재개발구역 같기도 했다. 그곳은 뉴욕 같기도 하고 평양 같기도 했다. 지도에 따르면 나는 북쪽으로 향하고 있었다. 하지만 난 아무래도 남쪽으로 향하고 있는 것 같았다. 거기는 서울시 서남부라고 쓰여 있었지만 사실

나는 달의 표면을 기어오르고 있는 것 같았다. 아니면 폭격을 당한 드레스덴을 지나치고 있는 것도 같았다. 어쨌거나 확실한 건 이제 도시가 지나치게 파괴되는 것에는 전쟁이라는 이유조차 필요 없다는 점이었다.

소프트머신

우리가 그동안 만들어온 월간 『예쁜 기계』와 주간 『기계』, 격주간 『기계 인간』은 모두 실패했다. 따라서 우리의 새로운 잡지 또한 실패할 것이라는 걸 알고 있다. 우리는 지난번에도 실패했듯이 이번에도 또 실패하리라는 것을 알고 있다. 왜냐하면 우리는 파괴를 두려워하기 때문이다. 분명한 사실은 우리들이 가난하다는 사실이다. 그리고 더욱 확실한 것은 우리가 계속해서 돈이 없을 것이라는 것이다. 따라서 우리들 누구도 결혼을 하고 자식을 낳지 않을 것이다. 왜냐하면 상황은 점점 더 나빠질 것이고 우리는 자식에게 부랑자라는 직업을 선사하고 싶지 않기 때문이다. 아마도 우리는 우리의 자식들을 사랑할 것이다. 그리고 바로 그런 이유로 우리는 결국 우리의 자식들을 증오하게 될 것이다. 우리는 결국 정신적/물질적 빈곤을 벗어날 방법을 찾아내지 못했다. 결국 세계를 바꿀 수 없었으므로(그리고 앞으로도 계속해서) 우리는 이제 그만 세계를 끝내려고 한다. 그 방법은 더 이상의 번식을 중단하고 집단학살과 자살을 병행하여 인류 전체가 멸종에 이르는 것이다. 우리는 앞으로 유럽과 일본과 중국 미국의 무정부주의자 네오나치 스킨헤드 극우파와 극좌파 젊고 매혹적인 파시스트들과 연합하여 전세계적인 자살투쟁 결혼 반대 번식 중단 위장 테러 캠페인을 벌여나갈 것이다. 우리들은 당신들의 좆을 모두 잘라버리고 자궁을 막아버릴 것이다. 우리는 이 모든 것을 윌리엄 에스 버로스의 『난폭한 아이들』로부터 상상해내었고 즉, 이것 또한 카피에 지나지 않는다는 것을 인정한다. 우리가 속한 도시가 그런 것처럼, 우리들이 카피인 것은 당연하다. 어쩌면 잡지의 제목을 『와일드 보이즈』에서 『카피 기계』로 바꾸는 것이 나을지 모르겠다. 아니 당장 그러고 싶다. 그러니 여기서 우리는 『연약한 기계』를 접고, 『카피 기계』를 시작하기로 하겠다.

 카페에서 나왔을 땐 이미 어두웠다. 각각 그린 지도를 가방에 넣고 나와 y는 걷기 시작했다. 우리가 그리던 지도가 거기 커다랗게 펼쳐져 있었다. 시간 속에 펼쳐진 그 지도 위를 우리는 걷고 있었다. 오후 두시, 좁은 골목길은 상점들로 가득했고 그 가득한 상점들을 사람들이 가득 채우고 있었다. 다른 옷들 다른 생김새 다른 목적에도 불구하고 그들은 돈을 쓰고 있다는 점에서 평등했다. 목에는 천천히 먼지가 차올랐고 그것이 마셨던 커피와 뒤섞여 이상한 것이 되어가고 있었다. 토하고 싶기도 했고, 동시에 뭔가를 입속에 처넣고 싶었다. 날씨가 점점 더 이상해지고 있어. y가 말했다. y의 손에 들린 아이스크림이 녹고 있었다. 오후 두시였는데 세상은 이미 밤의 끝 같았다. 바람은 서늘하고 동시에 미지근했다. 햇살은 뜨겁고 · · 도 차가웠다. 드문드문 비가 내리고 있었다. 그리고 멀리서부터 날이 밝아오기 시작했다. 우리는 계속 걸었다. 우리는 이상한 오후 두시의 지도 속에 들어 있었다.

우리는 자꾸만 우리가 늙었다는 생각이 들고 사실 그건 사실이다. 우리들의 엄마 아빠는 이미 우리보다 어린 여자아이들과 남자아이들을 좋아하고 그들은 매일 텔레비전에 나와 우리의 피곤한 엄마와 아빠들을 위로하여준다. 기사에 의하면 그들은 하루에 열다섯 시간의 춤연습과 노래연습을 한다고 되어 있다. 반면 우리의 하루는 어떻지? 오늘도 우리는 책을 한 권도 안 읽었다. 그게 우리가 책을 쓰는 이유이다. 지금까지 우리는 다섯 권의 잡지와 일곱 권의 소설과 시집 그리고 한 권의 철학개론서와 두 권의 크고 작은 악보를 만들었다. 그리고 그건 단 한 권도 팔리지 않았다. 그리고 그건 당연하다. 아무도 책을 읽지 않는다. 사람들은 크고 작은 모니터를 들여다보고 있고, 하루 종일, 그건 당연하다, 왜냐하면 아름다우니까. 사람들은 이미지가 문자에 비해서 우월하다고 생각한다, 갈수록, 그건 당연하다, 왜냐하면 아름다우니까, 전봇대에 걸려 있는 플래카드처럼, 거리로 몰려나온 사람들처럼, 여기저기 헐리는 건물들처럼, 잘리는 나무들처럼, 현대예술처럼, 백화점들처럼, 누군가 말했듯이, 자연은 아름답고, 인간은 운다.

y가 말한다.

세상을 끝장내기 위해서 가장 먼저 해야 할 일은 책을 없애는 일이다. 가장 나중에 해야 할 일도 마찬가지로 책을 없애는 일이다. 아파트와 전자칩, 자동차를 제외한 모든 것은 의미를 잃었다. 의미를 잃은 모든 것을 우리는 없애버릴 것이다. 사람들을 없애는 건 가장 쉽다. 왜냐하면 사람들은 이제 모두 실리콘 재질로 되어 있기 때문이다. 이젠 받아들여야 한다. 세계는 오래전에 사라져버렸고, 일반적 견해와 달리 끝은 오고 있다기보다는 오래전에 지나갔다는 것을 말이다. 끝나지 않은 것은 책, 그리고 인간들뿐이다. y가 말을 멈추고, 들고 있던 녹음기를 나에게 주었다. 난 그걸 가방에 넣었다. 집으로 돌아가면 나는 여느 때처럼 녹음된 것들을 확인할 것이다. 거기엔 언제나 온갖 소리들이 뒤섞인 채로 박제되어 있었다. 이해되고 분류되기에는 너무 많은 온갖 것들이 거기에 못 박힌 채 비명을 지르고 있었다. 살지도, 죽지도 못한 어떤 시간들이 거기 고여 있었다. 그건 충격적일 정도로 지루했다. 몇 번을 확인해봐도 그랬다. 빠른 속도와 느린 속도로 혹은 동시에 네 개나 다섯 개의 플레이어로 확인해봐도 마찬가지였다. 하지만 나는 그걸 소중히 간직했다. 기억하고, 기록했다, 빠르게, 혹은 느리게, 혹은 왼쪽에서, 혹은 뒤로, 혹은 앞으로, 소리를 반복해서 뜯어내었다. 끊임없이 이쪽에서 저쪽으로, 원래의 자리에서 다른 곳으로, 자리를 바꾸었다.

어떠한 사회계층이든 또 어떤 세대든 자진해서 세계를 포기하지는 않는 법이다. 세상을 포기하도록 강요당하는 경우에도 그들은 흔히 아름다운 철학과 동화와 신화를 만들어내고,*

우리는 더 이상 책을 읽지 않는다, 단지 쓴다. 그건 오래전 우리가 처음으로 만든 책 『카피 기계』에 쓰여 있는 문장이었다. 책을 쓸 때 우리는 책을 읽지 않는다. 단지 말한다. 말하기보다는 뱉어낸다. 뱉어내기보다는 뜯어낸다. 남은 것이 하나도 없을 때까지. 흔적과 자취마저 지워질 때까지. 책을 쓰기 위해서는 많은 말들이 필요하고 그렇다면 뭔가를 말할 수 있을지도 모른다고 생각했다. 그 많은 말들 중에 단 한 개의 단어라도 남게 되지 않을까 기대했다. 아파트들, 콘크리트와 철골구조물, 미국식 아침식사가 아닌 다른 뭔가를 만들어낼 수 있을 거라고 생각했다. 하지만 그런 일은 벌어지지 않았다. 우리가 한 일은 단지 책을 쓴 것뿐이다. 인쇄된 종이들이 책장을 가득 채웠지만 몇 권의 책 말고는 우리가 만들어낸 것은 아무것도 없었다. 여전히 우리들은 세계를 끝장낼 방법을 알 수 없었고 상관없이 세계는 끝 너머로 이어지고 있었다. 스피커에서는 여든번째 같은 노래가 흘러나오고 있었다. 시간은 오후 두시 삼십오분을 가리키고 있었고 그러나 모든 것은 밤의 끝처럼 잠

---

* 아르놀트 하우저, 『문학과 예술의 사회사 3』, 반성완 옮김, 창비, 1999, 155쪽.

들어 있었다. 우리는 철제의자에 앉아 껌을 씹으며 지나가는 버스를 바라보았다. 우리는 기다렸다. 뭔가를. 하지만 그건 오지 않았고 단지 배가 고파졌다. 같은 노래가 아흔세번째 흘러나오고 있었다. 같은 노래가 아흔네번째 흘러나오고 있었다. 지나가는 버스를 배경으로 해가 졌다, 혹은 떠올랐다. 사람들은 언제까지 이런 식으로 살아갈 수 있을까? 아마도 죽음 이전까지, 아니, 그 너머까지도. 난 더 이상 책을 쓰지 않을 거야. y가 말했다. 그럼 뭘로 살 건데 이제? 내가 물었다. 자기소개서를 쓸 거야. 서른 개의 상장기업을 골라놓았어. 우리 집은 가난하지 않아. 그러니까 난 학원에 다닐 수 있어. 나는 취직을 할 거야. y는 똑같은 말을 세 번 반복했다. 더 이상 아무것도 녹음되고 있지도 않았다. 더 이상 아무 일도 일어나지 않고 있어. 우리가 좋아하던 카페는 지난달에 망했다. 우리가 좋아하는 서점과 레코드가게도 문을 닫았다. 우리가 쓴 책은 아무도 읽지 않는다. 실패하지 않은 건 끊임없이 지어지는 아파트들뿐이다. 우리는 그동안 연애도 하지 못했고 새 옷을 사지도 못했다. 텔레비전을 보지도 못했고 그러니까 우리는 세상에 대해서 아는 바가 하나도 없게 되었다. 저쪽의 해는 뜨는데 우리의 해는 가라앉고 있다. 사람들은 어퍼이스트사이드로 몰려가는데 우리는 여전히 브루클린의 배드포드 애비뉴를 헤매다니고 있는 거야. 사람들이 원하는 뉴욕은 우리가 가보았던 그 뉴욕이 아냐. 사람들은 우리가 만든 아침식사를 먹지도 않을 거야. y는 짜증을 내고 있었다. 그렇다면 차라리 그 짜증을 책으로 만들자. 짜증으로 이루어진 책을 만들자. 내가 말했다. 어쩌면 모든 게 다 짜증 때문인지도 몰라. 길 가던 남자가 길 가던 여자를 죽이는 것도, 버스를 기다리던 여자가 같이 버스를 기다리던 남자를 차도로 밀어넣은 것도, 낫을 든 할아버지가 그걸 휘둘러버린 것도, 개가 집을 나간 것도, 어쩌면, 내 머리가 이렇게 아픈 것도.

아직도 머리가 아파?
y가 물었다.

병원에 갔어. 머리가 아프다고 말을 했지. 그러자 의사는 벤조다이아핀 계열의 약을 처방해줬고, 모호한 표정을 지으며 주사를 한 대 놔주었어. 병원은 시내에서 멀리 떨어져 있었고 거긴 나무가 아주 많았어. 돌아나오는 길에 본 하늘에서는 피가 흘러내리고 있었어. 온 도시를 피가 뒤덮고 있었는데 마치 누군가 도시 전체를 피 속에 파묻고 있는 것 같아 보였어. 그건 참으로 아름다운 매장식이었어. 그런데 그 도시는 서울이 아니라 평양이었어. 평양에 가본 적이 있어? 아니, 한번도. 어, 난 평양에 있었어. 평양은 넓은 길과 지하철, 불 꺼진 아파트들이 늘어선 도시였어. 다음날 나는 다시 병원에 갔어. 내가 본 것을 말했어. 그러자 의사는 나를 정신과로 올려보냈어. 정신과에서는 몇 가지 검사를 하고 똑같이 벤조다이아핀 계열의 약을 처방을 해줬어. 내 두통은 차이가 없었어. 여전히 나는 평양에 있었어. 아파트, 지하철, 그리고 넓은 길을 보았어. 깊은 곳에 있는 지하철에는 아주 빠르게 에스컬레이터가 움직였어. 하지만 가장 큰 문제가 뭔지 알아? 종일 귓속에서 똑같은 노래가 흘러나온다는 거야. 나는 이제 그 노래를 다 외울 정도야. 작곡이라도 해야겠어. 가사는 이미 붙였어. 제목은 러시아 구성주의야. 페테르부르크, 나의 도시. 페테르부르크 첨탑들 삼각형들 길가의 부랑자들 낡은 교회들 내려앉은 교회들 사라진 교회들 버려진 건물에서 쫓겨난 부랑자들과 아이들이 살던 교회들.*

서울,

서울, 나의 도시.
서울 십자가들 삼각형들 길가의 부랑자들 낡은 아파트들 내려앉은 아파트들 사라진 아파트들 버려진 건물에서 쫓겨난 부랑자들과 아이들이 살던 아파트들,

을 지나 나는 계속 걸었어. 노을은 여전히 도시를 파묻고 있었어. 나는 좀더 많은 사람들이 보고 싶어졌어. 머리는 계속 아팠지만 이제 그런 건 아무 상관도 없었어. 마치 헤드폰을 눌러쓴 것처럼 노랫소리는 더 커졌고 그 외에는 아무것도 들리지 않았어. 거리엔 정말 많은 사람들이 있었어. 퇴근하는 사람들, 학원으로 가는 사람

---

* Kathy Acker, *Don Quixote*, Grove Press, 1986, p. 41.

들, 옷 파는 사람들, 술 파는 사람들, 웃는 사람들, 짜증내는 사람들, 화가 난 사람들, 바쁜 사람들, 어, 너무너무 바쁜 사람들, 그런데 나는 하나도 바쁘지 않았고, 그래서, 내키는 대로 아무 데나 갔어. 어둠이 짙게 깔리고 거리는 더 차가워졌지. 어쨌거나 하늘이 보였어. 아주 잘 보였어. 나는 얼마 전 읽은 책에 대해서, 그러니까 전쟁에 대해서, 전쟁이 끝난 뒤의 서울의 도시 재건 계획에 대해서 생각했어. 책에서 봤던 백 년 전 서울의 지도와 사진을 떠올렸어. 그러자 사람들로 가득 찬 화려한 번화가는 책에서 봤던 사진 속 폐허로 바뀌어 있었어. 멀리 이순신 동상이 보였고 그 아래 검은 옷을 입은 전경 둘이 보였고 그 둘은 똑같은 걸음걸이로 내 쪽을 향해서 다가왔어. 왼쪽으로 차들이 다가오고 있었고 오른쪽으로 멀어졌어. 나는 건널목을 건너서 청계천으로 내려갔어. 거기는 길게 자란 풀로 가득했어. 하늘에는 버터를 발라 구운 핫케이크 같은 보름달이 흐릿하게 빛을 내고 있었어. 나는 계속 걸었어. 멀리 보이는 빌딩들은 비현실적으로 아름다웠어. 아름다운, 거대한 관 속에 들어 있는 느낌이었어. 나는 드디어 내가 미쳤다고 생각하기 시작했지. 그것 말고도 많은 생각을 했어. 어, 나는 책에 대해서 생각했어. 그리고 음악에 대해서 생각했어. 내 귓속을 파고드는 수많은 음들에 대해서, 그것들을 문장으로 옮기고 싶다는 생각을 했어. 내 옆에서 흐르는 검은 물에 대해서 생각했어. 아파트에 대해서 생각했어. 그리고 무엇보다 서울에 대해서 생각했어. 너, 너의 도시, 타인들로 이루어진, 타인의 성지, 모든 것이 타인들을 위해 존재하는 한 도시에 대해서 생각하기 시작했어. 그곳에서 강물은 흐르고 싶기 때문이 아니라 흐르는 것처럼 보이기 위해서 흘렀어. 길은 어디든 갈 수 있는 것처럼 보여주기 위해서, 다리들은 새로 설치한 네온 라이트를 뽐내기 위해서 존재했어. 사진 찍히기 위한 가로등, 흔들리기 위한 수풀들, 그리고 플라스틱 커피 잔과 타인을 의식하는 서너 개의 산책들을 난 보았어. 아이들은 스스로를 위해서가 아니라 부모를 위해서, 대화는 서로가 아니라 훔쳐듣는 쥐들을 위해서 존재했어. 모든 것들엔 아름다움 대신 겁에 질린 눈들이 붙어 있었어.

죽은 박물관의 마지막 관람실에 전시된 것은 세계의 끝이었다. 비명 소리, 땅을 파헤치는 포클레인, 끝없이 흩날리는 붉은 흙더미가 보였다. 그것들은 여러 개로 뭉쳐져 현대음악을 만들어내었고 배경으로 펼쳐진 풍경에서는 현대회화가 탄생했다.

결국 이곳에서 사람들은 단 한순간도 자신을 위한 삶을 살지 못했다. 매순간 삶은 타인들에게 증명되기 위해 갱신된다. 단지 살아남기 위해서. 지금 쓰이는 이 글과, 저 책들, 그리고 무엇보다 끊임없이 지어지는 아파트들을 위해서, 부서지고, 다시 생겨나는 서울은 이미 혁명의 땅이다. 사람들의 눈은 모두 미래에 고정되었고, 그래서 천천히 시력을 잃어가면서도 아무도 그것을 눈치채지 못한다. 꿈과 환상이 도시를 지탱한다. 꿈의 장면들은 디즈니랜드, 밤마다 잠들지 못하게 하는 악몽, 새벽의 버스와 지하철, 광고판에 붙은 청사진들, 구호, 그리고 깃발들, 네온 라이트로 이루어져 있다. 그 꿈은 벽에 걸린 스크린 속에서 반복해서 재생된다. 돌아서면 탁자 위에 미국식 아침식사가 놓여 있다. 깨끗한 창 너머로 보이는 것은 아파트들이다. 그것들은 살아 있다, 새하얗게, 태어나는 중이다, 영원히. 사람들이 영원히 꿈에서 깨어나지 않는 것만큼, 환상이 터질 듯 부풀어오르는 시간, 모든 것이 딱 그만큼 영원해진다. 이제 도시는 시간 밖에 있다.

시간의 최종 모델은 거울이 거울을 비추는 것이다.[*]

거울이 도시를 비추고, 그 위로 빛이 내려앉는다. 쏟아져내리는 빛 속에서 다시 거울이 도시 전체를 반사한다. 반사된 도시는 지옥처럼 붉다. 이제 도시는 반사된 상에 불과하다. 거울이 놓여 있는 것은 하나의 흰 방이다. 방은 다른 방들과 마찬가지로 커다란 창, 거울, 탁자, 미국식 아침식사로 구성되어 있다. 여느 때처럼 나는 그 방에 속해 있다. 거울을 들여다보면 비치는 것은 내가 아닌 어떤 거리다. 여전히 시간은 오후 두시이고 같은 노래가 반복된다. 여전히 계절은 지옥이고 그 계절의 습기가 도시를 조금씩 미치게 만든다. 해는 새벽의 달처럼 차갑게 빛나고 그런 해 아래에서 누군

---

[*] Kathy Acker, 같은 책, p. 51.

가 누구를 칼로 찌르는 일이 벌어져도 상관없을 것이다. 모두들 잔뜩 흥분한 채 그것을 축제인 양 즐기는 것도 물론 가능할 것이다. 구름에서 부서져나온 먼지들이 거리 속으로 흩어져 사라지는 동안 숫자들이 높아지고 낮아지고 이쪽에서 저쪽으로 쉴새없이 흘러가는 동안 그것을 멈추지 않기 위해 아니 멈추지 못한 채 계속해서 사람들이 멀어지고 가까워지고 문이 열렸다가 닫히며…… 더 이상 나는 이해하지 않는다, 영혼이 없으므로, 그리고 그 점에서 나와 도시는 평등하다. 우리는 같은 두통으로 고통받으며, 영혼이 없다. 필요한 것은 더 많은 환각과 그것이 만들어낼 고통, 그리고 그걸 위로해줄 마취제이다. 다시 거울이 거울을, 도시가 도시를 비춘다. 모두가 모두를 반사한다. 더 이상의 언어는 필요 없다. 우리에겐 거울이 있다. 도시는 이제 지도 밖에 존재한다. 내 곁에서, 공간 밖에 존재한다. 꿈과 테러로 둘러싸인 채, 거울 속에서 영원하다.

매장*

　새벽 두시의 맥도날드, 피곤한 사람들이 계단을 기어오른다. 미지근한 색깔의 타일이 파도처럼 흔들린다. 식은 빵 사이에 시든 야채가 피곤한 사람들만큼 늘어져 있다. 그것을 입속에 쑤셔넣는다.

---

* Burial, 「In McDonals」, 'Untrue', 2007.

아흔아홉번째 똑같은 노래가 흘러나오기 시작한다. 불빛 속에서 춤을 추듯 이리저리 흔들리며 떠다니는 먼지들을 입안에 넣고 사탕처럼 빨고 싶다는 생각이 든다.

자전소설 2
오, 아버지

1판 1쇄 | 2010년 10월 7일

지은이 | 이혜경 외
펴낸이 | 정홍수
편집 | 김현숙 김현주
펴낸곳 | (주)도서출판 강
출판등록 | 2000년 8월 9일(제2000-185호)

주소 | 서울시 마포구 서교동 460-45(우 121-842)
전화 | 325-9566~7
팩시밀리 | 325-8486
전자우편 | gangpub@hanmail.net

값 12,000원
ISBN 978-89-8218-156-6 04810
ISBN 978-89-8218-154-2(세트)

이 도서의 국립중앙도서관 출판시도서목록(CIP)은 e-CIP 홈페이지(http://www.nl.go.kr/cip.php)에서 이용하실 수 있습니다.(CIP제어번호:CIP2010003469)